# 麻姑

于书淦 著

山東文藝出版社

作者在圣经山留影

作者在“首届国际昆嵛山研讨会”，
前排右起《威海日报》记者刘云波、作者

作者与文友隋进凯在东华洞合影

# 内容提要

生于军营的麻姑生来就疾恶如仇，敢于同邪恶做斗争。她受王母娘娘点化在昆嵛山修炼。昆嵛山秀美的山水，憨厚的山民，睿智的老子道德学说，使麻姑成长为一位与妖魔鬼怪势不两立的仙女。各类妖魔纷纷跳出来，耍尽伎俩，想把阻碍它们横行霸道的麻姑赶出昆嵛山。尽管蛇精狠毒，狐狸精狡猾，狼精奸诈，毒蜘蛛阴险，但一身正气的麻姑，上有八仙援助，下有山民支持，最终消灭了妖魔鬼怪，保证了昆嵛山的平安。书中以魔高一尺道高一丈的演绎，注释邪不压正。

书中道出了镌刻于昆嵛山的《太上老子道德经》具有与《孙子兵法》同样的价值。《孙子兵法》是用于战争的策略，《太上老子道德经》是面对日常生活的智慧。

麻姑以自己的行动诠释了“得道多助，失道寡助”。

《西游记》里的孙悟空、王母娘娘、太上老君、南极仙翁，《东游记》中的蓬莱八仙，《三国演义》里的关羽及众多神仙英雄都在书中来到人间，带给读者值得回味的表演。

麻姑是昆嵛山人心目中“长寿、美丽、聪明、勇敢、正直、纯洁”的仙女，书中的表现自然非凡。

# 目录

# 一 麻姑进山

很久以前，有一个在麻城驻守的将军名叫麻秋，生性残暴，肆虐横行。一天夜里，麻秋梦见自己坐在江边垂钓，正在为长时间没有钓到鱼烦躁不安，猛然见到钓漂在蹿动，他喜上心头，麻利地撩竿起线，钓上来的竟是一朵含苞欲放的荷花，水珠闪烁，艳丽惹眼。麻秋心中好生纳闷，再也无法入睡。

第二天，天刚蒙蒙亮，一声婴儿脆响的啼哭，惊愣了还在苦苦思索梦境的麻秋。他妻子生下一个白白胖胖、惹人喜爱的女孩，麻秋给取名麻姑。麻姑不仅漂亮可爱，而且非常聪明伶俐，出生第三天便咿咿呀呀学语，一个月后能跟父母学读诗文，五个月能将《小九九》《百家姓》《三字经》倒背如流，一岁将家中藏书读得滚瓜烂熟。更令人惊奇的是她竟可以将抛撒出去的普通白米，变成光彩夺目的璀璨珍珠。不过，麻姑可不轻易抛撒着白米变珍珠玩，她十分爱惜粮食，常常对人说："如果一个人丢弃一粒米，他的生命就减少一天。"此话虽然出自一个孩童之口，但人们对具有特殊能力的麻姑的话深信不疑，珍惜粮食，蔚然成风。麻姑还说："珍珠虽好，如果不择手段地取之无道，贪得无厌，那将是祸端。"

麻姑自小不喜欢被母亲抱在怀里扯在身边，喜欢独来独往地去找小孩们玩游戏。她并不以将军的女儿自居，总喜欢同驻地的穷孩子一起玩，并把自己拿的好吃的东西，分给那些衣不遮体、浑身脏兮兮的穷孩子吃。麻姑的怜悯之心，得到人们啧啧称赞。

游玩在军营中的麻姑，身后总是跟着一群年龄相仿的小孩。他们在军营中捉迷藏、吊小鸡、打棍儿，因为麻姑是将军的女儿，军士没人阻拦，倒是喝着彩围观。麻姑更喜欢观看军士操练，惟妙惟肖地模仿动作，并领着一群小孩在军营外小河边的沙滩上列阵操练，虽然他们手里拿的是树枝、木棍，动作滑稽，却亦庄亦谐，引来围观者阵阵喝彩。幼小的麻姑虽然是个小女孩，却是发号施令的小孩头儿，展现着令人惊叹的号召力。

军营里的将士总爱教给麻姑一些拳脚功夫，麻姑把套数口诀铭记在心，朗诵在口，如同吟唱，优美动听。麻姑将拳术练得干脆利索，呼啸带风，让军士们看得眼花缭乱。那些军中小将故意在对练中拉近与将军女儿的距离，这不仅因为麻姑长得漂亮，婀娜多姿，平易近人，和蔼可亲，逗人喜欢，还有更深层的目的是讨得麻姑欢心，在将军面前美言几句，以图升迁。

麻姑养成了朝习文夜练武的习惯，每天捧书在晨曦中，琅琅读书声如同小曲绕梁，引来百灵、画眉等鸟儿在树上、屋脊蹦跳着欢歌，像是在为麻姑陪读。晚饭后，麻姑紧衣束腿，在月色下的院子里，将拳练得呼啸生风。

斗移星转，转眼间麻姑到了十八岁，长成了一个亭亭玉立的美丽姑娘。岁月的流逝，并没有带走她父亲麻秋的暴虐秉性。他奉皇帝的圣旨，役使百姓修筑城墙，巩固城防，变得更加残暴，命令监工用皮鞭子驱使着役工每天从日出干到日落，又从日落干到第二天鸡叫，方可短暂休息。役工们累得疲惫不堪，怨声载道，有的在皮鞭的抽打下倒下，就再也没有爬起来。心地善良的麻姑见不得这种惨状，看在眼里，痛在心里，几次找父亲要求善待役工，带着泪声哀求，也无济于事。心狠手辣的麻秋，一味催促工期，追求功名，哪管役工的死活，他把女儿麻姑的善意相劝当作了耳旁风。麻姑知道每天黎明前的鸡鸣后，筋疲力尽的役工才能稍微歇息，计上心来。她每天早早起床，悄悄躲在墙角，偷偷模仿着学公鸡打鸣。

麻秋问夫人："近几天，女儿起这么早去干什么？"

"去读书呀。麻姑这么用功，将来肯定能考个状元，可惜没有女孩子应试的福分。"夫人为麻姑为女儿身感到惋惜。

麻姑很快便能惟妙惟肖地学公鸡打鸣。在天黑后，她躲在院落暗处，学公鸡打鸣，周围的公鸡听到鸣叫，此起彼伏地跟着啼叫，挣扎在生死线上的役工便可以休息。

麻姑的行动并没有引起麻秋怀疑，他认为麻姑是去练武了，对夫人说："军士们说，麻姑的武功练得炉火纯青，男丁也不在她的话下，我觉得未必，得空，我与她比试比试，看看我这个将门凤女到底如何。"

可是，不久这个秘密被监工发现了，禀报给将军麻秋。麻秋听后，气得火冒三丈，下令把麻姑关进了牢房。如若麻姑不是他的女儿，非被砍头不可。心系役工疾苦的麻姑即使被关在牢房里，每天夜里，仍然学公鸡打鸣，各家各户的公鸡闻声一齐鸣叫。俗话说：虎毒不食子。然而，盛怒之下的麻秋几次欲下令将麻姑斩首，多亏夫人苦苦哀求，才作罢。

麻姑的母亲几次进牢房劝导麻姑向父亲认个错，求得父亲宽恕。麻姑说："女儿无错。"母亲说："你是官家小姐，认错后就可以回家，乐相随，福相伴多好。这牢房怎能是你待的地方？"麻姑说："父亲把抓来的役工一个个都折磨死了，谁来修城墙？没有农家，哪有官家？福、乐又从何谈起？错在父亲，女儿不服。我不能拿着理儿当错误说。为了救苦难中的役工，我宁愿将牢底坐穿。"

麻秋知道女儿的一番话后，气得脸像个紫茄子，直跺脚，下令狱卒对麻姑严加看管，施以虐待，想迫使麻姑屈服。麻姑知道自己是不会轻易被放出去的，心生逃出去的念头。她观察到狱卒是个见财眼开的家伙，心中便有了数。有一天黄昏时分，狱卒打开牢门给麻姑送牢饭，麻姑从衣兜里掏出仅有的几粒米，握着在狱卒面前晃了晃。狱卒贼溜溜的小眼睛随着麻姑晃在空中的手直转，他知道将军的女儿有钱，以为麻姑想给他钱，求得善待，急不可待地问："啥？啥？你手中握的啥？"

麻姑轻蔑地一笑，说："你往地上看。"随即将手中的米粒往地上一撒，顿时，光彩夺目的珍珠在地上滚动。狱卒不顾一切地趴在地上追逐珍珠，麻姑趁机逃出牢房。

麻秋听说麻姑逃跑后，气得一剑砍下了贪财忘命的狱卒的脑袋，急忙率兵追赶。麻姑在一条崎岖的羊肠小道上奔跑，身后麻秋率领喽啰兵们紧紧追来。恰在此时，王母娘娘从八仙之一的吕洞宾推荐的昆嵛山洗脚盆洗完脚，惬意地驾着祥云返回天庭，忽闻一阵喧嚣声，低头一看，一群凶神恶煞般的官兵正在追赶一个弱小女子，气就不打一处来，拔下头上的玉簪，扬手一划，喊道："沟。"一条深不见底，宽约十丈的大沟横在了麻姑面前。王母娘娘本欲在麻姑与官兵之间划一条沟，阻挡官兵的追赶，急忙中竟将大沟划在了麻姑往前逃跑的路上，连忙将玉簪抛下。

麻姑见面前出现一条又宽又深的大沟，急得脚一跺，心一横，做好了"宁可跳沟跌得粉身碎骨，也决不回头"的准备，眼一闭，迈步向前，刚好踩在王母娘娘抛下的玉簪化作的玉桥上，从玉桥上快步越过大沟。王母娘娘挥手一指，收回了玉簪。追来的跑在前头急于求功的官兵，没有来得及刹住脚步，跌下沟见阎王去了。

王母娘娘问清事情的原委，修筑城墙的役工的苦难情景顿时一幕一幕在王母娘娘眼前回放，她对救人于苦难的麻姑大加称赞，觉得面前这个心地善良的姑娘可以造就成仙，委以救护百姓的重任。王母娘娘来了个好事做到底，指点麻姑乘清风白云走了九天九夜，来到她经常到此洗脚、十分留恋的昆嵛山，把昆嵛山赐给麻姑作为修炼的道场。出现在麻姑面前的是青山叠翠，绿水荡波，奇树成林，异草茵茵，百鸟竞飞，啼鸣啾啾，尤其是各种桃树品种繁多，应有尽有。姹紫嫣红的花朵漫山遍野，美如锦绣，远处云缭雾绕，紫气升腾，恍如仙境；近处泉水叮咚，蜂嗡蝶舞，雀翔燕剪，瓜果弥香，沁人心脾，涧谷清溪穿过怪石奇岩，潺潺声似笛音琴韵，令人心旷神怡。麻姑惊奇天下竟有如此美景，非常喜欢这山清水秀的昆嵛山，打心眼里感激王母娘娘给自己指引了这个仙境般的住处，决意选择在悦心的山坡百花丛中，结茅为庵，与昆嵛山为伴。

# 二　结茅为庵

麻姑建庵选址位于昆嵛山北麓牟平龙泉乡东殿后村东南。这里山凸沟凹，古树参天，百草幽深，繁花妍艳，蜂嗡蝶舞，鸠咕雀鸣，狐窥兔跑，鹰傲高空，燕剪草梢。岩洞幽幽，石罅曲折，奇不胜收，别有天地，置身于此，迥隔尘世。

此山人迹罕至，本无名可谓，麻姑的到来，给它带来了荣幸，因麻姑在此建庵，此山便有了称谓：麻姑庵。这算是它的乳名吧，日后随着麻姑布道有成，它还将有大名，名字会响亮起来，震惊四方。

本来是世人不知的无名山，藏于昆嵛山群峰中，虽然俊秀隐幽，却默默无闻，自从麻姑在此建庵，进山采药的、打猎的、挖菜的、探幽的，怀着好奇心纷纷前往探视，打破了这里的千年沉寂，热闹起来了。百灵鸟为新邻居鸣唱，彩蝶为新邻居舞蹈，连那些四条腿的百兽也想趋前看个究竟。

麻姑改变了这里的气氛。

傍晚，麻姑坐在庵前的木墩上，择洗挖来的野菜，一只小山兔眨着红晶晶的眼睛，怯生生地一步一步趋向前来，样子很可爱。麻姑伸手招呼它，它却停止不走了。麻姑拣一片嫩菜叶扔过去给它，它却吃惊地后退，欲转身逃跑。麻姑笑了，低头择菜不看它，它又慢慢靠上前来，远远地蹲在麻姑前方，看着麻姑的一举一动。

一只不大的狐狸掩身梓椤丛后，探头望着麻姑，惟妙惟肖地学着麻姑择菜的动作。麻姑瞥见了它，觉得好笑，故意装作没看见，把动作复杂化，那小家伙也毫不拙笨地模仿。麻姑偷眼看看小山兔，小山兔还在目不转睛地望着自己择菜。小狐狸随着麻姑的视线看见了小山兔，用前爪抹了一下嘴，大概是它流出了馋液。这时，一只硕鼠蹑手蹑脚地从庵后绕来，眼睛直盯盯地瞅着放在麻姑身旁的几个山梨。眼尖耳灵的小狐狸发现了硕鼠的意图，收回望着小山兔的贪婪眼睛，“嗖”地猛扑过去。机灵的硕鼠掉头钻进了一个窟窿，小狐狸一脚踩在窟窿上，用力揉着，嘴一鼓，好像在说：“憋死你!”

这时，远处传来狐狸的叫声，小狐狸望了望麻姑，扭头去看蹲在那里的小山兔，可是小山兔早已被小狐狸的出现吓得钻进草丛逃跑了，小狐狸眼睛一眨，朝着叫声跑去。原来小狐狸的妈妈躲在暗处窥视着这里的一切，它见小狐狸为了阻止硕鼠偷梨，暴露了自己，为了小狐狸的安全，召唤小狐狸赶快离开。

一眨眼的工夫，全不见了，麻姑笑了，自言自语：“这些小生灵挺有意思的。”她对这在军营难以见到的场面感到很新奇。

这时，一位腰里围着狼皮的大叔，手里拿着箭在弦上的弓，走了过来，说：“多好的一只小狐狸，它的皮做帽子，一定挺暖和，可惜跑了。”

麻姑笑着说：“大叔，你这么狠呀！那也是一条生命啊！”

“它要在这个世上生存，我也要在这个世上生存。啊，不跟你说这些你听不明白的道理了。”大叔可能发现了新的猎物，急匆匆地走了。

麻姑望着离去的猎人大叔，叹了一口气。

清晨，太阳从山那边探着笑脸看麻姑庵。麻姑在清澈的溪边梳洗。她望着几条小鱼追逐着她撩拨的水泡嬉戏，有的小鱼游动着亲吻她映在水里的脸，觉得挺有意思的。这些小鱼体形像漂摆在水面的垂柳叶，让麻姑分辨不出哪是柳叶哪是小鱼。她在想：是柳叶模仿小鱼长呢，还是小鱼模仿柳叶长？麻姑觉得走出军营的世界太奇妙了。

麻姑一边梳理着秀发，一边迎着朝阳望去，只见松柞掩映的山那边，石径回绕，云海涌浪，烟霞缥缈，影影绰绰可以见到大大小小的洞口敞着，雾气涌动着，显得格外神秘。麻姑决定前去看个究竟。踏着晨露，她翻山越岭来到洞穴前，只见群峰怀抱险峰，众洞陪伴着一个大洞，大洞为一突兀岩石天然形成，悬于山际，洞口呈弧形，高约一米半，宽约一米，洞腔椭圆形，径约七米，洞顶高三米，洞前石径狭窄曲折，踏进山洞，僻静清幽，如临仙界，觉得此洞是道人居士潜身修炼、讲道阐玄的佳地。麻姑因见到此洞紫烟升腾，霞光盈洞，故称之为“烟霞洞”。她常来打坐静思，颇得灵感。

烟霞洞前有一棵粗约三抱的大白果树，树龄在千年以上，树高四十余米，远远望去，绿冠耸天，挺拔雄伟，当地人叫它“七十二搂白果树”。只有三搂粗的白果树，怎么说成七十二搂呢？这缘于一个传说。

据说，很早以前，有一个盲人听说烟霞洞前有一棵很粗很粗的白果树，便点着拐棍前来亲自丈量白果树到底有多粗。村人听说后，来到树下围观，想看看盲人怎样测量树粗。

盲人把拐棍倚在树干上作为起点，张开双臂用搂量树粗，“一抱，两抱……”他每量一下，就高声报数。村里有个调皮的小青年，瞅着盲人快要量到拐棍处，就蹑手蹑脚走上前去，悄悄把拐棍往前挪动一下，就这样，盲人搂来搂去搂得满头大汗，累得张口喘，一直搂到七十二抱时才摸到拐棍。他举起拐棍，仰天长叹一声，说：“哎呀，我的老天，我可知道白果树有多粗了。”

有人问他：“白果树到底有多粗？”

盲人说：“七十二搂呀，这差不了，我亲手量的。”他挥手擦着脸上的汗，气喘吁吁地认真说。村人掩口窃笑，齐声说：“喔，白果树原来有七十二搂粗呀。”

从此，便有了烟霞洞前有七十二搂粗的白果树的说法。

若干年后，道教全真派祖师王重阳率丘处机、马丹阳、谭处端、刘处玄、王处一、郝大通、孙不二七真人来此，慧眼识圣地，并力拓展烟霞洞，称烟霞洞为“昆嵛神仙窟宅”。七真人经常召集道众来此布道阐玄，随之其周围长松岭、望海台、仙游岭、升仙台、连云峰、卧龙坪、狮子石、天门山等千姿万状的危岩峻岭得到命名和开拓。

随着麻姑道学日臻，布道范围逐渐扩大，道徒日众，麻姑初来时所建的麻姑庵，不能适应道教发展的需要，在众道徒的帮助下，建起了麻姑观。再后来，麻姑德行惠四海，道说入人心，麻姑观得到扩建，在人们心里，这里成了麻姑宫。其后麻姑宫改建为麻姑仙殿，并留有翻修麻姑仙殿碑记。麻姑修炼得道升天后，所用过的器具、建筑留在凡间，《齐乘》引《仙经》云：“麻姑于此修道上升，余址犹存，因名姑余。”从此，山名改为姑余山，这是后话。

# 三 麻姑拜师

清晨，远处山峰还笼罩在曚昽晨雾中，升腾的雾气，为昆嵛山增添了几分仙气。草叶、花瓣上的露珠在晨曦里滚动，像是它们用刚刚睁开的还没有睡醒的眼睛，打量着周围一夜之间的变化。麻姑刚打开柴门，早已站在门前树上的喜鹊（当地人称为鸦雀）喳喳地引颈欢歌，欢迎这位新邻居的到来，为麻姑新的一天祝福。几对彩蝶扇动着色彩斑斓的翅膀，在门前跳起欢迎舞。蝈蝈也打破爱睡觉的惯例，站在桲椤丛顶端唱起高亢的赞歌。燕子以优美的舞姿在门前飞剪，给麻姑清除不知趣的蠓虫。整个昆嵛山都醒了，欢迎麻姑这位新邻居。

从晨雾中走来一对步履蹒跚，已经采挖了半篓子带露的草药的老夫妇。他们坚信带露的草药具有较高的药效，每天都要赶在太阳出来前的早晨采挖草药。他们发现这里新搭起茅屋，趋步走来看个究竟。麻姑忙上前施礼："大叔大婶屋里请。"

"好，好，这房子虽然小，盖得好漂亮，姑娘也长得挺俊的。这里有了新房，以后我们进山采药，有遮风避雨的地方了。"老妇端详着茅屋，频频点着头说。

"请问二老尊姓大名，贵庚几何？我该如何称呼？"麻姑施礼问道。

老妇指着老汉说："他在黄家排行老三，取个名字叫黄三魁，人们都叫俺黄婶。俺是五岁时被黄家收养的讨饭孤儿，只知道自己姓李，也没有个名字，山里的女人有没有名字都无所谓，反正被称作黄李氏。俺俩已经年过六旬，是黄土埋半截，将近古稀之人了。"黄三魁在一旁憨笑着，脚下却在一个劲儿地挪动，眼睛不停地瞟着手里提着的半篓子草药，看样子他是急于离开，去挖草药。黄婶知道丈夫的急性子，瞅了黄三魁一眼，说："姑娘，时候不早了，俺俩还要赶在太阳出来前挖带露水的药材，太阳出来后收去露水，药效就是另回事了，日后再来看你吧。"说着移步要离开。

"黄叔黄婶既然是来挖药材的，我可否拜二老为师，跟着去学习学习挖药材？"麻姑恳切地问道。

"什么师不师的，跟着去就是了，俺们还有了个说话的伴儿。"黄婶说着就上前拽着麻姑欲走。

"二老稍等，我将门关上。"麻姑转身去关门。

"姑娘，不用关门，山里规矩好，山里人，人穷志不短，没人干偷鸡摸狗那些见不得人的事。"一直没有说话的黄三魁笑着说。

麻姑将门虚掩上，跟着黄叔黄婶踏露上山了。自古路是踩出来的，采药、放羊、砍柴的山民没有固定的去处，自然踩不出山路，满山坡杂草丛生，荆棘错综，石砺绊脚。在平地走路脚步蹒跚的黄叔黄婶，走在山坡上却脚步铮铮，落地有声，令麻姑自叹不如。

黄婶一边指给麻姑看各种药材的样子，一边不厌其烦地叙说它们的生长特点、喜欢生长的地方、药性和配药忌讳："黄芪，喜欢爬在地面上生长，开浅色黄花，花像个小蝴蝶，它的根能补气、利尿、消肿、止汗；黄芩，茎是方形，叶子对生，花呈唇形，蓝色，它的根可以治疗咳嗽；天麻，茎秆独立，开浅黄色花，它的根像个小地瓜，能止痛、熄风、消除痉挛；你看这金银花，一棵藤上开黄白两色花，你说奇不奇？你大叔就爱用紫金峰的山泉泡山竹子伴金银花喝，山竹子清火解渴，金银花清香解毒，消炎祛热，这可比山外喝的茶有讲究。"

"大婶，你懂得真多。"麻姑很是钦佩黄婶对可入药的药材了解这么多，这是她在军营里没有见过，也没有听说过的。她觉得医药里面大有学问，对老百姓至关重要，下决心跟黄叔黄婶好好学习医药知识，用来为山里人做点实事。

"我知道的这些，都是前辈人一代一代传下来的，这可不是一朝一夕发现的。"仰脸揩汗的黄婶，猛然看见山崖上有一棵硕大的灵芝，棕黄油光的盘面上滚动着闪亮的露珠。"你们瞧！"黄婶惊呼道。

顺着黄婶扬手指的方向望去，黄叔眉头拧了拧，用手打着眼罩仔细端量，说："这地方俺来过多次了，怎么以前没有看见呢？"

麻姑望着陡峭的山崖，一只苍鹰在崖前滑翔而过，山崖显得更加险峻，刀切的崖面，没有藤蔓可以抓着攀登。麻姑想：这棵灵芝真会选地方。

昆嵛山峡谷

黄婶一直在打着眼罩目不转睛地仰望着灵芝，自言自语地说：“如果能把这棵灵芝采回家多好，哪怕只蕴几天，也心足了。”

麻姑走到崖前，收紧裙衫，要为黄婶登崖采摘灵芝，刚将手抓住石缝，脚在崖面上摸索着可蹬处，被黄叔扯下来了。“姑娘，这活儿危险，还是我来吧。”黄叔说着，已经攀高了好几步。麻姑没想到老态龙钟的黄叔攀崖竟如此敏捷，身子紧紧贴在悬崖上，像爬墙虎一样一步一步攀登。黄叔也没有想到，远看几乎是平滑的悬崖上有被飘上的树叶遮盖的窝孔，竟然可供登攀。

黄婶屏住呼吸，一动也不动地望着在登攀悬崖的黄叔，汗珠顺着脸上的菊花纹滚落在地溅开了。她的心已经跳到嗓子眼，生怕黄叔有个闪失，后悔不该说出想要这棵灵芝。

麻姑感觉到紧握着的手心在沁汗，她后悔自己没有争着攀崖，担心黄叔年迈体力不支，有个三长两短，事已至此，无可替换，只能焦虑地望着黄叔在飘落的树叶掩映下一步一步登攀。麻姑见到黄叔攀过的悬崖上出现了一个个脚窝，感到好生奇怪，悬着的心稍有些平静。

原来，悬崖上有许多可供脚蹬着登攀的小窝，只是被飘上的树叶盖着，肉眼看不见罢了。这也是悬崖上的灵芝即使被发现，也可望不可摘，只能望而兴叹的原因。自从黄叔登攀过悬崖，那些脚窝便显露出来，有些胆大好奇的人便来登攀着玩，寻找刺激。悬崖前常常是胆大的人登攀逞强，胆小的人心虚畏惧。

随着黄叔一步一步地登攀，麻姑看见黄叔贴在悬崖上越来越小的身子在接近灵芝。她的心跳加剧了，连气也不敢喘，直盯盯地瞅着黄叔的每一个动作。终于见到黄叔采摘下灵芝，将灵芝柄咬在嘴里，仰着头，凭着感觉摸索着找脚窝往下走。麻姑觉得黄叔贴在悬崖上的身子越来越大，狂跳着的心渐渐平静下来了。

黄叔的双脚终于踩到了地面，双手将还在闪烁着滚动着露珠的灵芝擎到麻姑和黄婶面前。黄婶顾不得看灵芝，赶忙走上前，撩起袖子给黄叔擦汗。

麻姑看着此时此刻的老夫妇，觉得这才是人间真情。

黄叔笑吟吟地望着黄婶翻来覆去地看灵芝，爱不释手的样子，说："这是一棵千年灵芝，人生难得一见。它汲取了日月精华，蓄聚了天地灵气，如果姑娘喜欢，就拿去，算是咱们相识一场的念想。"

麻姑连忙摆手谢绝："不可，不可，灵芝是黄婶首先发现的，我独身在这昆嵛山里，灵芝对我没有用处，黄叔黄婶对医药有这么深的造诣，还是留着给需要它的人用吧。"

黄婶说："那好，暂时由我们保存着，姑娘什么时候需要，说一声就是了。"黄婶把灵芝紧紧贴在胸前。回头望黄叔攀登过的悬崖，悬崖上那些脚窝清晰可见，不由地咋舌称奇。如今，游人绕过无染寺往北走约三里路，便可以看到一面山崖，上面的脚窝依然还在。这些脚窝留下了许多神奇的传说，演绎成多个版本。

黄婶是个爱说话的热心人，一边教给麻姑识别药草，一边叙说村里的人村里的事。太阳出来了，黄叔要将挖的满满的一篓子药材分一半给麻姑，麻姑忙不迭地摆手谢绝："黄叔黄婶教给我如何挖药材，我已经感激不尽了，怎能要药材呢？再说，我初来乍到，要药材也没有什么用，还是黄叔黄婶留着吧。"

“俺挖药材一是以备自己用，也给邻居们个方便，偶尔遇上进山采购药材的贩子，还可以卖几个铜钱或换些针线家什。”黄叔执意要分给麻姑一些药材，麻姑坚决不收，推辞说：“我以后还要跟着黄叔黄婶学习挖药材，也学学医道，二老永远是我的师傅，学好医道能为别人做事才是人生快事。我爱听黄婶说道昆嵛山的事，这已足够了。”黄叔黄婶一个劲儿地夸赞麻姑是个知情达理的好姑娘。

麻姑目送黄叔黄婶下山后，正在盘算着在潜心修炼之余，广泛栽植桃树，将昆嵛山变成桃的世界，猛一抬头，见面前站着一位闭月羞花的女子，一手擎着正在开放的荷花，一手拿着绽露欲滴的桃树幼苗，笑盈盈地望着自己。麻姑心想：在这深山僻野，幽静世界，怎么有如此貌美的女子？看到她手擎荷花，神采不凡，猛然想到传说中描绘的何仙姑，麻姑不禁脱口而出：“何仙姑。”顿觉失礼，忙掩口瞠目，羞红双颊，呆立不知所措。

“姑娘不必慌张，你可认识这是什么？”何仙姑晃了晃手中擎的荷花，嫣然一笑。温和的话语使麻姑顿时感到十分亲切，消除了惊恐。

“荷花。”麻姑说，“俺家乡水塘里的荷花现在该是盛开的时候了。”

“这荷花与你有缘，你出生前就是由它先来报的喜。我本是西子湖畔的一个采莲女，与荷花有不解之缘，人称何仙姑，在这昆嵛山的余脉蓬莱修行。我们都与荷花有缘，正因为如此，王母娘娘派我前来为你指点修行，希望你早日修成正果，名列仙班。”

麻姑连忙作揖致谢，诚惶诚恐地说：“多谢王母娘娘对小女的恩典，多谢何仙姑的指点。师傅在上，请受徒弟一拜。”麻姑毕恭毕敬地向何仙姑行了拜师礼。

“我从瑶池给你带来桃树，望你选择圣洁之地栽植，它会扎根昆嵛山长成百桃之王，日后自有用场。我知道你喜欢桃树、桃花、桃子，你将来会有作为的，你随我来。”何仙姑将拂尘一甩，面前出现一条锦缎铺就的路，引领麻姑来到昆嵛山的紫金峰前的山洞，说：“这里居高临下，背阴朝阳，冬暖夏凉，是咱道家先贤开凿的，可以栖身。”

麻姑说：“我已经结茅为庵，可以安身修行，不再占用仙洞，留给需要的人用。”

何仙姑很是赏识麻姑不贪图安逸的高尚境界，说：“道家以苦为乐，以善为本，潜心修行，惠泽众生，洁身自好，惩恶扬善，修成正果，前程无量。”她引领麻姑沿着紫金峰西麓向上走，只见石阶悬挂，级数无数，令人仰视，陡峭险峻，如同天梯，竖在草木繁茂、百花飘香、凤飞鹤舞、泉水叮咚的万仞奇峰丛中。然而，盘亘通往峰巅云间的只有这么一条陡峻狭窄的岩坡石路，人称“好汉坡”，意为攀登如此天梯登上峰巅，可称为好汉。何仙姑身轻如燕，拾级而上，不时回头瞥望身后的麻姑。麻姑拜师心切，尽管举步艰难，汗珠飞溅，但她紧咬嘴唇，紧跟在何仙姑身后，来到一块形似月牙的巨大石块前。何仙姑回望走过的石阶，说：“此山曰圣经山，此坡乃‘好汉坡’，心不诚志不坚，会望而却步，自然也就读不到太上老子的《道德经》了。你要每日在月牙石前默背《道德经》，做到心领神会，付之行动。”

麻姑注视月牙石，见上面并无一字，正在疑惑，何仙姑用手中的荷花朝月牙石一指，月牙石上马上显现出了刚劲的字体。何仙姑说：“你端坐月牙石前，心无别思，目不窥园，月牙石上的《太上老子道德经》自然会显现。若干年后，将有修行的道人将《太上老子道德经》阴刻于此石，供世人研读践行。《太上老子道德经》将给熟读它的人处世做事无穷的智慧。”何仙姑目示西方接着说，“太上老君就坐在那里，你有不懂之处，可向太上老君请教。”

麻姑顺着何仙姑所示方向望去，西边山上一位花白须发飘逸，额头丰满，满脸皱纹纵横，似是蕴藏着无限岁月沧桑，面带微笑，双目深邃的长者正慈祥地望着自己。麻姑不禁揉揉眼睛，定神再望，那是一个巨大的山头，裸露在青松背景前，形象确是传说中描绘的老子。石像天成，令麻姑毕恭毕敬。她想：俗话说，人在做，天在看。而我在读《太上老子道德经》，老子就坐在近旁注视着，他老人家如此认真，其实，我读《太上老子道德经》，一心修行，自会专心致志，何劳老子操心？

原来，人称老子的太上老君遍游天下名山，为玉皇大帝采仙草灵花炼丹，来到昆嵛山，落脚紫金峰，见奇花异草遍山，古树参天，山形奇特，气象万千，仙气缭绕，另有一番洞天，有点流连忘返。他见紫金峰下的茅草屋前端坐着一道士在闭目静修，虽然挚诚溢于脸，但不甚得法，便上前询问修炼的方法。道士本来对打扰他静修，心有不悦，但见到站在面前的长者相貌不凡，气质超人，随生仰慕，站立起来施礼答道：“我是一心背经，专志修道。”太上老君点点头说：“修炼这些固然必要，但是……”

道士细端量面前的长者酷似传说中的太上老君，连忙跪下，毕恭毕敬地说：“请高师给小徒赐教。”

太上老君见道士心诚志专，双目睿智，认定将来必是弘扬道教的高足，便欣然收为徒，点化修炼之术。师徒论道正酣，玉皇大帝派仙鹤传旨，命太上老君速回天庭议事。

道士恋恋不舍地揖别太上老君，说：“笨徒王玄甫不知何时再能见到恩师?”

“我们会天天相见的。”太上老君驾起祥云升天。王玄甫目送太上老君至看不见之后，转身不禁大吃一惊，太上老君端坐在对面山上，栩栩如生。原来，太上老君留恋昆嵛山，也不甘心天下名山多属佛，为了使昆嵛山成为弘扬道教的圣地，将自己的头像影化在山上，以代身尊。

这尊老子石像，现今依然昂首紫金山西，注视着从他面前走过的形形色色的人，窥视着登上圣经山在月牙石前读《太上老子道德经》的人内心活动和面部表情。到此的游人仰望着慈祥的老子石像，惊叹不已。

麻姑望着太上老子石像，对何仙姑说：“我谨遵师言，悉心拜读《太上老子道德经》。”

“切记，切记。”何仙姑说完，扬起手中的荷花，隐身而去。

麻姑手托桃树幼苗，朝着何仙姑方才所在的地方深深作了一揖，抬头看到何仙姑已经离去。

如今，那些随意静卧的昆嵛山黑体白花球石，随着麻姑的传说传播各地，演绎得神乎其神，成为城市扩建、盖楼造宅避邪赐福的宝石。在泰山石价高难觅的当下，昆嵛山石身价飞涨，为昆嵛山人招财。人们说：麻姑继续在为昆嵛山人造福。

# 四 因地植桃

昆嵛山到处是庞大的黑体白花石块，被岁月磨砺得无棱无角，这些斑驳的石块记载着它在世间的沧桑经历。它们毫无规则地随意而卧，占据着一块地皮，分割着山坡，让人寻不到成片的可犁耕之田。巨大的黑体石块白天从阳光里采热，夜间释放，使昆嵛山区的温度高于外界。昆嵛山沟谷纵横，溪河如网，雨量充沛，为树木花草的生长创造了一个特殊的环境，因此这里奇树异花怪草繁多。麻姑觉得虽然昆嵛山整不出可耕种的地块，但可在巨石之间栽植各种桃树——血桃、蜜桃、黄桃、雪桃、冬桃……桃花盛开时，昆嵛山将像一位粉面含羞的淑女。石缝里淤积的千年腐草烂叶，养育得桃树分外茂盛，各种形状各异的桃子分期成熟，一年四季有鲜桃可吃，岂不妙哉。

麻姑在悉心研读月牙石《太上老子道德经》之余，行走在风哨、溪歌、鸟鸣的昆嵛山优美音符里。昆嵛山高古气息，淳朴的风俗人情，幽美的自然环境，养就了从军营走出来的麻姑独具一格的品性和气质。她见缝插针地在巨石之间精心栽植桃树，耐心修剪，勤奋浇水，桃树得到无微不至的照顾，长势分外旺盛。功夫不负有心人，几年下来，昆嵛山桃树漫山遍野，可是，随着桃树的增多，麻姑发现有一种肥胖的绿体虫子也跟来了，它们袭击桃树，吃叶钻果，害得桃树萎靡不振。

一日，麻姑正在苦思解除桃树痛苦的办法，一群嗡嗡啸叫着的蜜蜂簇拥成一个大圆球朝桃树涌来，扑在桃树上。麻姑知道这个大蜂球簇拥的是蜂王，挥手朝着蜂球画了一个圈，扬手一指，蜂球裂开了，工蜂退在周围，显出了蜂王。麻姑问道："你为什么把蜂群带到这里来？桃树已经被大绿虫子害得够惨的了，你们又来添乱！"

蜂王好像受了莫大的委屈，瓮声瓮气地说："我们蜂群出现了一个新蜂王，你知道天上不可有两个太阳，蜂群不可有两个蜂王。我们与新蜂王的拥护者展开了一场殊死战争，死伤惨重。我们战败后，被赶出了蜂巢。我们奔着桃树而来，是因为这里桃树成林，来年桃花盛开时，采蜜方便，近水楼台先得月嘛，以利发展我们的族群。"

"桃树被虫子害得这样凄惨，明年哪来的桃花盛开？你身为蜂族女王，只想到采蜜，却不管育花，哪有这等好事？你应该吩咐你的工蜂们先清除桃树上的害虫，让桃树生长得旺盛，明年才有个桃花盛开。"麻姑说。

"我的工蜂们只会采蜜、酿蜜，除虫却无能为力，不过，我们蜂族的赤蜂一支倒可以胜任。它们虽然个头瘦小，却善于将锋利的尾针刺入虫体产卵，将虫子作为幼蜂寄生的营养体，幼蜂从腹腔内吃空虫子，这倒是一个一举两得的好办法。不劳女神操心，这事由我跟赤蜂族商量。”

“事不宜迟，那还不快去办！”麻姑说，“我不是神仙，只是在昆嵛山修炼的俗女，你去找赤蜂，我为你在桃林附近选一个好的住处，我们做邻居吧。”

麻姑说完转身去了，蜂王发出嗡嗡的鸣，用蜂语叫招呼赤蜂。

肥胖的绿体虫子成了赤蜂幼崽的美餐，桃树又恢复了健康。

麻姑将蜜蜂群带到高坡上几棵形如盘龙的松树前，蜂王疑惑地盯着奇形怪状的松树，说：“我们怎能在松树上做巢？”

麻姑指着松树后面说：“你近前看。”

蜂王飞到松树后面凸出的石檐上，这才发现石檐下是一个非常隐蔽的洞口，一道阳光从洞顶的另一个洞口射下。哦，这个山洞还有一个通天洞口，在射进的阳光照耀下，可以见到洞腔很大，由洞顶的洞口可以直接飞到山顶。蜂王非常满意麻姑为它们选的住处，带领蜂群围着麻姑翩翩起舞，齐唱赞歌，以示致谢。麻姑说：“今后桃树的除虫就由赤蜂负责，给桃花授粉就由你们负责。”蜜蜂连声应允，嗡嗡地呼啸着涌进山洞，在蜂王的指挥下，各司其职，分工合作，忙活着筑巢。这群蜜蜂后来发展成庞大的群体，人们看着涌进涌出的蜂群，把这个山洞叫作“老蜂窝”，这就是如今昆嵛山上的“老蜂窝”山洞名字的由来。

一帮江姓的逃荒难民，流落昆嵛山，见这里山清水秀，虽然没有成片的大块土地可供耕种，却桃树漫山遍野，认为可做生存之地，便就地采用取之不尽用之不竭的山石垒房建村。因为周围都是桃树，村庄居于山口内，故取村名为“桃花岘”。村民江海波、江海涛兄弟二人见麻姑一个姑娘竟栽植了这么多桃树，长势茂盛，便到山庵求教。麻姑很高兴他们的到来，见到他们有栽植桃树的意向，便将自己几年来积累的经验，一股脑儿地全教给他们。村子很快兴旺起来，周围的红石屋、水牛角等五处山庵也归附了桃花岘村。道士居所，大则称为观，更大为宫，多为男道士居住；小则称为山庵，多为女道士守庵。麻姑所居住的草舍，虽然简陋狭小，但人们很崇敬麻姑。麻姑引人向善，带领山民在顽石遍布的昆嵛山石缝里栽植桃树，既可以食用，又可以交换来针线服饰等日用品，解决了生存之道。人们把麻姑居住的山庵尊称为麻姑观，到麻姑观拜访、求助的人多了，就走出了路，麻姑观的路通向四面八方。

桃花岘村在麻姑的指导下，三年后，桃树挂果，香溢四方，周围的犁眼沟、李家疃、晒字村、雁门窝等村的村民也纷纷到麻姑观向麻姑讨要桃树苗，求教栽植桃树的方法。麻姑有求必应，还亲自到现场指导。

桃花岘村是昆嵛山区最古老的村庄，至今依然桃树成林，麻姑植桃的故事几经演绎流传在街头巷尾、茶余饭后。桃花岘村桃树漫山遍野，春天桃花如锦，秋天桃弥香甜，僻静宜居，令游客流连忘返。生活在桃花世界里的村民，你一句我一句创作出口头文学《桃花仙女》的美丽故事，借以道出对美好生活的向往。作家冯德英曾长住桃花岘村，在这里完成了长篇小说《迎春花》。作品中多处场景是他对曾经生活战斗过的昆嵛山区的追忆和描绘。

与桃花岘村近在咫尺的晒字村虽然没有桃花岘村大，但村子经历玄乎，仅村名由来就是一个美丽传说：远古，一对黄氏兄弟因逃避兵乱，流落在这里建村，过着男耕女织的生活。早先，他们识得一些诗文，在没有绢纸的荒山僻野，他们用树枝蘸着草炭灰将记在脑中的诗文写在树叶树皮上，用勒丝草搓成柔细的绳子串起来，供子孙学读。村民们在农闲时，总爱凑在一起写写画画，成为黄氏家族的族规。天长日久，积累的树皮树叶字画成摞成垛。为了防止这些树皮树叶字画虫蚀霉烂，每逢晴朗天气，黄氏家族便齐心合力将字画搬到村头向阳的龙形大石崩上晾晒。一天，他们正在晾晒诗文，突然，西边山路上马啸蹄响，尘土飞扬，旗锣伞扇，枪晃剑闪，黄氏家族七手八脚将树皮树叶诗文收拾起来，扶老携幼朝着山沟仓皇逃跑。

原来是秦始皇在宰相李斯等大臣的伴驾下，借东巡去东海仙山寻找长生不老的仙药途经昆嵛山，黄氏家族凭两腿哪能跑得过秦始皇的马队，被撵上押回了山村。李斯检查发现他们携带的大包小包里全是写在树皮树叶上的诗文字画，而家中的衣食丝毫未动，吃惊地问："你们为什么撇下衣物粮食，带这些东西逃跑？"

黄氏兄弟答道："衣服可以再织出来，粮食可以再种出来，诗文丢了何以悉数再得？"

秦始皇知道了他们是在晾晒诗文时仓皇出逃，大加赞扬："你们龙石晒字，实在可贵。"捋袖挥笔在那块大石头上写下"龙石晒字"四个大字。黄氏家族便将秦始皇的赐字作为村名。可惜年久风吹雨淋，秦始皇的赐字荡然无存，龙石晒字村也简化为晒字村，但前来寻访的人却络绎不绝。他们顺便互换带来的东西，久而久之形成了集市。山外人尤其喜欢换取昆嵛山的鲜桃，昆嵛山人更需要他们带来的生活日用品，晒字村成了昆嵛山桃子的集散地，一直延续至今。昆嵛山的鲜桃带着麻姑的故事传遍了四面八方。

农历六月，天气渐渐炎热，到晒字集卖桃子的桃农急于将搬到集市的桃子早些脱手，竞相低价批发给外地来的桃贩子。桃贩子也深知“隔夜不贩桃”，他们贩到了桃子，就匆匆忙忙返回。一个桃贩子见集市上的桃子被贩卖一空，赶集人热得张口喘气，大汗淋漓，贪婪地望着自己筐子里贩到的鲜桃，馋得直咂巴嘴。这个桃贩子觉得集市上唯有自己的两筐鲜桃，可以抬高价格，就地做个独行买卖大捞一把。涌到桃筐前的人越多他把卖价抬得越高。桃筐前挤满了人，七嘴八舌地砍价，桃贩子觉得围的人越多，发财的希望越大，瞪大眼睛猛抬价，讨价还价，争执不下。

这时，来了一个女卖艺人，紧腰束腿，头扎红巾，一杆红缨花枪，一头挑着锣，一头挑着钹，在桃贩子旁边空地上，放下锣和钹，将花枪插在地上，敲着锣围圈跑着碎步，口中念念有词：“这边看来，这边瞧，会看的，看个门道，不会看的，看个热闹。有钱的捧个钱场，没钱的捧个笑场。”清脆的女音招引来围观者。女卖艺人放下锣，耍起花枪，花枪耍得如同银蛇出洞，寒光弧闪，呼啸生风，人们看得眼花缭乱，掌声不断，喊好声将桃筐周围的人都招引过来了。

女卖艺人将花枪舞了个花样，抛向空中，花枪在空中打着旋不偏不斜又插在原先那个窟窿里，人们看得目瞪口呆，嘘声一片。女卖艺人抱拳喊道：“大伙看仔细了。”她摊开双手围着场子走了一圈，旋即一个飞脚跃起，右手在空中一挠，握紧了拳围着场子又跑了一圈。人们瞪大眼睛等待下面的表演，只见女卖艺人对着握紧的手吹了一口气，伸开手时，手掌上竟有一颗桃核。她擎着桃核给大伙看，然后，用左手拔出插在地上的花枪，将右手里的桃核放进窟窿里，迅速掩上土，口里念叨：“不遮不盖，变不出来。”人们眨眼之际，花枪窟窿里钻出一棵小桃树，在人们惊呼声中，小桃树长得枝繁叶茂，粉红的桃花吸引了所有人的眼球。人们正在惊叹不已，一眨眼，满树挂满了粉红娇嫩，桃嘴弯弯如含羞的少女，扑鼻桃香弥漫的鲜桃。女卖艺人笑得比鲜桃更好看，她麻利地采摘鲜桃分给人们。

被冷落了的桃贩子望着人们纷纷伸手接鲜桃，吃得蜜浆甜，那咂巴嘴声让他不由得流口水，他想：这等好事不能错过。桃贩子赶忙将盖着桃筐的麻袋片盖严实了，把扁担压在上面，一边挤向人群，一边不断回头看桃筐，生怕有人偷了他的桃子。桃树上剩下了最后一个桃子，人们都在蹿着高，伸着手呼喊，女卖艺人摘下桃子探着手将桃子递给了正在人缝里蹿高的桃贩子。桃贩子高兴得满脸是笑，将桃子在衣袖上一擦，蹭掉桃毛，张大嘴巴就咬了一口，甜得他直舔嘴唇，生怕桃汁流失了。

女卖艺人挑起锣和钹，得到恩惠的人们让开一条路，女卖艺人频频向人们点头微笑着离去。

桃贩子把桃核啃了又啃，舍不得丢弃，用舌头反复舔着桃核，最后干脆把桃核含在嘴里咂吸。

吃过桃子的人们四散赶集去了，桃贩子见没有了发横财的希望，只好挑起桃筐要走，觉得桃筐轻轻的，赶忙撩起麻袋片，一看，傻眼了，麻袋片遮盖下的筐子空空的。他这才意识到昆嵛山的桃子是麻姑领着栽植的，麻姑是人们心目中的神仙，在麻姑眼皮子底下耍横，想发歪财，岂不是自讨苦吃？

栖霞榆林店村有一个名叫俞守山的青年，年幼丧父，是母亲一把屎一把尿把他拉扯大，虽然早已过了而立之年，但因家境一贫如洗，没有娶到媳妇，母子相依为命，苦度春秋。年过六旬的母亲积劳成疾，卧炕不起，俞守山靠扛活、打猎养活母亲，把挣来的每一个铜钱都用来为母亲买药，把每一粒粮食都做成饭喂卧病在炕的母亲，自己吃糠咽菜。只有出气没有入气的母亲在迷迷糊糊中说："儿啊，妈想吃传说中昆嵛山的桃子。"正在为母亲刮屎擦尿的俞守山说："妈，你等着，俺这就去给你弄。"

俞守山麻利地从墙上揭下前几天刚打到的一张狸子皮，匆忙上路了。栖霞榆林店离晒字集市有二百多里，俞守山一路小跑，在第二天午时赶到了晒字集市。可是，刚刚赶上女卖艺人将最后一个桃子给了桃贩子，俞守山把集市逛了个遍，也没有见到桃子。山里人谁肯要狸子皮呢？连瞧一眼的也没有。一个穿戴阔绰的财主看好了狸子皮，擦着手里华丽的拐棍要换。俞守山需要的是鲜桃，正在病中迷糊的母亲想吃鲜桃，他岂能换一根用不上的拐棍。俞守山急得直跺脚，却又摆脱不了擦着拐棍的财主的纠缠。这时，一个村姑捧着两个硕大的鲜桃，塞给俞守山："赶快拿着送回家吧，你妈正在等着呢。"

俞守山接过鲜桃，要把狸子皮给那位村姑，只见村姑转身急匆匆地走着，撞在财主的拐棍上，财主一个踉跄跌倒在地，额头磕出一个紫红的大包。财主吃力地爬起来，丝绸褂子已经被拐棍戳破，肥鼓鼓的肚皮裸露在外，裤子也被地上的石子划蹭得撕成一绺绺，大腿上血痕累累。他抡着拐棍转圈喊着："谁撞的我！谁撞的我！"嘶哑的嗓子招引来赶集的人像看耍猴一样围观。

俞守山要去追赶村姑给她狸子皮，一个老太太拦住他说：“是麻姑显灵帮你，甭找了，快回家吧。”俞守山这才如梦初醒：是呀，要不，她怎么知道俺妈在家等着呢？他顾不得多想，奔跑在回家的路上，终于在第二天黎明前，把鲜桃捧到了母亲面前，经过一宿的奔波，此时的桃子已经熟透了，香味弥漫草屋，母亲只咬了一口，喃喃说道：“儿啊——妈——没有白养你。”说完便含笑撒手西去了。

人们把俞守山孝敬母亲的事传为佳话，成为乡邻教育子女的典范。俞守山在埋葬了母亲后就不知去向了，有人说他到外地扛活去了，有人说他到昆嵛山找麻姑报赠桃之恩去了，有人说天道酬孝，他升天为仙了。由此可见，神仙是凡人捧起来的，但是，凡人所捧的是符合他们的价值观的。

何仙姑给麻姑的桃树苗，麻姑把它栽在紫金峰前坡两块球形巨石之间，两块巨石就像是桃树苗的守护神，威武地站在桃树苗的左右，呵护着桃树苗的成长。而紫金峰之所以叫作紫金峰，是因为从远处看峰顶形状像是帝王的紫金皇冠。人们闲暇时，望着紫金峰，你一言我一语编出了紫金峰美丽的故事。这棵桃树长得粗壮魁梧，两块巨石被罩在庞大的树冠下，周围的桃树，不管在哪个方向，都倾向它，呈朝拜之姿。人们叫它仙桃树，仙桃树虽然挂果不多，但果形硕大丰满，双手捧不过来，桃嘴盈笑，红颊迷人，香味奇特，弥漫数里。

硕大的桃子，量少就更显得金贵。但凡有人为了孝敬长辈或是谢恩之用，麻姑总是满足他们的要求，但是嘴馋的无赖尽管垂涎三尺，却不敢前来偷摘。原来，蜜蜂女皇向麻姑推荐了它们族中体大威猛的地雷蜂前来守护这棵桃树。人们之所以叫它们地雷蜂，因为它们筑巢在地下，毒性巨大，一蜇夺命，恐怖的嗡声如雷。老鱼洞村有一个财主的少爷叫毕得武，人称毕无德，自幼习武，自恃武艺高强，欺男霸女，无恶不作，扬言："我堂堂打遍天下无敌手的英豪，岂怕区区的山蜂子？看我如何摘桃子吃！"他选择一个大雾弥漫的早晨，以为雾重，地雷蜂不出洞，纠集了几个地痞涌向紫金峰。那几个地痞一路上竭尽吹吹拍拍之能事，目的是跟着赚个桃子吃。临近了，那几个地痞不敢近前，掩身在大石头后面，探头瞅着毕无德大摇大摆地朝仙桃树走去。其实，此刻毕无德心里像揣着小兔，狂跳不止，他手里紧紧攥着腰刀，眼睛滴溜溜地转动瞅着周围，准备随时挥刀砍向向他扑来的地雷蜂，但是地雷蜂偃旗息鼓了，毫无动静。他大着胆子腋下夹着腰刀往桃树上爬，刚爬到桃树中间，突然觉得腿肚子上被叮刺得钻心疼痛，低头一看，好几只地雷蜂正扇动着翅膀，抖动着身子隔着裤腿将尾针刺入他腿肚子。他号叫着撒开抱着桃树的手，抖动裤腿，抖掉正在注射毒液的地雷蜂。毕无德跌落在地上，撸起裤腿一看腿肚子黑紫着肿粗向上蔓延，他马上意识到后果，抓起掉在地上的腰刀，眼一闭，挥刀砍掉了被地雷蜂叮刺的腿，尖叫一声，昏过去了。躲在大石头后面的几个地痞清楚地见到了这惊心动魄的一幕，吓得屁滚尿流地逃跑了。被家丁抬回家的毕无德保住了一条性命，少了一条腿，再也不能炫耀自己的武功了，也无力干那些欺男霸女的缺德事，倒成了人们茶余饭后的反面教材。

一条正在紫金峰后坡山洞里修炼的白花蛇以为自己一身鳞甲，地雷蜂无法叮刺，悄悄往仙桃树上爬，眼睛射着蓝光，吐着瘆人的蛇信子，警告地雷蜂不要靠近。当它攀爬到尾巴离开地面时，只觉得一阵风扑来，一只地雷蜂突然飞扑在它眼睛上，将尾针猛地刺入了它眼睛，白花蛇张开血盆大口咬不到地雷蜂，抻着蛇信子吸不到地雷蜂，急得它撩起尾巴抽打，倒使自己失去抓攀，跌落在地。那只眼睛瞎了，成了独眼蛇，八百年的修炼之功尽弃，它再也不敢打仙桃的主意了。此事在蛇族传开，都为之胆寒。

地雷蜂至今仍然在昆嵛山保护着桃林，不过有些利欲熏心之徒，用火攻蜂巢，将舍生捍卫家园的地雷蜂烧死，挖出箩筐般的巨大蜂巢，抠出白胖胖的蜂蛹高价卖给宾馆，作为一道菜被端上了餐桌，惨啊！

# 五 未了情缘

麻姑在昆嵛山植桃，激发了山民利用石缝栽植桃树的积极性，大家纷纷在闲置的小地块栽上桃树。勤劳的倪海汪在昆嵛山紫金峰前坡栽了百余棵桃树。这里没有成片的土地，他是在满山坡散卧着的巨石之间，剔除砺石，开垦出“镢头子地”栽植的桃树，每个桃树坑都洒上了他艰辛的汗水。也许是他的汗水使得桃树长得分外旺盛，看在眼里，喜在心里的倪海汪干得格外勤奋。

炎热的夏天，火辣辣的太阳烤得巨石烫手，草叶蔫蔫，桃叶耷拉，地面如烙锅，脚不敢下踏。倪海汪光着臂膀，从半山腰的泉水湾里一趟一趟挑泉水浇桃树，膀子晒爆了皮，脸晒得黝黑，汗水溅在水桶里，看到被浇过的桃树绿叶舒展，他由衷地憨笑。

有一棵桃树，不管是倪海汪给它浇水，还是给周围的桃树浇水，它总是借助风力伸展枝叶为倪海汪遮挡烈日，扇风解暑，拂叶揩汗，这一切都是在倪海汪不知晓之下进行的。它是被年轻英俊的倪海汪不辞劳苦，不顾烈日当头为桃树浇水感动。它之所以与其他桃树不一般，因为它有着特殊的身世：当年，被拒之蟠桃会之外的孙悟空气恼之下，潜入王母娘娘的蟠桃园，蹲在仙桃树上大啃大嚼仙桃后，又摘了一口袋仙桃背在肩上离开，途中觉得口渴，从口袋里掏出一个仙桃吃完后，将桃核随手扔下，桃核飘落在昆嵛山，长出了一棵小桃树。路过的倪海汪发现它后，小心翼翼地把它移栽在紫金峰前。出于对捡来的孤苗的怜悯，倪海汪对这棵桃树苗格外关照，这使小桃树苗很是感激倪海汪将自己从瘠薄的山坡上移栽在众桃树之间，免除了孤僻的寂寞。它有着比其他桃树超凡的灵性，虽然发不出人的语言，但对世事心知肚明。它吸纳射向自己的每一缕阳光和滴向自己的每一滴雨露，希望早日长成出类拔萃的桃树报答倪海汪。

倪海汪很是喜欢这棵长势旺盛的小桃树，亲昵地叫它妮桃。在这片桃树里只有它有自己的名字，其他桃树用着一个公共的名字——桃树。

麻姑来指点倪海汪管理桃树，发现这棵桃树与众不同，树身苗条，树冠如伞，枝叶葱嫩有致，惹人喜爱，说："海汪，瞧你的这棵小桃树多精神，枝叶长得恰到好处，将来挂果一定不一般。"

妮桃好像听懂了麻姑的夸奖，频频摇枝摆叶向麻姑致谢，麻姑抚摸着妮桃嫩绿的叶子说："海汪，这棵桃树跟我自来熟，我总觉得它像一个孩子一样向我招手欢迎我的到来。你从哪里弄来这棵小桃树？”

海汪说：“我去那边山坡挖野菜，偶然发现狭窄的石缝里长出一棵小桃树，就把它移来了。”

麻姑说：“好好照顾它，它将来一定会很好地报答你。”

海汪点点头，说：“我不会亏待它。”

三年后，阳光明媚的春天，妮桃向倪海汪擎出了第一朵开自心房的艳丽桃花，花蕊含着晶莹的露珠，像是人激动的眼泪滚在眼眶，艳丽的花瓣弥散着扑鼻的芳香，倪海汪欣喜地望着青枝绿叶擎着的这朵桃花，伸手欲抚摸，却将手摆动在半空，他怕自己满是硬茧的手碰伤了桃花。妮桃注意到了倪海汪欣喜的笑容，感觉心里甜滋滋的。

当桃花盛开的时候，给桃树浇水施肥的倪海汪累了，倚在这棵被叫作妮桃的桃树上小憩。倪海汪和自己偎依在一起，让妮桃感到很欣慰，她用绿叶轻轻为倪海汪揩去额上的汗；扇动着绿叶为倪海汪送来凉爽的微风，驱除疲劳；将自己所有的花笑向倪海汪，让倪海汪心旷神怡，忘掉劳作的辛苦；拍着绿叶为倪海汪唱轻柔的小曲解乏。她竭尽全力为倪海汪做所能做到的一切，深深地倾慕倪海汪勤劳、憨厚、诚实、健壮、英俊。

或许倪海汪感觉到了妮桃的一片深情，在劳动中总是多看妮桃几眼。

借着微风的吹动，妮桃撩起桃花轻吻倪海汪带汗的嘴唇，将扑鼻的芳香送给倪海汪。为了结出硕大甜美的桃子向倪海汪奉献，妮桃倾尽心力。

麻姑来到倪海汪的桃园，总是特别留心妮桃的生长，围着妮桃多看几眼。她觉得妮桃一定有不一般的来历，皱眉凝思其中的秘密。麻姑见到妮桃终于开花了，喜挂眉梢，高兴地对倪海汪说："你瞧这桃花多漂亮，喜煞人了。"她见妮桃的花朵微妙地向自己招展，顿时觉得自己的估计没错，可是一时搞不明白其中的奥秘。

然而，不知道哪位神仙发现了妮桃的所在，也探知了妮桃是遗落的蟠桃园里的桃核所生，禀报给王母娘娘，王母娘娘生气地说："仙桃被孙猴子偷吃了就吃了吧，又不能从它嘴里抠出来，可是不能让仙桃树散落人间，那成何体统？托塔李天王，你马上派天兵天将把妮桃树给我抓回来！"

托塔李天王走出凌霄宝殿恰巧遇见雷公闪婆，便把捉拿妮桃树的差事安排给他们。雷公闪婆得令马上来到昆嵛山，寻到妮桃树，二话不说，逮住就要押往天庭。妮桃正热恋着昆嵛山，更舍不得离开倪海汪，岂肯就范？妮桃挣扎着追问："为什么抓我？我犯了哪一条？"

雷公闪婆被问得张口结舌，说不出缘由，眼一瞪嚷道："我们不知道为什么，只知道奉命抓你。"

妮桃紧紧扎根昆嵛山，不肯离开，性急的雷公闪婆用雷击电割斩断妮桃的根须，强行将妮桃拖离了土地。

正在桃树下干活的倪海汪听到电闪雷鸣，以为天要下雨，打着手罩向天空望去，只见乌云滚滚，不见雨点降落，自言自语道："响雷无雨。"他隐约见到乌云裹着的一团白云，形状极像妮桃的树形，疑惑不解地跑到妮桃树跟前，看见妮桃树枝杈耷拉，桃叶蔫蔫，再望天空，空空无云，急得倪海汪跺着脚对天空大喊："妮桃！妮桃！"他影影绰绰听到凄惨的回音："等着我——"

倪海汪无奈地望着萎靡不振的妮桃树空叹。

麻姑听完倪海汪关于妮桃树蔫萎过程的叙说，估计出妮桃的来历。她望着愁眉苦脸、满腹委屈的倪海汪，觉得他有些消瘦了，安慰道：“没事儿，你只要每天早中晚三时给这棵桃树浇从紫金峰山腰挑来的泉水，它会缓过来的。”

“麻姑，我知道你有办法救活这棵桃树，这是我很在意的一棵桃树。它从小长在石头旮旯，够凄苦的了，我把它移来，好不容易伺候到这么大，却突然蔫蔫了，太可怜了，请您帮忙把它救活，拜托了。”倪海汪深深地给麻姑鞠了一躬，眼巴巴地望着麻姑。

麻姑看着倪海汪和妮桃树同样的可怜，觉得自己安慰倪海汪的话已经出口，就要想办法帮助他。她觉得妮桃树的蔫萎一定与天庭有关，只有求王母娘娘帮忙，才有希望。可是怎样才能见到王母娘娘呢？

倪海汪遵照麻姑的嘱咐，每日三次登攀紫金峰挑来泉水，他的汗水、泪水滴在挑来的泉水中，一起给妮桃浇灌。可妮桃还是日渐枯萎，没有起死回生的迹象，急得他一天几趟去求麻姑。麻姑也一天三时探望妮桃树，急得围着妮桃树团团转。

麻姑正在犯愁，王母娘娘在仙女们的簇拥下来王母娘娘洗脚盆沐浴。麻姑接待得格外殷勤，趁王母娘娘高兴的时候，小心翼翼地说：“娘娘，我有一件事求您帮忙。”

王母娘娘看着麻姑那眼巴巴的样子，笑着说：“什么事？尽管说来，我一定满足你。”

“谢谢娘娘，”麻姑脸露笑容，说，“山民倪海汪有一棵桃树不知道为什么突然蔫萎了，我怎么治也没有治好，求娘娘帮帮忙。”

麻姑瞥见王母娘娘笑着的脸上渐露怒色，心悬了起来。王母娘娘没好气地说：“这事我知道，都怪那调皮的孙猴子，窜到蟠桃园偷吃了仙桃，还捎带偷走一包，将吃完的桃核扔在昆嵛山，长出了小桃树。蟠桃园的桃树怎能散落人间？不行！”

随王母娘娘前来的玉兰仙女忙帮麻姑说话：“娘娘，我去蟠桃园时，见到过那棵桃树，枝杈耷拉着，叶子蔫蔫，快要死了的可怜样子，让我见了也揪心。”

百合仙女也在一旁帮腔：“天壤有别，长在土壤里的桃树，怎能享受得了天庭的福气？看它那失去地气的可怜兮兮样子，留在蟠桃园有失大雅，不如将它赶出天庭。”

“好了，好了，这里没有你们说话的份儿。”王母娘娘听得有些不耐烦了，“看在麻姑殷勤迎驾的份上，就放它一条生路，你把它移栽在你的桃园里吧。”

麻姑急忙说：“倪海汪很是看重这棵他捡来的桃树，我把桃树移走，他会病倒的。娘娘，干脆把好事做到底，让桃树在原地活过来，才会皆大欢喜。”

“那就依了你，不过，它永远扎根在泥土，不得成仙。”

“娘娘，人间、天上只有仙（鲜）桃，哪有桃仙？”玉兰仙女笑着说。

“仙桃是给我们吃的，成了仙那还了得？”百合仙女说完，吐了一下舌头，生怕王母娘娘怪罪，可偷眼见到王母娘娘笑了。王母娘娘说：“麻姑，你告诉那个倪海汪好生伺候那棵桃树，不得有非分之想。那只是一棵永远不会说话，离不开泥土的桃树。离开泥土，将结束它的生命。但是，不可多言，天机不可泄露。”王母娘娘不想让人知道自己做过的事。

麻姑作揖感谢王母娘娘开恩，也用眼神向帮助自己说话的玉兰仙女和百合仙女致谢。她焦急地等待到王母娘娘驾起祥云离去，急匆匆地赶到倪海汪的桃园，见到倪海汪正在笑逐颜开地抚摸渐渐伸展开来的桃叶。他见到麻姑到来，转身欲跪下道谢，麻姑疾步上前扶住，说：“何必行如此大礼？桃树活过来，是因为你天天辛勤浇水，心诚所致。”麻姑谨记王母娘娘嘱咐的“天机不可泄露”，没有把实情告诉倪海汪，妮桃也不会说话，这对倪海汪来说是个永远不会知晓的秘密。

“是您给我指点了解救妮桃树的办法，妮桃树才得救。”倪海汪说，“您是我们的活神仙，我知道您有办法救妮桃树，也肯定会帮忙。”

麻姑在心里说：当时我只是为了安慰你。她看到了妮桃树的叶子又在向她招手，苦笑着说：“海汪，你就好好伺候它吧，它很快会恢复过来的，还要为你结桃子呢。”

# 六 麻姑救孤

麻姑正在山坡的石缝中栽植桃树，忽然听到山下传来凄惨的女孩哭声，从悲尖的号哭声中听得出她正在挨打。心地善良的麻姑听不得这揪心的哭声，放下手中的工具，循声向山下跑去，只见一个衣不遮体的女孩蜷曲着在路边的乱石上滚动，一个衣冠楚楚的财主正在对她拳打脚踢。

“住手！”麻姑人未到，喊声已经令财主的手僵持在半空。麻姑认识这个财主，他名字叫邵和忻，山民们都叫他“黑心”。

“哪里来的黄毛丫头，敢管闲事！”邵和忻圆瞪着有些外凸的眼睛朝跑来的麻姑吼道。他不认识麻姑，以为是路过的村姑。

“你凭什么毒打一个小孩？”麻姑逼问。

“她是我买来的丫头，不听话，就得打！你管得着吗？”邵和忻在麻姑犀利的目光逼视下，声音弱了下来。

“她怎么个不听话？”麻姑问道。

“我吩咐她两天内在昆嵛山给我挖一棵人参，她八天也没有挖到一棵，还不回去，这不是想逃跑吗？”邵和忻嘟囔着。

麻姑扶起遍体鳞伤的小姑娘，问道：“姑娘，你家里还有什么人？”

“俺是与父母一起逃荒到这里的，前几天，我们在路上遇到一条短尾巴蛇。父亲为了保护我们，与蛇搏斗，用石头将蛇打死，但不幸被蛇咬伤，浑身发紫，惨死在要饭的路上；母亲抱着父亲哭得昏过去，再也没有醒过来。我用手扒泥掩埋了父母，要饭到他家，他给了我一块已经长霉斑的粑粑，我吃了，他就说，吃了粑粑，等于把自己卖给他了，并说：‘吃了桲椤得绣茧。’逼着我到昆嵛山来给他挖人参。我从来也没有见过人参，不知道人参长得啥样，挖不到人参，怎么敢回去？”骨瘦如柴的姑娘抽泣着说。

“你花了多少钱买的丫头？你把钱给谁了？”麻姑怒不可遏地问道。

“花了十二贯钱，你把钱给我，可以将她领走，否则，休管闲事！”邵和忻梗着脖子嚷道，“钱给了这个小姑娘。”

“胡说！他没有给我钱！”小姑娘急了。

“嚷什么？再嚷我就揍死你。”邵和忻抡着拳头朝小姑娘诈唬。麻姑一巴掌打在邵和忻扬起的胳膊上，他没有想到麻姑掌下如此有力，胳膊麻酥酥地垂了下来。

“咋呼什么！”麻姑喝道。

邵和忻恶狠狠地朝麻姑瞪着充了血的眼睛。

“好，给你钱。”麻姑伸手从衣兜里掏出几粒米握在手心，爱财如命的邵和忻一对鼠眼直溜溜地瞅着麻姑扬起的手。“拿去!”麻姑说着将几粒米摔在地上，邵和忻一见是宝光四射的珍珠，眉开眼笑，“扑通”一声扑在地上抢珍珠。

麻姑领着小姑娘走向桃林深处，她把手中的两颗珍珠给小姑娘：“姑娘这是两颗珍珠，拿着回家吧。”

“我是出生在要饭的路上，生来就没有家。珍珠对我没有用，不能当饭吃，我只求有个地方安身活命便可。”姑娘两眼泪汪汪地望着麻姑。

麻姑端量了一会儿小姑娘，觉得她面向善良，眉宇间有一股坚韧不拔的秀气。年纪尚小，无家可归，流浪在社会上乞讨，怪可怜的，麻姑便说：“也罢，你暂且就留在昆嵛山和我一起栽桃树吧。”

小姑娘听说麻姑肯收留她，高兴得流了眼泪，说：“干活俺不打怵。”

麻姑知道小姑娘姓杨，就叫她杨姑娘。杨姑娘陪伴在麻姑身边，一起栽桃树，一起背诵《太上老子道德经》，一起走村串疃布道。严于律己的麻姑不言之教深深影响了她，她不仅将《太上老子道德经》背得滚瓜烂熟，且时时事事践行，将《太上老子道德经》精髓默化于意识，其目光表情充溢睿智，气质不凡。十年后，一个叫王淑山的孤独青年逃荒到昆嵛山。麻姑看他面善人俊，勤劳正直，做媒让杨姑娘与他结为伉俪。夫妻齐心合力在河边盖起了两间草房，繁衍成村，因河边柳树成林，便取村名柳林庄。杨姑娘是麻姑的俗家弟子，劳动之余，到周围村庄布道，深受山村妇女喜欢。她为人向善，正直勤奋，疾恶如仇，凡事三思的道家思想在昆嵛山区广为传播。随后，古河庵、楚石口庵、刘家庵等三庵依柳林庄村而建。这一带的山民多数信奉道教。

再说那个邵和忻趴在地上抢得珍珠，得意忘形，连忙揣在怀里，哼哼呀呀地唱着小调往家跑。一路上，不一会儿伸手摸摸揣在怀里的珍珠，生怕掉了，或被谁抢去。跑着跑着，他感觉宝珠在动，便掏出来看看，一敞开手，几只大马蜂嗡的一声展翅飞起，吓得邵和忻一屁股瘫坐在地上。马蜂在他头上盘旋了几圈，扑向他的脸，蜇得他鼻歪眼肿。邵和忻一头扎进路旁的一堆栫椤丛里，将腚撅在外面。马蜂将高高撅起的屁股毫不留情地叮蜇，痛得他发出没命的嘶号。他这才意识到可能遇到了山民传说的麻姑，不然，谁能将他揣在怀里的珍珠变成大马蜂？自此，他搜刮山民的胡作非为有所收敛。

断腿保命的毕无德虽然不便外出，整天在家抱着茶壶消磨时光，却无时无刻不在想着盘剥山民、膨胀家业的歪点子。这时他父母已经过世，留下的家业足够毕无德打发余生的，但他不想坐吃山空，还想发展家业。他不知道《太上老子道德经》第四十四章《立戒》里有一句“故知足不辱，知止不殆，可以长久”的训诫，成天品着茶，搜肠刮肚地盘算怎样盘剥别人，将人家的东西占为己有。他听家丁说，一个外乡人在河边盖起茅草房，家里还有一个漂亮的妻子。他觉得这个初来乍到的外地户，倒是一个盘剥对象。等到王淑山开荒播种妥当，栽下桃树，毕无德派家丁去通知王淑山说：“这片山岚是毕家的，秋后要交租子。”并且租谷多于秋后可能收获的谷物，家丁还扔下一句话：“东家说了，谷物不够交租，可以用人顶。”

其实，当年昆嵛山里除了开垦的耕地有主，山岚草场都是无主的。家丁的传话，如同晴天霹雳，把正在辛勤建家立业的王淑山和杨姑娘打进了万丈深渊。他们愁眉不展地向麻姑诉苦，麻姑安慰他们：“不必犯愁，该干什么干什么，车到山前必有路。”

还没有到秋收的时候，毕无德等得不耐烦了，拄着拐杖，一瘸一拽地带着家丁去河边王淑山的茅草屋。他惦记更多的是王淑山的妻子，企图借着王淑山交不起租子，将王淑山的妻子掠回家。一路上他打着如意算盘，脸上露出了奸诈的淫笑，手里的拐杖也画着弧儿点地，却不想一脚踏在磨砺蛋石上跌倒了，趋溜带着美梦跌进了数丈深的山沟，将拐杖扔在了山路上。家丁探头往沟下望去，见东家已经摔成了肉饼，吓得四散而逃。

# 七 参女嫁郎

南极仙翁的仙鹤从长白山衔来两粒人参种子，想种在终南山，为南极仙翁炼长寿丹提供药材。途经昆嵛山上空时，它俯瞰昆嵛山群峰簇拥泰礴顶，跌宕有致，树茂花妍，燕飞蝶舞，紫气升腾，不禁惊诧地脱口而出："好美的山啊！"这一开口，两粒人参种子掉落了，仙鹤正欲寻找，南极仙翁恰在此时召唤它速归，仙鹤不得不放弃寻找，这就是昆嵛山有人参，终南山没有人参的原因。

从此，昆嵛山有了兄妹两个人参娃娃。

参女正在沐浴艳阳，一条青皮红花的毒蛇在悄悄地靠近。正在砍柴的柳林庄青年柳娃以为毒蛇要袭击他，挥镰抵挡，寒光弧闪在毒蛇前面，阻挡了它的去路。气恼的毒蛇竖起半截身子，吐着令人恐惧的信子，企图将柳娃吓跑，可是柳娃毫不畏惧，持镰屹立，怒视着气势汹汹的毒蛇。恼怒的毒蛇一心想吃掉好不容易寻到的人参，岂容柳娃阻挡，双目射出森人的蓝光，振了振挺立的半截蛇身，猛地扑向柳娃。柳娃挥镰砍向扑来的毒蛇，一道寒光闪过，毒蛇的脑袋被砍掉了。这触目惊心的一幕就在参女面前上演，参女看得真切，她很感激勇敢的柳娃在关键时刻救了自己，却又无法表白。而柳娃却全不知情，只以为斩蛇是为了自卫，轻蔑地朝在地上痉挛的两截毒蛇吐了一口唾沫。转身欲走时，他看见在身前是一棵长着卵形小叶，像是伸开的手掌在向他招手。他以前从来没有见过这种奇异的草，感到很是新奇，点着头多看了几眼后继续砍柴，他不知道那就是人参。

参女望着在近旁挥镰砍柴的柳娃，觉得这个青年很有个性，专拣枯死的柴杈吃力地砍，难道他不知道活树杈脆容易砍下来？参女想他一定是舍不得砍鲜活的树杈，多么慈善的心啊！参女感动得向柳娃频频点头。

一天，参女沉浸在草丛倾听蟋蟀弹奏逍遥曲，突然，一只穿着草鞋的大脚踩来，参女正惊恐地感到来不及躲闪，那只大脚却悬在头上片刻，又收回去了，那人自言自语地说："小草也是有生命的，不可踩踏。"参女举目望去，说话的人正是那天斩蛇救自己的柳娃，心里好感动：昆嵛山里有如此善良的年轻人。参女想到柳娃砍柴只砍枯死的树枝，从不把镰刀砍向正在生长的绿枝，尽管累得汗珠飞溅，他也不乱砍滥伐，总是挑选枯枝，即使细枝，他也不嫌弃。参女注意到柳娃总是匆匆来，手忙脚乱地拼命干，在一个固定的时辰匆匆离去，家里一定有什么急事忙得他不可开交。

第二天，柳娃正在砍柴，邻村的孤寡老人姜大爷也来这条山沟砍柴。患有哮喘病的姜大爷砍一斧子喘三喘，柳娃不忍心看姜大爷劳累的样子，凑过去帮姜大爷砍柴，并且将柴砍成恰好放进灶膛的长度，帮姜大爷打好捆，措着柴捆帮姜大爷背在肩上站立起来。姜大爷感动得眼泪满眼圈跑，深情地望着柳娃说："你真是个好孩子，可惜家里……要不，早就娶妻抱子了，那些人没有眼光啊……"柳娃催柴捆压在肩上的姜大爷快回家吧，他看着一步一颤的姜大爷艰难的样子，叹了一口气，转身忙着砍柴。

参女把这一切都看在眼里。柳娃没有像往日那样砍得一大捆几乎背不动的柴，背着急匆匆地回家，而是到了大约往日回家的时辰，就仓忙背起不大的柴捆往家走。参女悄悄尾随在身后，想看个究竟。

柳娃进了柴门，顾不得洗洗汗津津的脸，放下柴捆，就背起母亲送回屋。原来，柳娃出门去砍柴前，将生活不能自理的母亲背在院子里晒晒太阳，傍晚凉风起，他怕母亲着凉，急急忙忙回家背母亲回屋。

母亲望着满脸汗渍渍的柳娃，说："娃啊，都是老妈拖累了你，早年，家里穷难找媳妇，好不容易托亲赖友说好一个，我又瘫痪了，那门亲事被拖累黄了。唉，谁家的姑娘肯嫁给家里穷得叮当响，炕上躺着一个需人伺候的瘫痪老妈的青年？就拖累着我的娃了，唉——"

参女把柳娃家看得真切，母亲的话也听得真切，摇身一变，变成一个衣裳破烂，满脸灰垢脏兮兮，捧着碎瓢，拖着要饭棍的乞讨女，"扑通"一声跌倒在柳娃门前。

柳娃说："门外什么响？"

母亲说："快去看看。"

柳娃将看到一个讨饭女昏倒在门口告诉母亲，母亲说：“那是饿昏的，快把锅里的稀粥盛给她。”

“那你？”柳娃为难地说。

“我一顿饭不吃，饿不死，救人一命要紧。”母亲说。

柳娃告诉母亲那人昏迷得不省人事，不能喝粥，母亲说：“把她搬到炕上缓一缓，再给她喝。”

当讨饭女苏醒过来，喝下那碗漂着几根地瓜丝的稀粥，慢慢能撑起身子坐起来，向柳娃和母亲谢救命之恩。母亲望着那脏得不露模样的脸问：“你家是哪里？”

“俺没有家。”讨饭女说。

“要去哪里？”母亲问。

“无处可去。”讨饭女说，“如果大娘不嫌弃，肯收留俺，俺可以给大娘干活，做儿媳妇。”

这倒是母亲求之不得的事。母亲皱着眉头看了看那不露模样的脏脸说：“先去洗洗脸吧。”

母亲见到洗过脸的讨饭女的脸虽然清瘦，却很漂亮，很是欢喜，问讨饭女：“你叫什么名字？”

讨饭女说：“俺姓申，没有名字，就叫俺申女吧。”母亲和柳娃听不明白这是参女的谐音。母亲高兴得都合不拢嘴，对柳娃说：“柳娃，你去把麻姑请来，让她为你们主持婚礼，做你们的证婚人。”柳娃的母亲瘫痪在炕，麻姑经常来探望，并送来配好的药，这让柳娃的母亲感激不尽，凡事爱找麻姑商量，觉得麻姑是她最信赖的人。参女一听要请麻姑来，连忙阻止，说：“咱们穷人家结婚，又不大操大办，就不要麻烦人家了，住在一起就是了，不要惊动别人。”其实，参女知道正在修炼的麻姑一眼就能看出真相，与其说被麻姑识破阻止了，倒不如先不让麻姑知道，等生米煮成熟饭，再找机会求麻姑隐瞒，到时候与人为善的麻姑也就只能顺水推舟答应了。

母亲觉得申女说的有道理，当天就在草屋为柳娃和申女主持拜堂成亲。

第二天，麻姑来给柳娃的母亲送药，走近门口，就听到母亲高兴的笑声，这是麻姑从来没有听见过的。她以前听到的都是唉声叹气。一进门，麻姑见到母亲满脸是笑，笑得菊花瓣都舒展开来。“大娘，什么事这样高兴？”麻姑问道。

“好事，天大的好事。”母亲笑着拍打着炕沿请麻姑坐下。麻姑刚坐下，母亲激动地拍着麻姑的手说：“俺儿子娶媳妇了。哈——哈——”

“是吗？新娘子呢？”麻姑高兴地问，举目四下看。

“申女，快来见麻姑。”母亲说，“新媳妇害羞呢。”

原来参女见麻姑来了，急忙躲藏起来，她知道麻姑一眼就能认出自己。麻姑嬉笑着说：“出来吧，我已经看见你了。”母亲“申女”一出口，麻姑就猜到了八九不离十，她对母亲说：“新娘子在院子忙活，我去看看。”

“去吧，去吧。”母亲笑嘻嘻的。

麻姑来到院子，参女不得不现身，深深给麻姑作揖行礼，说：“我是想帮柳娃照顾母亲……”

“事情是好事，但是，人仙有别，触犯天条是要受罚的。”麻姑打断参女的话，说道。

“我是妖？是仙？什么都不是，只是遗落在昆嵛山的一粒人参种子发了芽，扎根在昆嵛山，人间、天庭都管不着我。”

“可不要给柳娃添麻烦，炕上有一个瘫痪的母亲，就已经够柳娃操心的了。”麻姑说。

“柳娃是好人，我来就是为了帮助他。我可以将我的叶子悄悄放进母亲的饭菜里，时间长了，兴许母亲的病可以治好。柳娃和母亲都不知道我的来历，请您不要说破，那样不好。”参女乞求地望着麻姑说。

“我不会说的。”麻姑说，“你要好自为之，何必长得这样漂亮呢？过于漂亮会招惹是非的。”

“我是为了讨柳娃和母亲高兴。没有把事情考虑得太复杂。”参女羞答答地说。

“现在只能这样了，走一步说一步吧。我总有点儿担心，有事找我，我会帮你的，成人之美嘛。”麻姑用手指点了点参女的额头。参女的脸唰地红到耳后，给麻姑作揖致谢。

送走麻姑后，参女转身进屋夺过正准备切菜做午饭的柳娃手中的菜刀，说：“这哪里是男子汉做的活儿，你去干别的吧，以后饭由我来做。”柳娃深情地望着参女憨笑，搓着手到院墙外的菜园里去了。

母亲倚着壁墙坐着，看到参女要做饭，心想：柳娃可不用再围着锅台转了。母亲看在眼里，喜在心里，笑得合不拢嘴，看到参女握刀的手有些颤抖，每切一刀，眼睛一闭，有些不忍心的样子，心想：初次切菜，难为新媳妇了。她哪里知道每切一刀，参女都想到刀下蔬菜也是有生命的。

晚饭后，参女烧热水要为母亲洗澡。母亲瘫痪后，几乎没有洗过澡，她既高兴，又难为情。柳娃去院子里在月光下劈柴，他看到松明灯将母亲和参女的身影投到窗户上，就像皮影戏一样，母亲在参女轻柔搓洗下，身子悠悠地晃动着。柳娃感动得热泪盈眶。

赵宝的姥姥恰巧是柳林庄，他到姥姥家蹭饭吃，身后跟着

"跟屁虫"向财。他俩在街上闲逛荡，从柳娃敞着的门缝看到美貌的参女正在院子择菜，参女的美貌让他俩挪不开步，趴在门两边贪婪地往里瞧。无奈柳娃抡着斧子在院子劈柴，母亲坐在参女旁边跟参女啦呱，赵宝和向财只能趴在门旁干瞪眼。

一连几天，赵宝赖在姥姥家不走了，天天和向财在柳娃门口探头探脑的，气得母亲让柳娃坐在门口遮挡，气恼地说："这两个不要脸的讨厌东西！"

参女说："不怕。"说话间，参女被什么东西绊了一跤，跌倒在地，磕得满脸是伤，血肉模糊，忙找了一块破布让柳娃帮忙将脸缠起来，只露鼻子、眼、嘴。母亲看在眼里，痛在心里，摩挲着参女的手，眼噙着泪说："申女，痛吧？也不小心一点……"

柳娃心痛得脸都抽搐了，直愣愣地看着参女，急得直搓手。

见到参女的脸磕的惨状，赵宝和向财垂头丧气地离开柳林庄。几天后，参女伤愈揭去包扎的破布，脸上大疤套小疤，鼻歪眼扭嘴瘪，丑得恐怖吓人。赵宝和向财再次在柳娃门口探头探脑，看到一个恐怖面孔，舌头一伸，吓得拔腿就跑，再也不来骚扰了。

几天后，参女脸上脱落下一个整体的大疤结，又露出了她本来的漂亮模样，柳娃要将大疤结扔掉，参女说："不要扔，留着还有用。"说着将大疤结扣在脸上，柳娃明白了。这样，白天参女将大疤结扣在脸上，晚上取下，一家人过起了男耕女织的平安日子。

游荡到柳林庄的毒蜘蛛，晚上又在月光下隔着窗户看见柳娃在和漂亮媳妇亲热，趴在窗上迷了眼。它嗅到参女非同一般女子，怀疑是它正在寻找的人参变的，因为它以往路过这里见到的只是一个瘫痪老太婆和穷青年。它竖起骨碌碌转的眼睛，狰狞地一笑，鼻子一嗤，说：“我看你往哪里跑！”便开始在柳娃的院子上空织网。东方露出鱼肚白，毒蜘蛛终于将网织得罩住了整个院子，它在网上弹跳着试了一下，沾着露水的网丝黏黏的，富有弹性，网扣密得苍蝇也飞不过去。毒蜘蛛得意地爬在大网的一角，一夜未睡的它迷瞪着眼睛打盹，等参女出来受缚。

太阳升到一竿子高了，屋里还没有动静。新婚燕妮的小两口睡得正香，母亲年迈觉少，可是不忍心打扰小两口甜蜜的梦，静静地躺着不动。毒蜘蛛等得不耐烦了，太阳已经收回了露水，蛛网变得丝脆，它故意弹拨着蛛丝，发出刺耳的怪声搅闹睡梦中参女。来给母亲送药的麻姑远远就听到奇怪的声音，知道不妙，三步并作两步赶到柳娃家，见到是一只大蜘蛛在作祟，一个蹿跳将蛛网顶破一个大窟窿。毒蜘蛛气得火冒三丈，撩起挓挲着黑毛的长长蛛腿，扑向麻姑。麻姑闪身躲过，顺手抓住一条蛛腿用力一抖，“咔嚓”一声，蛛腿被折断了。它气急败坏地忍着疼痛，撩起其余的蛛腿要扑向麻姑，挥着擀面杖已经冲到院子的参女见状，猛地一捅，捅在毒蜘蛛圆鼓鼓的肚子上，痛得它一阵痉挛，疼痛中，一条腿又被柳娃劈柴的斧子砍伤，它仓皇顺着一条悠荡在空中的蛛丝逃跑了。

麻姑挥手一搅，蛛网被搅成一团乱丝，抛向院子外。柳娃和参女双双作揖感谢麻姑搭救之恩，麻姑说：“没事了，你们好好过日子吧。它养伤也需要半年以上，量它再也不敢来骚扰了。”又轻声对参女说，“都是你漂亮惹的祸。”参女调皮地吐了一下舌头。

在参女的耐心伺候和麻姑的药剂调理下，母亲的瘫痪慢慢好转了，但由于受到毒蜘蛛骚扰的惊吓，精神有些恍惚，不久便谢世了。柳娃哭得死去活来，麻姑安慰他："治得了病，治不了命，你做儿子的已经尽心行孝了，母亲寿终正寝，免受病苦折磨，也是她的福分，节哀顺变，好好与你媳妇过日子吧。我会常来看你们的。"

光阴似箭，日月如梭。转眼间，柳娃已是五旬老人，积劳成疾，咳嗽不止，背驼腰弯，头几乎贴了地，要不是参女悉心照料，偷偷在饭菜里加上参叶，恐怕病态惨状不止如此。前来送药的麻姑见到柳娃一天天衰老，对着参女叹气，说："柳娃老态龙钟，你却还是原来的样子，这样会吓着柳娃的。"

"那——我就变老变丑。"参女无奈地说。

"老与丑是两回事。"麻姑说，"老，是自然的表象，丑是眼见心想的，在柳娃心里你永远不是丑的。"看到参女脸露愁容，麻姑寻话安慰她。

柳娃七十三岁的那个冬天，慈祥地望着参女安然归西。麻姑问："参女日后打算如何?"

参女说："魂归原体，将柳娃葬在身旁，守着柳娃继续修炼。"

麻姑轻轻拍拍参女有些颤抖的肩膀，点点头。

# 八 参娃掘泉

昆嵛山里有人参娃娃，传说得纷纷扬扬，搅动得那些总是梦想发意外之财的贪婪者欲望痒痒得抓心，每日不得安宁。他们不仅自己到昆嵛山东窜西闯，还驱使喽啰、苦工，翻腾昆嵛山，寻找人参。凡间是这样，妖界更是有过之而无不及。一些心术不正的妖魔鬼怪，不是潜心修炼，积德行善，而是煞费苦心地寻求捷径，妄想早日得道成仙。它们相传吃了人参娃娃可抵修炼一千五百年，纷纷使出浑身解数寻找人参娃娃，狐疑恶斗，甚至相互大打出手，搅闹得昆嵛山乌烟瘴气，整日不得安宁。一些地痞无赖肆意拔草砍树，折枝掐花。他们故意在桃林里穿来窜去，顺手摘桃子，遇到没有成熟的青桃，咬一口酸涩得直甩脑袋，气恼地随手一扔，将桃子扔得漫山遍野都是。麻姑想用《太上老子道德经》对进山的人进行教化，从思想上教育人们不要奢求，借以保护人参娃娃，可是，对妖魔鬼怪是无理可讲的，只能驱除，甚至消灭。麻姑知道自己入道时间短，法力有限，面对乱七八糟的妖魔鬼怪，自己孤身相斗，确实心有余而力不足。

麻姑正在思索应对复杂局面的办法，忽然听到桃林深处传来争吵声，走近一看，是桃花岘村黄三魁大叔与楚岘村的财主赵大头在争吵。原来，进山挖药的黄叔见到赵大头挖不到人参拿桃子出气，乱摘乱扔，实在看不下去，便上前劝阻。财大气粗的赵大头哪里把年迈的老农黄三魁放在眼里，两句话说不来，便要动手打黄三魁。黄三魁虽然穷得叮当响，年轻时却在东华宫跟老道长王玄甫学得一身好功夫。赵大头挥着胖乎乎的拳头，恶狠狠地向黄三魁打来，黄三魁一个“四两拨千斤”轻轻一击，赵大头就被拨得摔倒在地嘴啃泥。赵大头没有料到会摔倒在一个年迈的老农手里，也曾学过拳脚功夫的他恼羞成怒，爬将起来，手脚并用，以泰山压顶之势连连向黄三魁攻击。赵大头“黑虎偷心”突袭，黄三魁“顺手牵羊”甩得赵大头四脚朝天。赵大头“平地旋风”跃起，黄三魁“飞鹤展翅”扇得赵大头晕头转向。赵大头“铁剪横穿”猛刺，黄三魁“飞虎跳涧”闪得赵大头扑空乱步。整天养尊处优的赵大头少年学的武功早已生疏，迟缓的动作，成了花架子，肥胖的身子不大听他大脑的支配，拙笨的招数为黄三魁提供了打击的机会。赵大头见几次出手都没有占到便宜，便运足气，一头朝黄三魁撞来，恰在此时麻姑赶到，纤手一挥，赵大头“嗷”的一声抱头跌在地上，原来他撞到的不是黄三魁，而是一棵老桃树。他顾不得跟窃笑出声的麻姑和黄三魁计较，只顾摩挲着头上鼓起的大泡号叫。

“还不赶快回家上药？这就是善有善报，恶有恶报。”麻姑轻蔑地望着赵大头发笑，赵大头早就听说有一位漂亮的姑娘在昆嵛山一边栽植桃树，一边修炼，他知道跟修行的人计较，那是自讨没趣，只好抱着脑袋狼狈地溜走了。

黄三魁作揖谢过麻姑解围之恩，麻姑连忙还礼，说：“人参娃娃是个好孩子，只因为老实，才遭到欺负，我们应该好好保护人参娃娃。”说着上前扶着黄三魁一边行走在桃林，一边切磋桃树的管理经验。

这一切都被也在寻找人参娃娃的毒蜘蛛看在眼里，真是“物以类聚，人以群分”。毒蜘蛛倒要替赵大头报仇，但是它上次在柳娃家被打伤的腿还没有痊愈，自知体力不支，不能正面交锋。它趁麻姑跟黄三魁大叔在行走中聚精会神切磋桃树的栽培，偷偷在他们前面扯起毒丝，要将他们绊得摔一跤。

“小心！”麻姑麻利地搀扶起被毒丝绊得打了个趔趄的黄三魁大叔，马上搜索到掩身桃树后的毒蜘蛛，便要上前制服它。几个回合交手，毒蜘蛛有些腿脚不灵，体力不支，乱了套数，便使出毒招。麻姑在军营学的散打功夫怎抵毒蜘蛛的毒招？毒蜘蛛狰狞地一笑：“毛丫头，你小瞧俺了，难道俺在这昆嵛山修炼一千年是吃素的？”

麻姑知道自己不是毒蜘蛛的对手，但是气愤难忍，觉得宁可被打倒，也决不能被吓倒，抖擞精神再战。麻姑发现毒蜘蛛凭借它那细长腿屡屡占上风，瞅准机会，一个“扫堂腿”扫向毒蜘蛛乱舞着向麻姑攻击的毛茸茸的腿，毒蜘蛛奸诈的灰眼珠子骨碌一转，轻蔑地一笑，撩起带爪的长腿。躲过麻姑的“扫堂腿”，迅速将长腿掐向麻姑的颈部，麻姑一个“青龙潜江”，让毒蜘蛛的长腿扑了个空。毒蜘蛛没有想到麻姑动作竟然如此敏捷。黄三魁也挽起袖子，上前助战。二人轮番进攻，使毒蜘蛛难以招架，战了几个回合后，毒蜘蛛跳到圈外，扬起一张毒网，要将麻姑和黄三魁罩起来，羞辱一番。不想，毒网却将自己严严实实地罩住了，正在纳闷，见是八仙之一铁拐李在朝着自己冷笑，忙装出一副可怜相哀求："大仙饶命，小妖只是闹着玩玩，下次再也不敢了。"

"哼!"铁拐李将铁拐点在毒蜘蛛被网得蜷曲的腿上，痛得它浑身抽搐。铁拐李将铁拐一挑，毒网扬起，被甩在一旁，缩作一堆烂丝。他把铁拐往石崩崮上一插，伸手摘下背着的酒葫芦，拧开葫芦嘴，仰起脖子吸了一口仙酒，顿时脸泛红晕，吹出的酒气，使满脸的胡须笔直地竖起，昂头眼一瞪，喊道："都给我听好了，麻姑是王母娘娘安排在昆嵛山修炼的，并指派何仙姑做师傅。何仙姑的徒弟，就是我们八仙的徒弟，谁胆敢欺负麻姑，就是想下地狱了。"铁拐李说完，怒目扫视了一下周围，他知道还有一些小妖掩身在暗处看热闹。此时，它们吓得一动也不敢动，连气也不敢喘，畏缩在见不得人的阴暗角落。

铁拐李向一棵老桃树伸开手掌，口中念念有词，一块深褐色桃木飘到他手中。他握着桃木在空中晃了晃，再伸开手时，手里是一只泛着褐色光泽的桃木簪。铁拐李亮着洪钟般的嗓子对麻姑说："此乃毙妖簪，哪个妖怪再敢祸害昆嵛山，你用毙妖簪朝它一指，它便呜呼哀哉进地狱了。"那些躲在暗处的小妖惊恐地偷窥麻姑接在手中的毙妖簪，不寒而栗。

麻姑上前施礼，问道："大仙何时到此?"

"这昆嵛山本来就是我们八仙修炼的地方，蓬莱仅是昆嵛山的支脉，我们在此，看哪个小妖再敢作祟!"铁拐李说着踢了蜷曲在地瑟瑟发抖的毒蜘蛛一脚："还不快滚！在这里等死？"

毒蜘蛛拖着伤残的腿，连滚带爬地逃离了。

铁拐李拔起插在石崩崮上的铁拐，一股清泉顿时汩汩喷出。

"这泉水就留给你浇灌桃树吧。"铁拐李说，"好好修炼。《太上老子道德经》上说'人法地，地法天，天法道，道法自然。'你要心领神会，踏实践行，可不要辜负了王母娘娘的一番苦心和何仙姑的指点。"

"小女记住了。"麻姑给铁拐李深深作揖。铁拐李吩咐道："保护人参娃娃的任务就交给你了。"麻姑连声应允，抬起头时，铁拐李已经去了。

黄三魁问麻姑："昆嵛山里真的有人参娃娃吧？他们发疯地闹腾着搜寻人参娃娃。人参娃娃是昆嵛山的，可不能被那些狂徒挖去。我听我爷爷说：早年昆嵛山上有棵杜仲，树皮和叶子都是极好的药材，与其他药材配伍治疗头热发烧，药到病除。后来一个贪得无厌的小人将杜仲的皮全部扒光了，拿去换铜钱做赌资。无皮的杜仲树枯死了，人们在昆嵛山再也寻不到杜仲这味药了，只留下了"树长在土里，人中留大名，叶贵皮是宝，配药治大病"的谜语让人们去猜，如今昆嵛山上只能见到又酸又涩的杜梨了。我们可不能让人参娃娃遭到杜仲的命运。我从来没有见到人参娃娃，不过，有时候急于寻药治疗体虚之症，去药铺买的药材里会夹带几片手掌状的叶子，采药时我没有遇到过这种叶子呀，配在药里一起煎熬，疗效还真好。"

麻姑频频点头听着黄三魁的叙说，说："不让昆嵛山的有益物种绝迹是我们的责任。"这时，山沟里"棒槌！""棒槌！"的喊声不绝于耳，她知道这是寻找人参娃娃的习惯吆喝。人们传说看见人参，只要一喊“棒槌”，人参就愣住了，无法隐身地下，然后，用红线绳将它系住，它就跑不了了。

眉头拧成一个疙瘩的麻姑沉思片刻，对黄三魁说：“黄叔，你把赵大头和毒蜘蛛的事对大伙说说，让人们知道人参娃娃找不得。如果有人摔伤了或被蜂子蜇了，你就给他们治疗，顺便将赵大头和毒蜘蛛的事说给他们听听。”黄三魁点头应允，他明白麻姑的意思。告别麻姑，循着“棒槌！”“棒槌！”的喊声走去。

“出来吧，调皮的人参娃娃。”原来麻姑知道人参娃娃就躲在附近草丛里偷听她和黄叔的谈话。

一个只穿着红肚兜的小孩，裸露着胳膊、腿，胖得圆鼓鼓的白里透红，头上扎着一个朝天锥小辫，扑闪着水汪汪的大眼睛，一脸孩子稚气地蹦跳到麻姑面前，从麻姑的眼神可以看出她着实喜欢这个胖娃娃，麻姑说：“你要小心，提防心术不正的人和妖怪打你的歪主意。”

“不怕，昆嵛山里的树木、花草，还有好心的人都在保护我。”人参娃娃一脸孩子气地蹦跳着说，“我要报答他们，让歪心的人为好心的人出力。”

“你可不能大意啊，辜负了大家的一片好意。”麻姑叮嘱人参娃娃。

春天本来就春雨贵似油，昆嵛山里却两个多月没有见到一个雨星，树旱得落叶，花草干得蔫蔫耷拉头，人参娃娃觉得应该是自己报恩的时候了。人参娃娃在桃花岘村的财主癞疮头带领家丁临近自己时，冒着危险闪身一现，一个眼尖的家丁喊道：“人参娃娃！”癞疮头顺着家丁所指的方向望见狼窝顶山山腰有一棵叶似手掌，开着一簇小黄花的人参，叫喊着：“棒槌！”“棒槌！”狂奔过去，人参娃娃已经潜身于地下溜走了，只不过是人参娃娃探得此处地下有泉眼，引诱妄想者前来掘井。

癞疮头重重地扇了家丁一巴掌，吼道:“你怎么不多喊几声棒槌?”他用脚画了一个大圈,“我看见人参就在这里，给我挖！挖一尺给你们两个铜钱。挖地三十尺，也要把人参挖出来!”

癞疮头吆喝着家丁挖了三天三夜，没有见到人参的影子，却挖出来一个比茶盅口还粗的汩汩喷涌的泉眼，一眨眼的工夫，泉水就漫到坑口，要不是家丁腿脚麻利跑得快，就被淹死在坑里了。真是“山有多高，水有多高”，半山腰的泉水奔涌而下，浇灌得花草、树木枝叶舒展开来，久旱遇甘泉，呈现勃勃生机，又是一片葱绿。

软枣林村两个懒得横草不拿，竖草不拾的青年赵宝和向财，也在菠萝崮山顶发现了人参秘藏的地方。别看他们平日里走路懒得抬步，天明懒得睁眼，挖人参他们却不要命。挖呀挖，在菠萝崮山顶挖出了泉井，泉水喷涌而出，撵在他们手忙脚乱往井上爬的屁股后。

几天下来，几乎所有的山头都挖出了泉井，累得浑身散了架子的挖参者这才明白被人参娃娃捉弄了。潺潺流淌的山泉浇灌得漫山遍野树绿草青，为昆嵛山留下了永远的泉眼。

正领着扛锨拿镢的长工在狼窝顶山坡上吆喝着找人参的财主癞疮头不小心捅了马蜂窝，被惹怒了的马蜂群起而攻之，没头没脑地扑向他们。这帮人被蜇得鼻青脸肿，抱头鼠窜。本来就因为生癞疮，头上一块一块的疮疤没长头发，亮着的头皮正好是马蜂袭击的对象，不一会儿，头上鼓起了一个一个大泡，痛痒得抓心。他的眼睛也被马蜂蜇得睁不开了，不知道躲到哪里才能躲避马蜂的刺蜇。

癞疮头在被蜇得歪鼻子斜眼的长工的搀扶下找他曾经逼过租的黄三魁治疗。黄三魁先给长工搽药，癞疮头嚷着要先给他治疗，可是他那被马蜂蜇得肿对死的眼睛，看不见黄三魁在哪里，只能干嚷嚷。

黄三魁用拌药的木条拍打着癞疮头头上鼓起的大泡，痛得他没命地嘶号，黄三魁说："你这头顶生疮，脚下流脓的癞疮头没法治疗，就让它烂着吧。"

癞疮头扑通一声跪在地上，撕心裂肺地喊着痛，苦苦哀求黄三魁给他治疗，他带着哭腔喊着"多给钱"。此时的癞疮头当然忘不了他曾经勒索过黄三魁，还在桃园交过手。

黄三魁正说着赵大头和毒蜘蛛，门外又来了两个相互搀扶着的人，他们是软枣林村两个好吃懒做，成天游手好闲，梦想着发个意外之财的青年——向财和赵宝。他们在王家场山后坡寻找人参娃娃，赵宝不小心被树枝绊倒，眼看就要掉下山崖，赶紧扯着向财。向财一看不好，迅速抓住崖边一棵小松树，扎根不牢的小松树也被扯下了崖，幸亏山崖不高，赵宝摔断了胳膊，向财跌崴了脚。

黄三魁没好气地说："找到了人参娃娃吗？你们纯粹是去找罪遭。你们看看他们找不到人参，找到了马蜂窝的下场！"

从此，搜寻人参娃娃的"棒槌！""棒槌！"喊声不再喧嚣山林，乱舞着的准备捆绑人参娃娃的红线绳也消失了，人参娃娃得以清静修炼。

几经斗转星移，不知仙人铁拐李在何处云游，他留在石崩崮上的那眼清泉还在汩汩喷涌，已经被三瓣石村引下山，成为家家户户饮用的自来水，并被聪明的矿泉水商家申报成行销全国的商标。

# 九 奚落赃官

昆嵛山里的妖怪惧怕麻姑的毙妖簪指向自己，不敢出来闹腾着寻找人参，肆意作祟，暂时销声匿迹了。山里人知道人参不是随便可以找到的，就不再去奢想，干自己该干的事情去了。不过，茶余饭后人们把关于人参的故事演绎得有声有色，不仅流传在山村街头巷尾，还在县城传得沸沸扬扬。县官听说在自己的辖区发现了人参，高兴得拍着大腿跳了起来，小小的三角眼睛笑成了一条缝儿，对夫人说："这回可是有了捞回本钱的机会，说不定还要加官晋升呢。"

原来这个县官是倾家产给州官送礼，买来个县太爷当当。他本想变本加厉地大捞一把，想不到文登地处边陲，山多地少，人口寥寥，又赶上连年旱灾接涝灾，几乎颗粒不收，到任三年，也没有捞回买官的本钱，反倒搞得县民怨声载道，纷纷外逃，连朝廷定的税赋也收不起来，更别说额外加税了，即便将征收的税全装进自已腰包，也不够当初买官的银两。正愁得焦头烂额，却传来了昆嵛山有人参的好消息。他赶忙传来师爷：“快，快写告示：本县接到圣旨，加收赋税，整修县衙，昆嵛山山民的税赋必须在立冬以前交清，否则，严加惩办，轻则没收房屋土地，重则杀头。谁如果能挖到人参，免征五年的赋税，赏银十两，不，赏银五百两。”

师爷瞪大疑惑的眼睛，试探着问：“大人是想逼着山民全都去寻找人参？”

“算你聪明。”县官奸笑着说。

“是否有假传圣旨之嫌？”师爷面有难色。

“山民什么时候见到过圣旨？再说山高皇帝远，皇帝知道个啥？”县官一脸的奸诈。

“那赏银五百两是否太……”师爷欲建议少赏点。

“不多，不多，重赏之下，必有勇夫嘛，你就写上赏银千两。到时候，掉了一根参须罚银八百两，两根参须嘛……”师爷抢过县官的话说：“就是一千六百两。从泥里挖，谁能保证一根参须不少？”两个人的笑声混在一起，充斥着“明镜高悬”的大堂。

半个月过去了，县官也没有见到人参，他等得不耐烦了，催着师爷：“把衙役们都派到昆嵛山去督促，让他们带着鞭子，挨家挨户地驱赶着上山去寻找人参。”

山民们无奈地被赶上了山，挖不到人参，只好捎带着挖点儿药材，回来卖给黄三魁，或顺道送给麻姑。

衙役们尾随着夜归的山民，闯进了正在忙着收药材的黄三魁家，将年迈的黄三魁拖到门外，黄婶紧紧拽着黄三魁的衣服，不让衙役们将黄三魁拖走。一个衙役狠狠踢了黄婶一脚，黄婶跌倒在地，衙役举起鞭子就要抽打被拖到门外的黄三魁。王淑山挺身而出挡在黄三魁前面，怒目瞪着衙役说：“黄叔年迈经不起打，要打就打我吧。”在场的山民摩拳擦掌地涌向前，大有一触即发的械斗之势，衙役鞭子还没有落下，被闻声赶来的麻姑将举着鞭子的胳膊擎在半空。“住手！”麻姑喝道，“你们这样欺压老百姓于心何忍？想必你们也是老百姓的儿子，如果出身达官贵人，也不会干衙役，你们的父母遭此欺压，你们是何种感受？”麻姑手一用力，衙役“哎呀”一声，手中的鞭子掉在了地上。衙役们听说站在他们面前英姿潇洒的女子是麻姑，吓得魂不附体，狼狈溜走了，身后一片嘘声。麻姑在昆嵛山修行布道，扬善惩恶，妖魔鬼怪退避三舍，地痞恶霸收敛避躲，衙役早有耳闻，岂敢在麻姑面前行凶作恶？

县官听到衙役们的禀报，气得直跺脚，嚷道：“在本县管辖区内，都是县民，管她麻姑不麻姑，岂容她抗旨？去！把她抓来关进大牢！”

衙役们面面相觑，谁也没有动弹，师爷见此，悄声对县官说：“还是算了吧，不要去招惹麻姑，麻姑非同一般，据说法力无边，还有彪妖簪，不要惹祸上身。关于银两嘛，可以从长计议。”

“不行！明天老爷我亲自前往昆嵛山，你们全部跟着去。”财迷心窍的县官满脑子里只有人参，听不进师爷的劝阻。晚上，他在睡梦中，被一个女子喝醒，还没有看清是谁，一张纸条已经递在手中，他觉得是梦，可是手中确有一张纸条。但是他斗大的字识不了一筐，根本看不明白上面写的什么。第二天，他将纸条拿给师爷，让师爷读给他听。

师爷战战兢兢地读道："天下有道，却走马以粪；天下无道，戎马生于郊。罪莫大于可欲，祸莫大于不知足，咎莫惨于得。"

"你就直截了当说说是什么意思就是了，谁听得懂这写了些什么！"县官听得不耐烦了。

师爷没有解释给县官听，接着说："前面好像是《太上老子道德经》中的句子，下面还有一句：一意孤行，身败名裂。落款是麻姑。"

县官一把夺过纸条，撕得粉碎，嚷道："什么乱七八糟的！走！都跟本官去昆嵛山！"

师爷只好找来轿夫抬着县官进山，县官吩咐："不走大道，穿山而过，说不定会遇上人参呢。"衙役们只得跟着轿子高一脚低一脚地翻山越岭，蹚草丛穿荆棘，浑身沾满了草叶和刺叉，被槐刺扎得遍体鳞伤，被锯齿叶划得满脸淌血。轿子一颠一颤，县官倒坐得悠悠然。他让衙役把轿帘撩起来，以便瞅着途中是否有人参，抱着有一个意外发现的侥幸。

轿夫被鬼使神差地将轿子抬到了紫金峰西边圣经山上，县官望着紫金峰问："那是什么山？"

一个衙役连忙殷勤地凑上前来答道："那是紫金峰。大人请看，那山头多像皇帝的皇冠，据传说秦始皇东巡途经此山，突然刮起一阵旋风，将秦始皇的紫金皇冠刮到峰顶，瞬间与山峰融为一体，从此，人们便把这座山叫作紫金峰。"

"紫金皇冠好是好，可惜与山连为一体，不然，本县取来戴在头上。"县官望着紫金峰说，师爷听到如此狂言，不禁头顶冒汗。这样的话要是被皇帝知道非杀头不可。

轿子抬到一块巨大月牙石前时，县官看见月牙石上有字，便说："停。"

轿夫刚欲落轿歇息，县官粗声说道："抬着！停步，不落轿。"轿杆只好仍然压在轿夫肩上，县官指着大石头问师爷："那上面写的什么？"

师爷望着县官面对着的字读道："第四十四章《立戒》：名与身孰亲？身与货孰多？得与亡孰病？甚爱必大费，多藏必厚亡。故知足不辱，知止不殆，可以长久。"

"这是谁搞的啥名堂？"县官打断摇头晃脑朗读的师爷，他好像听不明白。无意中读到的一段面对着的《太上老子道德经》，倒使师爷陷入沉思，他茫然地说道："这是老子写的《太上老子道德经》。"说话间，月牙石上字迹顿时消失。坐在轿子里咋咋呼呼的县官没有见到这奇特的一幕，师爷倒是亲眼所见，不禁打了个寒战。

"又是《太上老子道德经》，走，走，快走！"县官催着轿夫往前走。呆立着被轿杆压在肩上，那滋味比抬着轿子走还难受，轿夫赶忙迈开脚步，活动一下身体，可是抬到哪里才是目的地呢？

颤悠悠的轿子把县官送入梦乡，他梦见轿子前面有一棵人参，他大喝："棒槌！"那人参惊愣了，来不及逃匿，被他用红线绳系住了。他把人参须子撸下，做成人参汤，虽然喝着有些苦味，却觉得浑身晕腾腾的，好像要飞起来。他越过州官、巡抚，直接进京，在金銮殿将硕大的人参献给皇帝，皇帝龙颜大悦，钦点他为宰相，他骑着高头大马招摇地在京城夸官，好威风，百官接踵而至前往他府上送礼，百般献媚地巴结他，银砣金元宝堆积如山，府邸装不下了。他正得意忘形，突然，走在前面的轿夫惊呼："蛇！蛇！"

轿夫惊慌中，脚下一滑，跌倒在地，轿子翻在山坡，县官跌出轿子，顺着山坡骨碌碌往下滚，乌纱帽被滚下的石头砸得稀巴烂，官靴子被甩在树枝上倒挂着，官印也不知道滚到哪里去了，荆棘将被树枝划破成绺的官服撕脱下来。遍体鳞伤的县官赤身裸体地蜷曲在山坡下，好不容易爬将起来，浑身剧痛，他没命地号叫，招引来在周围挖药、搂草的山民们围观。县官疼痛得龇牙咧嘴地朝山民吼道："看什么看！我是县太爷！"

人们愣住了，目不转睛。有人说："啊！原来县太爷是这个样子呀，俺还以为是妖怪呢。"

"那个告示就是他写的呀！"

"这是个什么东西？"

"狗官怎么能有人样？"

山民们知道跌下山来的是县官，恨得咬牙切齿，吐着唾沫咒骂，谁也不肯上前搀扶。此时的县官没有了在县衙门耀武扬威的派头，只能无可奈何地任凭山民们指指点点，呸吐咒骂。

等到师爷领着衙役们找来，县官连痛带冻地浑身打哆嗦，已经说不出话来了。师爷命衙役脱下衣服给县官穿上，穿上衙役服的县官一副狼狈相。

师爷见到县官如此难堪，不禁长叹了一口气，知道多行不义的县官噩运将临，潜身在人群，悄声地溜走了。有几个衙役瞥见师爷溜走了，也尾随而去。两个摔翻了轿子的轿夫，害怕被县官治罪，早就逃得无影无踪。县官只好在两个还想跟他沾光的衙役的搀扶下，一步一瘸地回县衙了。

丢了官印的县官，本想遮掩过去，瞒上过关，岂知丑闻就像长了翅膀一样，传得纷纷扬扬，自己又没有银两打点上司，不久就被捧着新印玺到任的县官赶出了县衙。

# 十 麻姑煎药

昆嵛山的山民突然得了一种浑身燥热、遍体红疙瘩的怪病，痛苦不堪。麻姑得知后，很是焦急，连忙相约黄三魁大叔一起上山采药，为山民医治。

昆嵛山，世称海上仙山，沟深谷幽，山峦连绵，奇石怪岩，花草树木品种繁多，植被茂盛，仙草灵药生长于其中。麻姑和黄三魁很快各自采集了一柳条篓子草药，可是，那么多山民患病，用药罐岂能煎得过来？

麻姑站在宫家庄村西，举目望见村西赛马顶山的东坡有一口巨大的石锅，据说是太上老君在此炼丹时留下的。他心想：真是天助我也，这里早就为我备下了一口大锅。她将采来的草药搬到石锅前，就近拾捡柴火，在黄三魁的指导下生火煎药。

石锅右边不远处有一块巨石，像帽子舌头一样向前伸着，又如房屋的出檐，秋去春来的燕子选择如此绝妙佳处筑巢居住，村民称这块巨石为燕石。众燕子见麻姑在此煎药为山民治病，纷纷飞来在灶前来回舞动，为灶火扇风助燃。

石锅周围的干柴火烧没了，麻姑正为去远处搬运柴禾耽误煎药犯愁。忽然，她听到轰隆隆的山石滚动声，循声望去，只见赛马顶山上三道石流涌来，漂动着柴火，只听见石头碰撞的响声，不见石头，流来的却是柴火。麻姑好生惊奇，黄三魁也看得目瞪口呆。他们望见一头毛驴慢悠悠地往山坡上走，驴背上倒骑着一个白胡子老头，手里拿着渔鼓，慈眉善目地朝他们微笑。黄三魁惊呼："那不是传说中的张果老倒骑毛驴吗？"麻姑马上想到是八仙中的张果老用法力运来柴火帮助自己煎药。

得这种怪病的山民，将麻姑在赛马顶山东坡熬药的消息散播开来，一传十，十传百，前来取药治病的山民接踵而至。人们一路上捡来一背一抱的柴火堆在石锅前，真可谓"众人拾柴火焰高"。

可是，病刚好的山民被风一吹，又复发了，麻姑想：这样反复那还得了，一定要找出病根，根除顽疾。黄三魁仔细查看山民的病患，摇着头说："我行医几十年，从来没有见过这种怪病，这么顽固地反复，如何是好？"愁得脸上的皱纹深了许多。

麻姑看着山民那痛苦的样子，心如刀绞，埋怨自己法术不高医术浅，急得团团转。

原来，在赛马顶山后坡石缝里藏着一只千年蝎子精，它想：麻姑在此修炼，迟早会得道成仙，管束昆嵛山，麻姑岂能容许自己为所欲为？自己这千年的修炼岂不是白搭了？它不甘心，处心积虑地向麻姑发难，想挤走麻姑，将来自己在这昆嵛山称王称霸。蝎子精占据上风头，将尾巴探出石洞外，摇来摆去，把蝎毒散布在风中，使山民的病反复无常，想用此毒计难倒麻姑，将她赶出昆嵛山。

毛驴蹄子的刨土声惊醒了沉思中的麻姑，她定神一看，张果老已经来到了面前。他依然倒骑着毛驴，优哉游哉，笑盈盈的，毫无愁容。麻姑想：到底是神仙，胸怀开阔，不犯人间之愁。

“小妖作祟，麻姑不必犯愁，它是活腻了，要找死。《太上老子道德经》云：‘天网恢恢，疏而不失。’岂容得它藏身于阴洞扇阴风祸害山民！你随我来。”张果老说完，毛驴蹬蹬奔向山坡，张果老倒骑在驴背上，与麻姑面对面地聊着昆嵛山的十大景观。转眼到了山后坡，呼啸的山风瞬间停止了，张果老冲着阴暗处的一块巨石说：“小妖，该现身了。”

巨石处毫无动静。

毛驴上前，踢得巨石石渣飞溅，一只大蝎子终于爬出了石缝，张果老说：“麻姑，看到了吧？它是想使阴招把你撵出昆嵛山。”

蝎子精仰着丑陋的头，摆动着七节毒尾向麻姑示威，慢慢掉过腚来。张果老朝着蝎子精冷笑，他意识到了蝎子精的意图。蝎子精那撩起的尾巴还没有来得及扫向麻姑，毛驴奋起后蹄子踢去，“咔嚓”一声，蝎子精的尾巴被踢掉了，顺着山坡骨碌碌地滚了下去。

“也好，麻姑下山后把它捡起来晾干，留着配药吧。可以以毒攻毒。”张果老指着往山下滚动的蝎子尾巴说。

蝎子精恼羞成怒，被踢掉了尾巴，它没法施展毒招，顾不得疼痛，龇牙瞪眼地扬头要咬毛驴，做垂死的挣扎。毛驴轻蔑地斜视蝎子精咬向自己的阴森森的大口，奋起前掌“啪”的一声踩下去，蝎子精的脑袋开了花。

“区区小妖，一时嚣张，何需老夫动手？”张果老若无其事地说，“回去继续煎药吧，山民的病不会再复发了。”张果老说完，倒骑着毛驴腾空而去。

麻姑回到石锅前，山民们正在忙活着拾柴的拾柴，烧火的烧火，燕子在忙着用翅膀为锅灶扇风。喝过麻姑煎的药，山民的病再也没有复发过。麻姑倒提着还在痉挛的蝎子尾巴，扔在石崩崮上，说：“黄叔，等它晒干了，带回去配药吧，”

黄三魁看着慢慢僵硬的蝎子尾巴说：“蝎子精的尾巴药效一定不赖。”

如今，那口石锅依然在宫家庄村西赛马顶山前坡，三条石河依然石块压石块顺山坡而下，呈骨牌状，成为顽童捉迷藏的好去处。燕子年年还在燕石下修旧窝筑新巢，是这里的常客。村民在石锅前对来了一茬又一茬的游客叙说麻姑煎药的故事，面对眼前的石锅、燕石、石河，游人惊叹不已。

# 十一 斗鲇护池

杨姑娘和几位村妇一边撩衣袖擦汗，一边气喘吁吁地朝麻姑所在的桃林奔跑来。她们在桃林深处找到了正在给桃树修枝的麻姑，上气不接下气地七嘴八舌诉苦："麻姑，你快去看看吧，流经我们村头的太沽河不知道被谁糟蹋了，原来澄清的水，变成了污水，泛着脏兮兮的泡沫，臭气熏人，别说洗衣服、洗澡了，熏得人都不敢靠近……"村妇们在生产生活中跟麻姑好得情同姐妹，无话不说，她们把麻姑视作主心骨。

"怎么会这样呢？"麻姑感到很惊奇，放下手中的活计，跟随村妇们朝太沽河奔去。还没有到太沽河边，一股腥臭味熏得她们皱眉捂嘴，头昏脑涨。近前一看，本来清澈见底，潺潺流淌的太沽河变成了一条臭水沟，几条可怜的小鱼翻着白肚漂在污水上，顺流而下。麻姑决心要探个究竟，挽起裤腿，便带领村妇们溯河而上，去寻找污水的源头，村妇们愤愤不平地叽叽喳喳议论着跟在麻姑身后。

她们高一脚低一脚地在河沿的草丛、乱石中走着，沿河没有发现有污水流入河道。她们边走边交换着疑惑的眼神，走呀走，走到了王母娘娘洗脚盆，发现洗脚盆上游流来的水清澈无污秽之物，而洗脚盆里的水却脏兮兮的，这是怎么回事呢？麻姑正在纳闷，突然发现一条赤裸裸的大鲇鱼，似睡非睡地躺在王母娘娘洗脚盆岸边的石崩上晒太阳。它已经发现麻姑和村妇们的到来，却不理睬，还在眯缝着眼睛，惬意地享受着阳光。

原来，这是一条千年鲇鱼，本来在马家夼的一个湾里修炼。鲇鱼可以离开水面活动，喜欢在夜间就着露水在草叶上奔跑，到各处去觅食，天亮前，带着闯荡了一夜粘在身上的灰尘秽物回到水里，扎在污泥里睡懒觉。这条鲇鱼是在一天夜里闯荡到王母娘娘洗脚盆，月光下，它发现这里有平坦光滑的石崩，躺在上面挺舒服的，就近又有一个大湾，只是湾底是石崩，没有鲇鱼喜欢的淤泥。这点，鲇鱼不打怵，一夜之间，它就由别处搬来了污泥铺在王母娘娘洗脚盆里，它赖着不走了。

“大胆妖孽，竟敢占用王母娘娘的洗脚盆！搅浑河水！还不快滚！”麻姑气愤地喝道。村妇们从来没有见过这么大的鲇鱼，不敢近前，纷纷退后。

鲇鱼像是没有听见似的，一动不动，还在懒塌塌地晒着太阳。

麻姑气得冲上前去，欲抓起那灰不溜秋的鲇鱼尾巴把它丢出去，可是，鲇鱼尾巴上有一层稀溜滑的黏液，一把抓去，手滑下来，尾巴未动。麻姑狠狠地踢了鲇鱼一脚，大概这一脚踢得它痛了，鲇鱼翻身跃起，张开黑洞洞的大嘴，忽闪着嘴两边的两根须子向麻姑示威。麻姑并不胆怯，气愤的是对自己有救命之恩的王母娘娘的洗脚盆被糟蹋了。她抖擞精神，摆出决斗的架势。鲇鱼一看麻姑敢跟自己打斗，鼻子嗤得呼呼响，首先出招攻击麻姑。麻姑毕竟自幼长在军营，耳濡目染，也会些拳脚功夫，况且她曾刻苦练过武。麻姑一个蜻蜓点水，踏着鲇鱼滑溜溜的脊背躲过，翻身就踹了鲇鱼一脚。可是体肥肉厚皮滑的鲇鱼并没有遭到致命的打击，反而刺激得它凶狠地反扑，张口瞪眼嗤须子地扑向麻姑。麻姑蹲身一闪，鲇鱼扑了个空，一头撞在石壁上，痛得它“哎哟！哎哟！”乱叫，折身反扑过来，麻姑弯身躲过，从下方对准鲇鱼肚子猛击一拳，鲇鱼抽搐了一下，并无大碍，反而越战越狠。双方交战十几个回合，鲇鱼看出麻姑入道时间短，法力有些不支，攻击得更猛烈了。

这时，杨姑娘率领跟随来的村妇们纷纷抓起石块朝鲇鱼打去。雨点般的石头劈头盖脸地抛来，打得鲇鱼蒙头转向，不知道应该拨击哪块石块。突然，一块石块砸在鲇鱼眼上，痛得它直甩脑袋，只能强瞪着一只眼睛招架猛烈砸来的石头。

在周围山上采药的、割草的、拾柴的、栽树的山民闻声纷纷跑来助战，锨镰锄镢钯一齐打向鲇鱼。恼怒的鲇鱼挺了挺粗大的尾巴，横扫向打来的锨镰锄镢钯，几乎将所有的山民打来的家什都扫进了王母娘娘洗脚盆，山民们只好抛石块打鲇鱼。昆嵛山的石块遍地都是，取之不尽用之不竭，山民们俯身可取，“嗖——嗖”砸向鲇鱼。鲇鱼顾不得打来的石块，摆动着尾巴，在寻找机会扫向麻姑。它以为只要打倒麻姑，山民们马上就四散逃走了，没有麻姑，山民今后就不敢来赶它了。它不时偷眼瞟着麻姑头上的桃木毙妖簪，生怕麻姑拔簪指向自己，它听说过毙妖簪的厉害。它瞅准了机会，扬起尾巴猛地朝麻姑扫去，只听“咔嚓”一声，鲇鱼一声尖叫，不见了踪影，一截鲇鱼尾巴在石崩上痉挛着跳动。

人们在惊愕中看见一位面目清秀的儒生，手执宝剑站在王母娘娘洗脚盆旁的石崩上，潇洒的胡子显得他风度翩翩，格外英俊。有人认出他是扶危济困的剑仙吕洞宾，跪下便拜，“多谢大仙”的呼声响彻山谷。麻姑对吕洞宾的到来，高兴得不知道说什么好，对于没有斗败鲇鱼精，保护好王母娘娘的洗脚盆，她感到很惭愧。吕洞宾问麻姑为什么不用毙妖簪制服鲇鱼精，麻姑直言相告：酣战之中，忘记了拔簪镇妖。她问吕洞宾可有办法使王母娘娘洗脚盆还原，吕洞宾笑答：“小事一桩。”转身向北，吹响了手中的玉箫，顿时清澈的山泉奔腾而来，冲卷走了污泥浊水，王母娘娘洗脚盆又清澈见底。

有人疑虑地问：“那逃走的鲇鱼……”

吕洞宾笑笑说：“放心好了，从此以后它成不了精，只能带着又短又秃的尾巴去做人们餐桌上的一盘菜了。”

# 十二 三瓣莲石

赶走了鲇鱼精，王母娘娘洗脚盆又恢复了清澈见底，麻姑认为昆嵛山可以安静了。然而，没有消停几天，不知道从何方窜来一条白蛟，它是瞧上了昆嵛山山高谷深，林密草茂，瓜甜果香，狗跑兔跃，狼嘶狐叫，泉甜池多，有吃有喝。可是喜欢在水里翻腾的白蛟，找不到容它的大湾供它兴风作浪，于是施展妖术引来东海狂浪巨涛，但昆嵛山层峰相叠，北高南低，沟谷纵横，西高东洼，如此地形的昆嵛山濒临东海，大水很快又流进了东海，形不成大湾，它就反复玩弄妖术引来海水倒灌。这可害苦了山民，禽兽也遭了殃，连蚂蚁也没有逃脱灾难，被水灌得蚁穴坍塌，死伤无数，于是，昆嵛山里的禽兽们群起而攻之，想赶走占山为巢的白蛟。白蛟不懂得众怒难犯，越发幸灾乐祸，拿禽兽的痛苦取乐。它依仗妖术，根本不把没有成气数的禽兽放在眼里，管他豺狼虎豹，把冲在前面的生吞活吃了，每日闹得昆嵛山天昏地暗。

麻姑岂容白蛟肆虐，执刀与白蛟交战。麻姑想寻机来个汉高祖斩白蛇——一刀两断，白蛟看透麻姑的意图，敏捷地躲闪，让麻姑刀刀砍空，自己却在摆动着尾巴，斜着眼睛寻找机会横扫麻姑。你砍我躲，我扫你闪的打斗，像是逗着玩。气恼的麻姑刚要拔下毙妖簪，一个荷花骨朵自空中砸下，冷不防将白蛟的脑袋砸得稀巴烂。

原来，是何仙姑前来助阵，见白蛟在凭借妖术戏弄麻姑，从手中盛开的荷花旁掐下一个花骨朵砸死了白蛟。为了防备其他妖怪再来祸害昆嵛山，何仙姑将荷花骨朵点化为巨石，留在昆嵛山做镇妖之宝，将一对金色鸽子放在里面守护镇妖之宝。何仙姑对麻姑轻声嘱咐一番，驾起祥云离去。

若干年之后，一个叫王福的老农和老伴在镇妖石前开垦了一块地，栽上瓜苗。相依为命的两位老人每天辛勤锄草浇水，可是到了秋天，一地的瓜蔓子上没结一个瓜。王福对路过的麻姑诉苦，麻姑看了看镇妖石前茂盛的瓜蔓子，安慰老人说："这片瓜蔓子不会愧对二老一年的辛劳的，你就瞧好吧。"王福相信麻姑，照常为瓜蔓子拔草浇水。

一天，王福和老伴正在给瓜蔓子浇水，忽然看见地中央一朵瓜花正在开放，王福撩起衣袖擦了擦老花眼，再看时，已结出了一个瓜。老两口高兴地奔向地中央，到了瓜前。瓜香扑鼻，瓜已经熟透了。老两口相对笑得合不拢嘴，摘下瓜抱回家。王福说："我去请麻姑来一起尝尝，人家为咱俩的哮喘病没有少跑腿，咱无以为报，一向空怀报恩之心，今日就以香瓜略表心意吧。"

王福的老伴见王福请来了麻姑，笑盈盈地一刀切开了瓜，顿时香气弥漫草屋，瓜瓤裹着的仅有的一粒金光闪闪的种子裸露出来。王福和老伴惊奇地呆望着切开的瓜，激动得说不出话来。

麻姑问：“大叔，瓜蔓子放在哪里?”

“还在地里，我没有收拾瓜蔓子。”王福说。

麻姑说：“当年，何仙姑用荷花骨朵砸死了白蛟，将荷花骨朵点化为镇妖石，并在镇妖石里放了一对金鸽。如今，太平了，何仙姑要放出金鸽，这粒瓜种子就是打开镇妖石的钥匙，只要将瓜种子抛向镇妖石，镇妖石就会裂开，那对金鸽就飞出来了。瓜蔓子就是缚住金鸽的绳索，没有绳索，金鸽就飞走了。”

“瓜蔓子还在地里呢，我这就去拔出瓜蔓子。”王福说着就往外走，麻姑跟了去。

到地里一看，王福傻眼了，地里什么也没有，光秃秃的，瓜蔓子不知去向，麻姑也为王福惋惜。王福愣了一会儿，花白的眉头一紧，说：“该得的怎么也会得到，不该得的怎么也得不到，有一个香瓜，我就知足了，总算没有白忙活一年。”

“只是……大叔你忙活了一年，吃了太多的苦，一个瓜，怎么能吃一年?”麻姑说。

“忙活，没啥，泥里扒拉食的庄稼人不知道闲着，生来就是忙活。这么大的昆嵛山，俺俩挖野菜也能凑合一年。”王福毫不在乎地说，“把鸽子放了吧，圈它这么多年，够难为它的，一个庄稼人没有玩鸽子的闲心思。”王福说着就把金色瓜种子抛向镇妖石。

“轰隆”一声巨响，镇妖石裂开三瓣，就像绽开的荷花，一锭金元宝弹回王福怀里。一对金色鸽子飞出来，在王福头顶绕着飞了三圈，朝着盛开的三瓣莲花石扇动了一会儿翅膀，消失在茫茫天空。

麻姑望着怀抱金元宝的王福笑了。

王福望着怀里金灿灿的元宝，笑着说："金元宝是好东西，但是不能当饭吃。"

"大叔可以用它买粮食吃啊。"麻姑说。

"在这百里昆嵛山里，哪里有卖粮食的？只能守着金元宝挨饿。要是被土匪惦记上了，俺就不得安宁了。"王福皱着眉头说，"麻姑，还是放在你那儿吧，如果能换到粮食，就送点给我。"

麻姑没有想到金元宝没有给王福带来高兴，却带来了烦恼，安慰王福道："这么大的金元宝，何止换来粮食。大叔，你把草棚子翻新一下，反正昆嵛山里有的是石头，你劳苦一辈子，蜷曲在草棚子里，也该住住新房子。"麻姑说。

"老了，盖不动房子了，在草棚子里将就一辈子算了。"王福有些酸楚。

"可以找乡亲们帮忙呀，昆嵛山里不缺好石匠，他们给你盖房子，你多付给他们一些工钱。他们心安理得，你住新房，两全其美，何乐不为？"麻姑说。

"你是说用这样的办法分一些银两给乡亲们，好啊，这办法好。金钱本来就是身外之物，我又用不了那么多，让大家都乐和乐和。有钱的没钱的都有一个百年之后，百年之后，谁还知道有一个叫王福的老头留下了一幢石头房？算是俺没有白在这个世上走一遭。"王福笑了。

麻姑说："何止仅此，你的故事将带动这一带形成瓜果世界，引导人们勤劳致富。”

王福听了麻姑的话，笑得胡子挓挲，热泪盈眶。

在麻姑的张罗下，王福的石头房盖在三瓣莲花石旁边。一些羡慕王福奇遇的人，也在王福的房子附近盖房住下，开垦地种瓜栽果树，尤其樱桃树居多，樱桃树下爬着满地的瓜蔓子。这里逐步形成一个村庄，叫作三瓣石村。可是，千百年过去了，再也没有人有过王福的奇遇，只是把王福的奇遇演绎成美丽的传说，流传至今。

后来，有几个倭寇从石岛海边登陆，窜到三瓣石前，见樱桃熟了，满树像是挂满了晶莹剔透的红珍珠，便折枝断杈地将成串的樱桃拖到三瓣石中间狼吞虎咽起来。他们吃着樱桃，倚着三瓣石，呜里哇啦地夸三瓣石的奇特，合谋着要将三瓣石搬回日本。可是，他们一齐动手，喊着号子，累得满头大汗，也没有撼动莲花石的一个花瓣，对着像是生了根的三瓣莲花石唉声叹气，无可奈何。气恼的倭寇用吃过樱桃的树枝狠命地抽打莲花石。

倭寇发现沿海的烟墩、土寨狼烟四起，知道那是沿海民众围剿他们的信号。因搬不动三瓣莲花石而恼怒的倭寇，趁黑夜偷偷挖了一些樱桃树，扛着仓皇逃往石岛，乘船逃回日本，将盗回的樱桃树栽在日本岛上，希望在日本也能吃到晶莹甜蜜的樱桃。

被盗走樱桃树的老农望着一个个空树坑，气得直跺脚，骂道：“偷我的樱桃树回去用来上吊，栽在谁家里，谁就断子绝孙！没有好果子吃！”

麻姑安慰气得发抖的老农说：“大叔，莫生气，昆嵛山的一草一树都是有灵性的，强盗偷了樱桃树，也不能如了他的心愿，在我们昆嵛山结樱桃，在强盗那里开空花。”

还真让山民和麻姑说准了。倭寇盗回去的樱桃树，虽然开得满树繁花，艳丽的花瓣层层叠叠，却只开花不结果，叶子也似是似非，偶尔结几个红果，却又苦又涩，谁吃了都难受得直甩脑袋。那几个把偷来的樱桃树栽在自己房前屋后的倭寇，从此家族人丁不兴旺，却有人吊死在树上。他们不敢在自家周围栽樱桃树了。这就是樱花虽美，在日本住宅周围却没有栽植的缘由。因为只开花不结樱桃，也就不能叫作樱桃树了，便只能叫作樱花。

年年望着满树樱花败衰，飘零，而自己走向奄奄一息的盗树倭寇，跺脚问苍天：“为什么？这是为什么？”风吹树叶，似乎发出隐隐约约的声音：“问心。”

若干年后，一个在中国学道修行的日本人回国，有人问他樱桃树变樱花的缘由，日本道士长缨一甩，说：“天道之所在。”

# 十三 翡翠宝池

仲夏时节，楚岘、雁门窝、梧桐庵等几个村的村妇自发地到昆嵛山帮助麻姑采集药材。农闲时，跟随麻姑进山采药已经成为她们的习惯。平日里，谁要是有个大病小伤，都到麻姑庵取药，向来药到病除。她们称麻姑是“神医”，是“药仙”。

俗话说：三个女人一台戏。这么多村妇凑在一起，热闹得像是开了锅。黄叔年事已高，腿脚不方便，怯于在妇女堆里听她们叽叽喳喳，就不再随麻姑进山采药了，留在麻姑庵帮麻姑料理采来的药草。黄婶却总爱扎在村妇群里凑热闹，觉得那气氛使自己又回到年轻时。回到攀山越岭时。年迈的黄婶总得靠年轻村妇搀扶，不禁感叹：“岁月不饶人啊。”但是在识别药材时，倒显出“姜还是老的辣”，常常为能给村妇指认的药材说出个子丑寅卯感到自豪，喜盈于色，笑得满脸的皱纹像是盛开的菊花。

众村妇的到来，使常跟在麻姑身边的杨姑娘很是兴奋。没有了和麻姑独自在一起的拘谨，杨姑娘笑声琅琅，话无遮掩，身轻如燕，动作泼辣，所思所想缘于昆嵛山山水，缘于昆嵛山人，与相当年讨饭时判若两人。如此看来，一个人的性格不纯粹来自先天，与他的社会地位、经济条件、生活环境、周围人缘紧密相关。《太上老子道德经》第二十三章《同道》云:“从事于道者，同于道；德者，同于德；失者，同于失。”值得我们三思。

看到杨姑娘在村妇中活跃的身影，麻姑感到很欣慰。她看到了道的力量。道为人道，人是道的载体，麻姑愿天下人都生活在欢乐中。麻姑认为采药是一种集体劳动，目的同一，各自为之，为别人而做才谓之道德，是谓道的最高境界。在劳动中践行《太上老子道德经》，是“夫唯道，善贷且成。”（《太上老子道德经》第四十一章《闻道》）

昆嵛山群峰叠嶂，云缠雾绕，涧谷幽幽，松涛滚滚，层林呈黛，几抹葱绿，几抹橙紫，几抹鲜红，色彩斑斓，尽呈夏韵。千年古树下，如茵绿草中，蕴藏着奇花异草，不乏珍贵药材，像孩童捉迷藏一样，调皮地静静等待着有识之人的发现。村妇总爱挤在黄婶身边，一来可以照顾黄婶，二来爱听黄婶喋喋不休地讲述采药的曾经。黄婶昏花的老眼对药材情有独钟，总能发现具有奇特药效的珍贵药材，让跟在身边的村妇大开眼界。

徜徉在昆嵛山的沟谷，青草如茵，染浓夏色，撩动的草叶轻挠脚背，痒痒的，让人有说不出的惬意。溪水潺潺，经过沙石草丛过滤，跌宕出一湾湾清澈见底的水池，看似五六寸深，实则两米有余。千年冲刷，池底干净无秽，每个水池都有一个美丽的名字，美丽的名字伴着美丽的传说。村妇们边演绎着流传千年的故事，边扫视着河边湾帮。不同的药材有不同的习性，有的喜欢生长在悬崖险峻处，以示其贵，有的喜欢傍在河边湾旁，吸水为生，天长日久，村妇们积累了根据药材习性寻找药材的经验。药材也是有灵性的，它会根据自己储聚药效的需要择地而生。

黄婶正在聚精会神地寻找湾帮的药材，一个村妇惊惶惶的尖叫声惊愣了她。她举目望去，那个村妇慌慌张张地向她跑来，躲在她身后，用颤抖着的手，指着跑来的方向，瞪着惊慌的眼睛，怯声怯气地说："蛇——蛇——"

黄婶轻步走过去，草丛里一条白花蛇昂着头愣愣地看着她发呆，看来它也是受惊发蒙了。黄婶以迅雷不及掩耳的速度掐住白花蛇的脖子提了起来，白花蛇瞪着吃惊的眼睛，吐着信子，乱摆乱搅着尾巴。黄婶说："它送上门来给我们配药，我们哪有不收的道理？带回去泡药酒吧。"说着将白花蛇装进了皮囊。

尽管昆嵛山里清风凉爽，但毕竟是仲夏，村妇们攀山越岭，趟草穿林，一天下来难免有些浑身汗渍渍的，散发的汗臭弥盖了女性的体香。麻姑建议大家到一个清澈的水湾洗洗澡。大家何乐而不为？一哄涌向水湾。这个水湾在山沟的拐弯处，小河穿湾而过，是一湾活水，清澈见底，湾底的小石子棱角分明，仿佛在随着水波晃动。俗话说河润九里，周围树高草茂，水湾遮掩在绿帐之中，环境僻静。村妇们无所顾忌地打闹着脱衣沐浴，可惜湾底小石子棱角锐利，硌得村妇的脚又痛又痒，尖叫声不断，有的还故意将叫喊声提高八度。大家推推搡搡，乱摸搔痒，击水挑逗，乐不可支，“咯咯咯”的笑声回荡在山谷。黄婶自愧岁数高，不便与年轻村妇在水湾嬉闹，蹲在湾边撩水洗脸看热闹，思绪不免飞到自己年轻的时候。

麻姑看到村妇们如此欢乐，很是高兴，伸手在水中搅了搅，默默念咒语，然后笑嘻嘻地望着村妇们。

突然，有人喊道：“怎么水下的石子不硌脚了呢？”大家不约而同用脚磨蹭着湾底，异口同声地说：“怎么回事？”

有人说：“麻姑为我们做的好事呗。”

有村妇弯身潜入水中摸了一把小石子抓出水面，伸手一看，呀！是光彩灿烂的翡翠，大家嘘声四起。

“翡翠是宝，但是身外之物，这是麻姑为我们大家做的好事。我们只可以一起来洗澡享受，不可占为己有，否则就对不起麻姑了。”有村妇这样说。

杨姑娘说：“该得的便得，不该得的妄得，那是自寻祸端。咱们可不能因贪惹祸。”

有村妇建议：“这是我们的秘密，谁也不要对外说，回家也不要提起，免得坏人起歹心来抢翡翠。”大家纷纷应允，说：“谁要是不遵守诺言不得好死。”并击掌为誓。

可是有一个自以为聪明的女人，名叫郭青娥，临上岸前，偷偷用脚丫子夹了一块翡翠，上岸后，麻利地穿上袜子，套上鞋。大家只顾相互欣赏着出水芙蓉般的身段逗笑，没人注意她的小伎俩。回家后，郭青娥把翡翠擎在丈夫面前得意地炫耀。丈夫是一个总爱贪图小利之人，在村民中总想占点小便宜，被村民取了个“尖尖钻”的绰号。“尖尖钻”一生都在做着发大财的梦，只恨没有遇到机会。听老婆一说，他一拍大腿，高兴得跳了起来，抱着手擎翡翠的老婆旋转起来，嚷着：“发财的机会终于来了。”他急得摩拳擦掌，连晚饭都没有心思下咽，天黑后，由老婆领路，他腋下夹着一条家里最大的布袋，悄悄摸向那个水湾。

夜静得让人能听到自己的心跳声，水湾周围漆黑一团，弯弯的月亮在浮云里时隐时现，窥视着大地，蟋蟀偶尔一声尖唱，惊得他们夫妻心跳到口里。郭青娥在水池边撑着布袋口，“尖尖钻”下潜到水池里捞翡翠。郭青娥悄声说：“行了吧，布袋满了。”“尖尖钻”说：“不行，再加一点儿。”直到布袋无法扎口了，“尖尖钻”才抓着两把翡翠爬上岸，满满一布袋翡翠，光辉灿烂，映得夫妻俩眼花缭乱，贪婪地望着布袋里的翡翠笑得双双将布袋搂在怀里。丈夫在前面吃力地背着布袋，压得他腰弯得像个大对虾，气喘如牛。老婆在后面使劲措着布袋，亦步亦趋，鞋几乎都掉了，也顾不得提一下，趋着步帮丈夫措着布袋，艰难地往回走。由于宝光闪闪，晃得他俩睁不开眼，又是在夜间摸索着前行，路上的石头好像故意捉弄他们，总是踩在脚下，害得他们高一脚低一脚，跌跌撞撞走不稳。终归做贼心虚，惶惶中，竟懵懵懂懂走上了悬崖，丈夫一脚踩空，掉进悬崖，措着布袋的老婆随即也被布袋带进了悬崖。他们的惨叫声划破了漆黑的夜空。

当村民发现他俩夫妻时，已是两个肉饼扯着一条空布袋。

人们咋舌掩目，不敢探看。

从此，水池里的翡翠不知去向，但是刻在水池旁石崖上的“翡翠池”三个红色大字依然在，警示着人们。

# 十四 受托护屏

在无染寺北边陡峭的石崖上，镶嵌着一块若有一尺宽的墨玉。花岗岩石崖色彩斑斓，裂纹如画，确似出自大手笔的恢宏，令人浮想联翩的意境，将人引入神话。几棵倔强的赤松，从体形就可以看出它的性格，顽强地扎根崖缝，装缀着石崖，远看，就像一面华丽的屏风。因为有墨玉装缀，所以称作玉屏。

妖界传说用石崖上这块墨玉雕琢的任何物件都是宝物，法力无边。讹传招来群妖纷争。游荡在昆嵛山的妖魔鬼怪纷纷涌来，千方百计想将这块墨玉占为己有，借助墨玉的法力，统治昆嵛山，称王称霸。它们在石崖前不分昼夜地铿锵混战，谁都想蹿到墨玉前抠下墨玉，谁也不肯让别的妖魔靠近墨玉。一时间你进我挡，我进你拦，互不相让，打斗得昆嵛山天翻地覆，刀光剑影，硝烟滚滚，谁也靠近不了石崖。闹得土地爷焦头烂额，束手无策。“孩哭抱给他娘”，无奈的土地爷把因为争夺墨玉，群魔恶斗造成的混乱局面报告给太上老君。太上老君知道那块墨玉早被在此云游的八仙发现后报告给玉皇大帝了。在玉皇大帝那里挂了号的墨玉非同小可，太上老君不敢怠慢，立即向玉皇大帝奏报。玉皇大帝命太上老君选派得力神仙前去守卫，惩治欲望膨胀的妖魔鬼怪。

派谁去呢？太上老君拍着宽大饱满的额头想：这块墨玉是八仙发现后报告给玉皇大帝的，八仙虽然是居无定所的游仙，却常凑在一起在昆嵛山的余脉蓬莱击乐饮酒寻乐，优哉游哉，何不给他们个差事干干？于是太上老君传令给八仙之一的汉钟离前往昆嵛山守护墨玉。汉钟离曾是驰骋沙场的威风凛凛的将军，得道成仙后，随同八仙天上人间云游四方，守护墨玉，这不等于将他拨离八仙？固守在昆嵛山，习惯于云游的汉钟离怎受得了？可是在等级森严的仙界，他又怎能抗命不遵？如何脱身？汉钟离犯了难，借云游昆嵛山之机，求助于众仙人。铁拐李说：“好啊，这样，你就不用随我们到处奔波了，天天看着玉屏想入非非，多逍遥？”

“你看好这个差事，我就让给你。”汉钟离不满铁拐李拿自己烦恼的事打趣，狠狠地剜了铁拐李一眼。

“咱们朝夕相处，我怎么好意思争你的美差，那样的话，太上老君会怎么看我呢？”铁拐李点着铁拐退后。

张果老说：“昆嵛山确实是个修行养性的好地方。太上老君选派你，是想让你这位多年驰骋沙场的将军在此休歇一番，你应该感谢太上老君才是。”

“你在墨玉前设庵常年守护，我们常来昆嵛山游览，顺便看望你，咱们在昆嵛山也有了个落脚处，我们会把山南海北，天上人间的所见所闻说给你听的。”蓝采和说。

“此处虽然僻静，却不是我们的向往，我们就不要拿汉钟离寻开心了，还是帮他想想点子吧。”曹国舅说。

韩湘子眉头皱了皱，说：“玉皇大帝为何不颁旨将妖魔鬼怪斩尽杀绝，造出一个清静世界，免得它们生出事端。”

“人、妖、神并存，才叫大千世界，没有他们，神又何必存在？”张果老用手梳理着毛驴的脊背说。

大家谁也不愿替汉钟离守护墨玉，担起这个孤僻的苦差事，谁也想不出一个替汉钟离解脱的办法，陷入无言的沉思。

突然，孙悟空一手提着包袱，一手打着眼罩自天而降，眨巴着精灵的小眼睛，挠了挠耳朵，嘴一咧，说：“俺老孙去麻姑那里找个桃子解解馋，瞧见你们在这里守着铁拐李的闷葫芦发呆，想不明白快乐八仙也有愁眉苦脸的时候，过来瞧瞧。”

蓝采和皱着的娃娃脸露出了笑容，上前摸摸孙悟空手里鼓鼓囊囊的包袱，孙悟空以为蓝采和要抢他的包袱，忙将包袱甩在身后，冲着蓝采和嬉笑：“俺这是带给师傅的，你们要吃，自己到麻姑桃园里摘去。”

“俺不要你的桃子，只要你这个调皮的猴子。”蓝采和说，“送上门来的孙悟空不是正好留在这里看守墨玉吗？”

孙悟空眨巴着眼睛，没有听明白。

张果老将太上老君指派汉钟离看守墨玉的事说了说，又转着弯儿夸孙悟空斩妖捉妖的本事世上无双，夸得孙悟空晕腾腾地颤着身子，乐颠颠的，笑得满脸的毛都挓挲开了。孙悟空挠了挠耳朵，眨巴着眼睛，嘴一咧，说：“该不是钟离权嫌差事孤苦，不肯干吧？你们又搜肠刮肚想不出办法，俺说，你们休想打俺老孙的主意，别夸俺了，你有千言万语，俺有一定之规。想当年，俺老孙被贬压在山下那么多年，孤苦伶仃，容易吗？现在轮也轮到你们了，这差事比俺当年好多了，你们在这慢慢聊，俺要赶紧把麻姑给俺师傅的桃子送给师傅。隔夜不贩桃嘛，让俺师傅吃个新鲜。”说着，腾空而起，一个筋斗翻过，不见了。

何仙姑终于打破了沉静，说：“我倒是有一个想法。”

汉钟离着急地说：“快说来听听。”

“麻姑在昆嵛山修炼，可以顺便看护墨玉，只是目前她道法不深，恐怕难以抵挡群妖的骚扰，一旦墨玉失盗，非同小可，玉皇大帝追究起来，不但麻姑会遭到惩罚，我们也脱不了干系。”何仙姑说。

“有我们做后盾，还怕小妖滋事？反正昆嵛山是我们常来的地方，哪个胆大的小妖胆敢夺取墨玉，它是活腻了，我们会随时援助麻姑。”汉钟离着急地说。

“这办法可行。我们可以帮助麻姑提高法力，这对于正在修炼的麻姑来说，也是一个难得的锻炼机会。”吕洞宾说。

曹国舅整了整乌纱帽，说：“那就赶快找麻姑交代清楚，咱们还要赶在潮头去东海踏浪呢。”曹国舅拂袖一甩，祥云降至，八仙踏着祥云来到麻姑的桃园。麻姑见八仙突然到来，连忙作揖迎接。

汉钟离上下打量着麻姑说：“不必多礼。我们今天来是有一个美差交给你。”

麻姑说：“不知大仙有何吩咐？”

何仙姑说：“无染寺北边的山崖上有一块墨玉，是在玉皇大帝那里上了册的，如今有一些不知天高地厚的小妖企图占为己有，想让你在此顺便看护。”

“这可是个立功建德的好机会。”铁拐李抢过话题说。

“本来这个美差是太上老君安排给我的，我们考虑你与何仙姑有仙缘，又在昆嵛山修炼，就让给你吧。”汉钟离说，他见张果老轻蔑地朝着自己笑，忙把脸转向一旁，怕让张果老笑得有些愧色的脸被麻姑看出破绽。

麻姑随八仙来到玉屏前，群魔正在混战。妖吼魔叫，锏戟交响，刀光剑影，你冲我闯，打得不可开交，竟然无视八仙的到来，气得汉钟离吹胡子瞪眼，怒发冲冠，挥动手中的大摇扇，口中念念有词，旋风骤起，将群魔刮出十万八千里。老虎精却施出定身法，拄着偃月大刀岿然不动，蓝采和的大拍板和曹国舅的朝笏同时挥向老虎精，耀眼的弧光和刺骨的寒风摧动得老虎精摇摇晃晃站不稳，哪里还有能力挥刀反抗？

铁拐李喊道：“既然你在这里等死，我就成全你。”挥起铁拐砸向虎头，顿时虎头的王字迸裂，脑浆四溅，弃出的大刀也露出腐朽斑驳枯骨的原形。

张果老说：“虎皮留给麻姑送给有伤寒腰腿疼的老年人用吧，虎骨给麻姑酿制虎骨酒，为人们治疗腰腿痛病。”

汉钟离知道就目前麻姑的法力难抵群妖，他用手中的大摇扇在玉屏前扇了扇，玉屏前马上出现一个大水池，将玉屏与陆地隔开，使妖魔不能近前。他又挥动大摇扇，将一双精致的木屐托在扇面上递给麻姑，说：“这是用梧桐庵的千年梧桐树木雕成的，轻便随脚，穿着它在水面上如走平地。这水池经过点化，不穿这双鞋是过不去的。”麻姑欣喜地双手接过梧桐宝鞋，穿在脚上，轻盈地在水池上走了一圈，她感觉如同走在绵软的地毯上。

“看护墨玉非同小可，墨玉被传说得神乎其神，一些痴心妄想的妖怪会冒天下之大不韪，前来盗窃，你要多加小心。”吕洞宾叮嘱麻姑。

八仙向麻姑交代了注意事项后，踩着祥云去东海踏浪逍遥去了。

太上老君知道汉钟离将守护墨玉的差事推卸给麻姑后，叹了口气。他担心麻姑难以胜任，可又不想叫汉钟离难堪，得罪八仙，便驾祥云来到昆嵛山察看了一番，传授给麻姑攘危镇邪之术，以提高麻姑的法力。因为守护墨玉，麻姑既得宝鞋，又增法力，小妖们不敢小觑麻姑，肆意到玉屏前造次了。

因为有麻姑的守护，如今墨玉仍然完好无损地镶嵌在石崖上。漂亮的屏风招引了川流不息的游客，隔池凝望玉屏，心地豁然开朗，顿觉轻轻欲飘，投身画中，因为玉屏前有一个水池，才不得不止步。石崖上不知何年何月刻上了“玉屏池”三个醒目的大字，让人追寻“玉屏池”的由来。

# 十五 仙女择池

王母娘娘难忍天庭的寂寞，也烦没完没了地处理繁杂的人间、仙界琐事，经常焦躁上火，可是，一到吕洞宾推荐的昆嵛山王母娘娘洗脚盆泡泡脚，她就感到从脚下清凉到头顶的惬意。王母娘娘是一个喜欢热闹，爱摆排场的人，每次到昆嵛山，总是旗锣伞扇，前呼后拥，当然少不了带着她视作掌上明珠的仙女们。

在昆嵛山修炼的麻姑，对王母娘娘的到来，总是殷勤地迎驾。她在昆嵛山苦心修炼，与山民为善，为他们排忧解难，心胸坦荡，处事无私，勤劳简朴，她的言行深深影响了昆嵛山的民风。人们把麻姑视为楷模。问心无愧的麻姑希望经常得到王母娘娘的点化，不像那些小妖总是在阴暗的角落里干些见不得阳光甚至伤天害理的龌龊事，闻风王母娘娘要来，早就躲进草窝石缝山洞，怕王母娘娘觉察到它干的那些坏事，按天条惩治它们。妖界传说王母娘娘有一面照妖镜，不仅可以从镜中看到妖怪的丑陋嘴脸，还可以看到妖怪不检点的行为，就像今天的摄像头一样，监视着人间妖界的一切。王母娘娘有没有照妖镜，我们无法考证，不过，今天摄像头却是实实在在地存在着。

王母娘娘很是赏识麻姑的诚恳、勤快、正直，高兴之下，拔下头上的玉簪笑盈盈地送给了麻姑。麻姑知道这支玉簪的神力，没有忘记王母娘娘就是用这支玉簪救自己于危难中，感激得热泪盈眶。

仙女们一边恭贺麻姑得到王母娘娘的赏赐，一边缠着麻姑问有没有别的池子可供她们戏水洗澡，麻姑说："有啊，昆嵛山里清凉静澈的水池多得很，任你们挑选如意的。"

仙女们眼巴巴地望着王母娘娘，希望能让她们去另外的池子。她们在王母娘娘跟前，只能规规矩矩地遵守天庭的清规戒律，感到很是受拘束。侍女正在给泡在池中的王母娘娘搓背，王母娘娘舒服得眯缝着眼睛，随着侍女搓动的手势晃动着身子，感到无法言表的惬意。王母娘娘也巴不得叽叽喳喳的仙女们快点儿离开。平常她喜欢仙女们在身前身后嘻嘻哈哈，可以消除寂寞，驱逐烦恼，现在她要静下心来，安安静静地沐浴，享受昆嵛山的宁静，享受洗脚盆沁人心脾的凉爽。将脚浸泡在温度适宜的水里，晒着阳光，闭目养神，这是在天庭无法享受到的。她对仙女们叽叽喳喳的嬉闹，觉得烦，就说："去，去吧。小女玉翠留下与我做伴。"

玉翠仙女是玉皇大帝和王母娘娘的第十个女儿，年纪尚小，却聪明伶俐，温柔乖巧，被王母娘娘视为掌上明珠，总是被留在王母娘娘身边呵护着。正要尾随着姐姐们去另外水池的玉翠仙女被王母娘娘喊住了。她跺着脚，扭动着柳腰，撅着樱桃小嘴撒娇，一定要跟仙女们去另外的水池，王母娘娘嗔怒却瘪嘴一笑，说："好了，好了，一起去吧，不要闹怪样了。"

仙女们谢过王母娘娘，簇拥着麻姑蹦蹦跳跳奔向另外的池子。

王母娘娘望着高兴得一蹿一跃地跟在姐姐们身后的玉翠仙女，笑得眼睛眯成一条缝儿，说："真是一个小跟屁虫。"

麻姑领着仙女们沿着太沽河溯流而上。河道的拐弯处总有一个清波荡漾的水湾，仙女们你一言我一语地评说，觉得一个更比一个好，挑花了眼。来到山谷拐弯、绿林掩映的僻静处，只见一个清澈见底的水池中，映照出仙女们苗条而婀娜多姿的身影，飘逸的衫裙与行云映在同一个水面，微风轻拂细波，岸边垂柳摇摆枝条，草茵轻舞，百花竞艳，映衬出一幅充满活力的生动画卷。仙女们争先恐后地脱衣跳入画中，画面鲜活起来了。

没有王母娘娘王权的约束，仙女们展现出女孩活泼的天性，相互击水挑逗，胳肢腋窝取笑，袭胸摸臀，闹腾得整个水池都活了起来。麻姑谢绝了仙女相邀一起沐浴。她觉得天条森严的天庭曾经出现过天蓬元帅猪八戒调戏天仙的闹剧，凡间俗人，芸芸众生，难免有不肖之徒起歪心。麻姑站在岸边扫视着周围，警觉地侧耳细听周围动静，却又冷不防被仙女和衣拖下水。看到湿衣紧身，曲线明晰的麻姑，仙女们乐不可支，"咯咯"的笑声荡漾在山谷，招引来百灵鸟站在池边的古树上，蹦来跳去，竞喉高歌，将欢乐兴致推向高潮。

尴尬的麻姑哭笑不得，挣脱仙女们的嬉闹要爬上岸，却觉得裙子被谁扯着，回头一看，是玉翠小仙女在抖动着裙子咯咯笑。她见麻姑不高兴了，闹了个调皮的鬼脸松了手。麻姑上岸后，甩着湿成绺的秀发，水珠四溅，干笑着拧挤湿透的衣裙，仙女们觉得此时的麻姑更是秀丽，纯真。有意挑逗她，一起吆喝着朝麻姑撩水，逗得麻姑咯咯笑着躲闪。

突然，麻姑把纤秀的食指竖在樱桃嘴前，将目光示向灌木丛后，仙女们戛然而静，将目光投向麻姑所示的方向，影影绰绰见到一个人正在蹑手蹑脚向前挪动。原来是在附近寻找人参的赵宝，听到仙女们的嬉闹声，摸索过来了。玉兰仙女秀眉一挑，挥起兰花指，一声“着”，赵宝便像木偶般地僵持在灌木丛后，口张耳侧，色眼贪婪的样子实在是滑稽得让人发笑。一个仙女发现草丛里卧着一只大癞蛤蟆，指给仙女们看，玉兰仙女水袖一甩，那只癞蛤蟆跃起，扑到赵宝怀里，赵宝紧紧抱着丑态令人发呕的癞蛤蟆，那雕塑般的滑稽形象，让仙女们笑得前俯后仰。玉兰仙女说：“把他们留在那里，让世人看看心术不正的下场。”

仙女们望着赵宝抱着癞蛤蟆那丑陋的样子发笑，不约而同地扫视水池的周围，生怕还有人在窥视她们。

百合仙女突然瞪着吃惊的眼睛望着一丛椊椤，用手指指着扇动的椊椤叶子说：“那里……”

仙女们惊得一愣，顺着百合仙女指的方向望去，椊椤叶子还在扇动，玉兰仙女说：“看你大惊小怪的，那是风吹树叶动。”

“它也在偷看我们。”一个仙女抿嘴笑了。

“有叶子，没脑子，怕什么？”玉兰仙女说。

“它们也是有灵性和生命的，神经支配着它们的动作。”麻姑说，“花生在太阳落山便合起叶子休眠，太阳升起，它又将叶子展开，面向新的一天；向日葵的花盘能随着太阳转；含羞草被骚扰，会羞答答地将叶子收拢起来；它们在风中叽叽喳喳，那是在说话，只是我们听不懂罢了。一切花草树木都有趋阳性，都有吸水的本领，都以各自的方式展示自己的存在。”

一个仙女皱着眉头环视水池周围，说：“干脆把水池周围的花草树木清除干净，免得它们偷看我们。”

“你傻呀？我们看不到花草树木的眼睛，没有谁听得懂它们说什么，把它们都清除掉，我们用什么遮挡？那不等于把我们赤裸裸地暴露在长着眼睛和嘴的其他人面前？”百合仙女说。

众仙女哄笑起来。

不知道是谁首先撩泼起水，水池中顿时水花飞溅，笑声朗朗，仙女们又开始了嬉水取闹。

离开王母娘娘的管束，仙女们沐浴致兴，无所不谈。她们叹道天庭的枯燥，羡慕麻姑活动在凡仙两界的逍遥，谈到董永与七仙女，谈到梁山伯和祝英台，谈到梁鸿的举案齐眉，谈到人间无数的淳朴、英俊、勤劳、聪明、勇敢的小伙。麻姑想不明白自己在苦心修炼，目的是得道成仙，列入仙班，而生活在仙境的仙女们却如此留恋凡间。仙女们无所顾忌的笑谈，让麻姑面飞红霞，心慌意乱。她注意到了很少言语的玉兰仙女两颊泛红，秀眼忽闪，含情脉脉，不时远眺他处。她想此时的玉兰仙女一定沉浸在美好的憧憬中，说不定将来会创作出什么样的美丽故事。仙女们正玩得兴高采烈，王母娘娘传令要回天庭，仙女们带着不尽兴的遗憾离去。

麻姑刚抬步欲送仙女们去王母娘娘洗脚盆，猛然想到灌木丛后的赵宝还抱着癞蛤蟆塑在那里，觉得这组令人作呕的形象永远留在那里，实在有失大雅，好赖那也是两条生命，放了他们吧。麻姑转身来到灌木丛为他们解了禁。苏醒过来的赵宝，看到自己搂抱着一只浑身脏兮兮的疙瘩泌着稠稠的黏液的癞蛤蟆，猛地扔出去老远，捧着肚子呕吐，冲着癞蛤蟆狠狠地骂道："什么东西！"癞蛤蟆白了赵宝一眼，作为回敬骂道："哼！你也不是什么好东西！"

麻姑没好气地对癞蛤蟆说："不知自怜的东西，罚你捉虫吃为生，不得再心生邪念，倘若不知悔改，就叫你在这个世界上永远消失，去吧。"癞蛤蟆谢过麻姑救命之恩，惭愧地挪动着被赵宝摔痛了的腿，一摆一拽地爬进了沟边草丛。赵宝低垂着脑袋，不敢看麻姑，麻姑声色俱厉地说："你如果再不务正业，就让你变成癞蛤蟆，成天捉虫子吃。"赵宝吓得汗流浃背，唯唯诺诺地退着离开了。

每当微风在这个僻静的水池荡起涟漪，"咯咯"的笑声随风而起，人们说那是仙女们在嬉水洗浴，便自觉回避，并在田间地头演绎出不肖男子偷窥仙女们洗浴而受到惩罚的警示故事。

如今，传说中仙女们洗澡的水池依然在，水还是那样清澈见底，垂柳枝条依然轻拂水面，只是多了几棵后人栽的拔河柳树，长得魁梧挺拔。水池边的岩石上刻着"仙女池"三个大字，给游人出了一个演绎美丽故事的题目。

# 十六 昆嵛览胜

仙女们簇拥在王母娘娘周围，王母娘娘正要下懿旨启云回天庭，玉兰仙女见王母娘娘浴后颜喜气爽，心情开朗，便凑上前去，说："娘娘，天色尚早，我们来一趟不容易，何不让麻姑做向导领着游览一番，这昆嵛山不仅水好吧？"

众仙女听玉兰仙女这么一说，叽叽喳喳地随声附和，缠在王母娘娘身边的玉翠仙女晃着王母娘娘的袖子说："母后，咱们就到各处去逛逛吧，老在天庭转悠，有啥意思？闷死了。"

"好，好，好，今天就让你们这些飞出笼子的鸟儿逛个够。"王母娘娘有些被玉翠仙女缠得无可奈何的样子，其实，她何尝不想到昆嵛山各处走走寻开心呢？只是碍于娘娘的身份罢了。

"宣麻姑……"王母娘娘话刚出口，还没有说出下文，觉得在这荒山野岭，如此辞令，有些不分场合。她举目四顾，说：“麻姑呢？”

众仙女闻声也四处张望，见麻姑一路小跑奔来，快嘴的玉翠仙女说：“麻姑准是找地方小便去了，要不，就是见到好玩的地方，不想走了。”众仙女望着玉翠仙女闹鬼脸，掩口而笑。王母娘娘瞅着匆忙赶来的麻姑，说：“这个麻姑总是匆匆忙忙的。”

“你在后边干什么？玉翠仙女刚才要去看看呢。”百合仙女挤眉弄眼地嬉笑着说。

“打发那两个讨厌鬼呀。”麻姑说。

“哼，就让他们永远待在那儿才好呢。”玉兰仙女说。

“那有失昆嵛山大雅。”麻姑说。

“什么讨厌鬼？”王母娘娘眨着疑惑的眼睛问。

“没什么，两只馋天鹅肉的癞蛤蟆。”玉兰仙女诡笑着说。

“麻姑，领我们到好看的地方逛逛，让这些在天宫待腻了的姑娘们开开眼界。”王母娘娘说。

“好啊，昆嵛山好看的地方多得很，一时半会儿逛不过来，娘娘干脆在这里住下吧，保你看了就不想走。”麻姑说。

“哪里话？天黑前必须启云返回天庭。”王母娘娘说，“下次还可以看嘛，逛不够，才会惦记着下次再来。”

“那——我就带路去圣经山看看，那里山势别具一格，有许多奇峰异石，在天宫难得一见。”麻姑说。

“你顺便给姑娘们讲讲，这些闷在天宫里的姑娘少见寡闻，看什么都新鲜。”王母娘娘说。

麻姑带领众仙女簇拥着王母娘娘自东华宫向上走，王母娘娘登上东华洞顶，望着玉皇阁，笑得满脸菊花盛开，说：“巧阁玲珑，建在峰顶，更显高雅，白玉神像，端坐阁中，大帝傲视天下众生。不知何人建此阁？”

麻姑答道：“玉皇阁是昆嵛道士耿道清化缘筹资始建，未就便羽化升仙，继有山主殷志和与韩道微、董道安续入统钞两千贯，将玉皇阁建成。”

王母娘娘频频点头道：“耿道清登仙，理所当然。”

玉兰仙女和百合仙女在王母娘娘左右搀扶着向前走，无奈脚下山坡陡滑，王母娘娘几次差点摔倒，嘴一瘪，说：“这是什么路？这岂不是在作践人吗？”说着甩手推开玉兰仙女和百合仙女，二位仙女正不知所措，王母娘娘扬手袖子一甩，山坡上出现了阶梯，王母娘娘笑盈盈地拾级而上，玉翠仙女拍着手说：“母后走在天梯上。”

“说得好，这就是天梯。”王母娘娘笑着说。走到一块扇开在天梯的巨石前，王母娘娘说：“这里还有一扇天门呢。天门洞开，通向玉皇阁。有缘者升仙，无缘者靠边。”众仙女点头赞许。

正走着，迎面一座大山挡住去路，众仙女仰望着大山愣住了，王母娘娘喝道：“传霹雳大仙！”

一朵彩云徐徐降至，霹雳大仙肃立在王母娘娘面前恭候懿旨。王母娘娘指着大山说：“你速给我劈开一条路。”

“遵旨。”霹雳大仙转身对着大山作法，大山缓缓闪开一条宽三尺的沟，两边沟壁陡峭如刀切，高六丈有余，众仙女望而却步，不敢前行。百合仙女愣愣地望着大沟说：“这简直是天沟，倘若走在其中，突然沟壁塌下，岂不呜呼哀哉？谁敢走进去？”

“说的也是。”王母娘娘瞪了霹雳大仙一眼，霹雳大仙唯唯

险峻的紫金峰天沟

诺诺后退，王母娘娘没好气地对霹雳大仙说："你去吧。"霹雳大仙赶紧驾云离去。

王母娘娘挥手袖子一甩，一块巨石飘飘然移来，缓缓落在两峭壁之间，稳稳当当打了个楔子，撑住了峭壁。仙女们这才踏着石阶走进天沟，昂首望着"一线天"和巨石凌空高悬于两峭壁间的奇险景观，惊叹不已。来到一块平整的石崩崮前，仙女们舒了一口气小憩，玉翠仙女问麻姑："这石崩崮可有名字？"

麻姑刚欲回答，玉兰仙女说："我们在此小憩，当然叫聚仙石了。"众仙女捂着穿过天沟"怦怦"直跳的心，随声附和。

麻姑引导仙女们绕过"好汉坡"，避开跋涉陡峭山坡的劳顿，径直从"观风亭"而上。在"风凉洞"前，玉翠仙女伫立不动，眯缝着秀眼，惬意地享受着从洞口吹出的习习凉风，自言自语："啊——好凉爽啊。"

王母娘娘凑上前去，舒服得满脸是爽快惬意，站在洞前，远瞻南海波光粼粼，渔帆点点，侧耳聆听松涛阵阵，跌宕起伏，顿觉心旷神怡，说："明年夏天，我们就到这里来。不知此洞何人开？"

麻姑说："昆嵛七真人在祖师王重阳的带领下，参加蟠桃会归来，一路奔波，浑身燥热，在此歇息。清静散人孙不二不忍心看着师父沐日之苦，提议早些回东华宫。全真祖师王重阳说：'昆嵛山美景如画，游客络绎不绝，疲劳之苦，有碍游兴，我等名列仙班，何不为游人做点益事？搭就凉棚，造福人间。'众真人齐声赞同，于是，各施法术，各展才能，齐心协力发功，山涧巨石倏忽面前，'吱吱'作响，岩开四裂，浑然成洞，凉风习习，揩汗爽目。王重阳高兴得开怀大笑，连声说道：‘风凉洞也’。遂诵诗一首：‘七真合力，其势撼山。巨岩开裂，混成洞天。我求一亭，尔拓一洞。宏福泽世，道缘无边。’于是，圣经山有了风凉洞。”

王母娘娘点头说道：“嗯，七真人做了件好事。”

玉翠仙女遥指着东北方向，瞪大眼睛说：“看！那里跑来两只乌龟。”

王母娘娘和众仙女一齐举目望去，麻姑说：“你们看，那两只一大一小的乌龟头对着头，正在诉说着什么吧，其实，那是两块酷似乌龟的石头，人们根据它们的姿态称之为‘老母教子’……”麻姑正说着，王母娘娘抢过话题，说：“我知道，那只小龟不听话，老龟在教训它。玉翠，看清楚了吧？”王母娘娘瞟了玉翠仙女一眼，意思是嫌她调皮不听话。

“正如娘娘所说，它们母子前来盗取太上老君的《长寿经》，调皮好动的小龟不慎闹出了声响，惊动了太上老君，老龟正在教训小龟，被太上老君拂尘一指，点化成大小两只石龟，永远留在了那里，任人评说。再向东南看，有一大一小两只蟾。传说，洞庭湖里的一只百年老蟾，一心想得道成仙，带着小蟾来圣经山取经，来到这里，正遇上‘老母教子’，它们便好奇地偷听，被太上老君顺便捎带着点化成石。你们看，它俩那探头探脑的样子多有趣。”

“太有趣了。”玉翠仙女拍着手跳了起来，“前面还有更有趣的地方吗？”

“有啊。”麻姑挥手向前一指，“好多，好多呢。”

“你快领我们去看看。”玉翠仙女挽着麻姑的胳膊催着她往前走。

百合仙女指着前方一个巨大桃子在夕阳光照下，扭着的桃

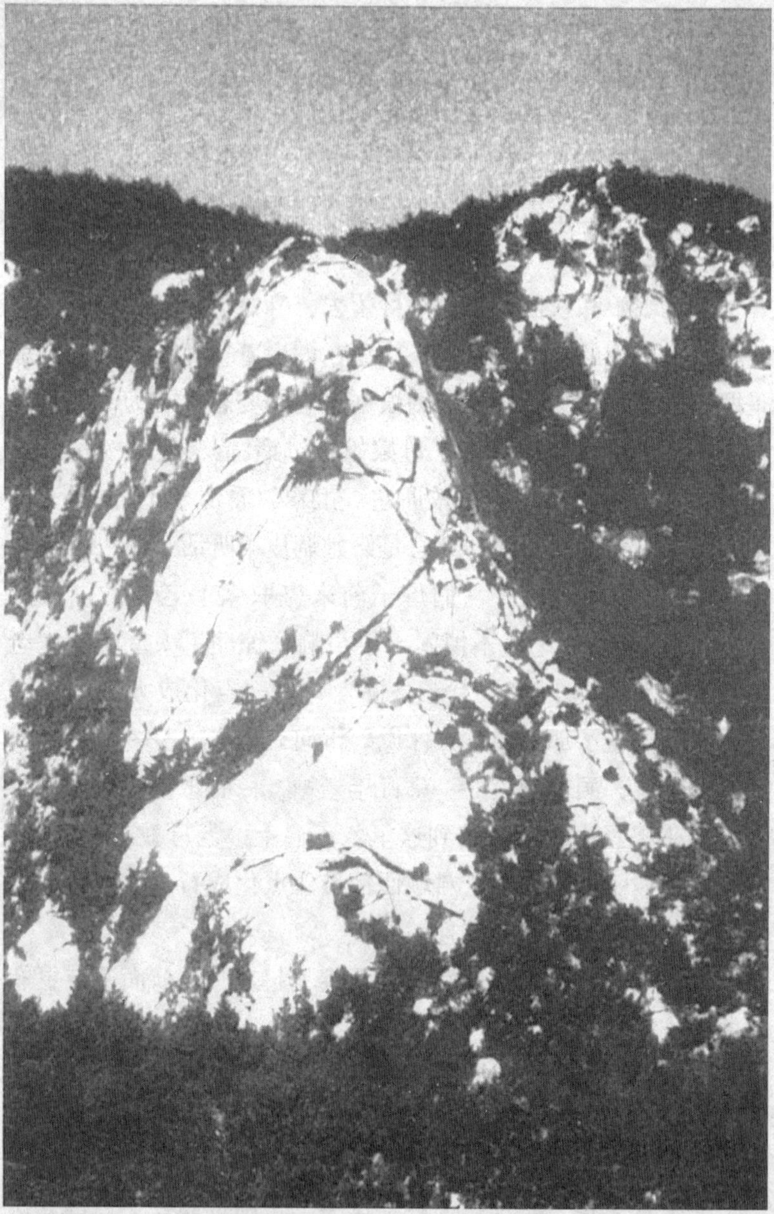

太上老君石像天成

嘴微微发红，显得有几分鲜嫩，惊讶不已。王母娘娘顺着百合仙女的视线望去，不禁惊呼：“哟！好大的一个鲜桃啊！”众仙女嘘声一片。

玉翠仙女跳着高，拍着巴掌，指着西方说：“你们看，太上老君比我们先来一步，他的脸好大呀!”

众仙女闻声不约而同转身向西望去，只见西方褐岩裸露，峰壁叠嶂，松草有致，仿若太上老君端着笑脸向东望着仙女们微笑，面庞丰腴，须眉飘洒，慈目幽邃，额隆鼻方，颊盈耳垂。

王母娘娘看着石像天成的太上老君说：“太上老君的脸是够大的，占了整一座山头。人家说‘鼻子大遮脸’，太上老君却脸大遮山。他把自己的《太上老子道德经》留在这里，又仰着一张大脸，难怪这山奇水美，林奥境幽的圣经山被道家视为修真得道的仙山圣地，太上老君可真会选地方。”

“是的，我们到了峰顶就会看到一块巨大的月牙石，那上面有《太上老子道德经》全部经文五千余字，不过，现在心不诚是看不见字的。将来镌刻出来，才会昭示天下。”麻姑说。

“麻姑是可以熟读无遗的，对吧？”王母娘娘朝麻姑慈祥地一笑。

玉翠仙女轻轻晃着麻姑的胳膊，仰起娃娃脸，表示羡慕。

玉兰仙女指着太上老君身后说：“你们快看，那儿一头骆驼正在奔跑。”

原来，夕阳烧红了天边的云，映在升腾飘动的雾气上，就像扬起的沙尘，那露出雾气的被夕阳染映成棕黄色的山峰，宛如奔跑的驼峰。仙女们看得樱口微启，秀眼惊呆。

玉翠仙女遥指着远处的山峰对麻姑说：“你看，托塔李天王的宝塔遗落在那里。”

众仙女望去，那山峰上确实耸着一座塔。麻姑说：“那是狗塔岭。有一个人带着爱犬到朋友家喝酒，喝醉了，回来时醉倒在那里，随行的狗很是担心主人的安危，跑到沟底小河里，用身上的毛沾水，回来抖在主人脸上散热，希望主人早些醒来，不知道来回跑了多少趟，最后救活了主人，累死在主人身旁。主人感激爱犬的义举，在岭上建了狗塔，从此，那道岭就叫作狗塔岭。”

一直在倾耳细听的王母娘娘说：“这只狗比二郎神杨戬的哮天犬可爱。”

百合仙女举目远眺，望见沟谷纵横，草丛灌木相拥，溪流如练，与山缠绵；古木参天，同晚霞相挽，古刹和道观，掩映在层林，影影绰绰显得格外神秘，远处峻峰突兀，显得巍峨高傲，压过左峰右岭，大有我行我素之势，百合仙女遥指雄立于群峰的高山问麻姑：“那是——”

“那是昆嵛山的主峰——泰礴顶。我们一路过去，沿途好看之处多得很，我们现在看过的只是昆嵛山群峰中的圣经山风景。”麻姑望着百合仙女所指的泰礴顶说。

仙女们正推搡着麻姑前往泰礴顶，王母娘娘说：“时辰已到，启云回天庭，下次再来吧。”

祥云升起，仙女们回头望着晚霞下美如画的山景，带着不尽兴的遗憾，恋恋不舍地离开了圣经山。

# 十七 玉兰仙女

王母娘娘回到天庭，心里一直惦记着昆嵛山的奇观秀色，总觉得脚下汗渍渍的，急于伸在王母娘娘洗脚盆里泡泡。那难忘的惬意滋味不时袭上心头，令她坐立不安，决意再到王母娘娘洗脚盆洗洗脚，洗去多日的烦恼。在幽静的环境里享受享受在天庭难以享受到的快感。她带着众仙女踏在祥云上，直奔昆嵛山而来。

王母娘娘从飘动的云缝里看到的不仅是王母娘娘洗脚盆，还有昆嵛山的群峰叠翠，在阳光照射下云飘雾绕，似是腰系彩带飘飘；山涧溪流如蛟龙蠕动，波涌如鳞，银光闪闪；绿地似毯，百花姹紫嫣红开在其间；燕飞蝶舞，雀跃鹰翔……王母娘娘看得眼花缭乱，长袖一甩，说："走，下去看看。"

仙女们看到王母娘娘游兴大发，乐得手舞足蹈，欣喜若狂，随王母娘娘降落祥云来到昆嵛山。正在巡视玉屏的麻姑见王母娘娘驾到，赶忙撩裙跪迎，王母娘娘问道：“你在这里干什么？”

麻姑答道：“小女受八仙之托，在此守护玉皇大帝的墨玉。”

王母娘娘举目朝玉屏望去，啧啧称赞：“好漂亮的一面屏风！山耸水动，苍松如龙，墨玉镶嵌其中，庄重典雅，真乃稀世珍宝。”转身对麻姑说，“麻姑，你在昆嵛山修炼多年，想必对这里的一山一池，一草一木了如指掌，领我去看看。”

麻姑得令前行，仙女们簇拥着王母娘娘穿越山林。仙女们又想离开王母娘娘的约束，自由自在地在山林中追逐玩耍，推搡着深得王母娘娘宠爱的玉兰仙女请求王母娘娘恩准。玉兰仙女娇声怯气地对王母娘娘说：“娘娘，山林小路狭窄，我们拥挤在你身旁，碍手碍脚，不如……”

玉兰仙女还没有说出下文，就被王母娘娘打断了：“想什么呢？想让我成为山林中的孤身寡人？”此时，王母娘娘的心情非同沐浴时，那时她喜欢的是没人搅闹，静。游览在山林，她喜欢的是热闹。

玉兰仙女怯生生地吐了一下舌头，不敢言语了，

在王母娘娘身边的百合仙女斗着胆子说：“娘娘有麻姑陪伴啊。”

“多嘴！”王母娘娘脸上有些不高兴了，剜了百合仙女一眼，气嗖嗖地戗了一句。众仙女只好跟随着王母娘娘爬山越岭游览，按娘娘的兴趣走走停停。时近午时，王母娘娘觉得饥肠辘辘，有点饿了，说：“麻姑，近处可有人家？我们吃了饭再游览吧。”

麻姑说：“有啊，小女这就去办。娘娘在此处随便看看，

饭做好了，我再来请娘娘。”

“我去给麻姑搭个帮手。”玉兰仙女急巴巴地望着王母娘娘。

王母娘娘说：“去吧，早去早回。”她知道此时玉兰仙女的心情，也不想让自己心爱的仙女心里不自在。

百合仙女也想去，不过她刚被王母娘娘戗了一句，不敢多嘴了，眼巴巴地看着玉兰仙女轻飘飘地跟着麻姑离去。

麻姑领着玉兰仙女来到另一座山峰的半腰，远远就看见绿树掩映下低矮的草房，屋脊上正袅袅升腾着炊烟，屋门敞开着，烟气混合着涌出草屋，草房的主人正在做饭呢。近前，麻姑叩了叩敞在烟气腾腾中的屋门，从弥漫烟气的屋里走出一个青年，两只沾满面的手握着擀面杖。玉兰仙女忙躲到麻姑身后。麻姑回头看了看怯生生的玉兰仙女，笑了，说：“躲什么呢？山娃又不打你。”

山娃看看手中的擀面杖，不好意思地憨笑着将擀面杖送回屋，回头擎着沾满面的手，面露羞涩地问：“麻姑到此有何贵干？”

麻姑说：“我们在山那边游玩累了，想在你家蹭顿饭吃，不知是否可以？”

“好啊，我正在做豆面汤，一会儿就做好了，请你们在屋前稍歇。我正在为面多了加水，水多了加面，把豆面汤做多了，一个人吃不了犯愁呢。你们是来帮我的忙啊！”山娃高兴地说，转身就要进屋去忙活。麻姑悄声对山娃说：“我们人多呢，还有位贵客要来，能否把饭菜做得丰盛点？”

“家里现在只有擀豆面汤的面……”山娃摊开沾着面的双手，不好意思地说，“好吃的菜，昆嵛山里多着呢，房前屋后就可以挖到。”

“豆面汤可以啊，让客人尝尝稀罕。”麻姑说，“我们先帮你去挖菜。”

“我同你们一起去，我熟悉各种山菜生长的地方。”山娃说着将沾满面的手在围裙上蹭干净，找出两个柳条篓子和挖菜的剔子，将一个柳条篓子递给麻姑。一直没有敢正眼看山娃的玉兰仙女羞答答地接过山娃手中的柳条篓子，瞥了一眼山娃，见面前这个青年虽然衣裳漏洞加补丁，却洗得干干净净，身材匀称，眉清目秀，扑闪着水灵灵的大眼睛，笑容可掬的脸呈现着勃勃朝气。英俊的山娃使玉兰仙女心跳怦怦。

山娃领着麻姑和玉兰仙女在草房后的山坡上，不一会儿就采挖了五六种野菜。他们在半山腰一个汩汩喷涌的泉水湾里将野菜逐样洗净，分开放在柳条篓子里。山娃的每一个动作都深深打动着玉兰仙女。她想不到一个小伙子干起挖菜择菜的活儿，竟如此麻利，憨厚的笑声总是响在她的耳畔。她格外注意山娃的一言一行，觉得山娃是一个在天庭难觅的好青年。

回到草房，玉兰仙女就推搡着麻姑说：“你去请娘娘，我在这里帮大哥做饭，顺便学两手。”送走麻姑后，玉兰仙女环视了一下草屋，看到屋里所有家什都是用各类条子编制和用石料雕琢而成，摆放有致，可以看出屋主人别具一格的审美追求。石缸、石坛、石罐、石盘雕琢精致，造型奇特，上面都用一个薄薄的六角形或八角形石板盖着。雪白的柳条编制的元宝篓子、簸箕、台箱、笸箩、饭盘，件件显示出灵巧的手艺。棉槐条编的草筐，蜡条编的菜篓子，各具特色，看得玉兰仙女眼花缭乱，不禁问道：“大哥，这些家什都是你自己做的吗？”

“是啊，在这深山沟里能求谁呢？”忙着做饭的山娃憨笑着说，“都是就地取材，随手做的，让您见笑了。”

“不，不，挺好的。我看都看不够，怎么会笑话呢？”玉兰仙女忙不迭地说。

山娃只顾专心致志地做饭，没有注意玉兰仙女的表情变化。因为是麻姑领来的客人，山娃格外上心。他平时在干活时闪了腰，擦破了皮，没少去麻姑观取药，麻姑向来分文不取，而且药到病除。麻姑领客人来，山娃能不竭力而为吗？

“大哥，你叫山娃这名字很好听，谁给你起的名字？”玉兰仙女一边往灶洞里添柴火帮忙烧火，一边寻话说。

“没有人给俺起名字。俺很小的时候随爹妈逃荒流落在这里，每天三尺肠子饿着二尺九，哪有心思起名字？爹妈饿死在这山坡上，俺掩埋了爹妈后，为了给爹妈守坟，就在这里搭了个草窝窝住下，那时俺才五岁。来挖药材和打猎的山民见俺是个小孩子，说俺是昆嵛山的儿子，就叫俺是山娃，时间长了，俺也就认了山娃这个名字。现在这石头房是近几年在山民的帮助下盖起来的。”

玉兰仙女听到山娃苦难的经历，心酸得眼噙泪，说：“你没有找个媳妇儿一块过日子？一个人住在深山里多孤单。”

山娃红晕着脸没有敢看玉兰仙女，将脸转向一旁，说：“这人烟稀少兔子多的深山沟，哪个姑娘肯嫁到这里来？”

“唉——”玉兰仙女叹着气说，“说的也是。”聪明的她转换了话题：“大哥，你做的菜真香。”

“也就是凑合着吧，常年自己做饭，摸索点道道吧，又让你见笑了。”山娃看着正抻着鼻子闻香味的玉兰仙女，笑了。

“你笑什么？”玉兰仙女觉得自己方才有点儿失态，自我解嘲地说。

“你刚才的样子真好看。”山娃不假思索地笑着对玉兰仙女说。

玉兰仙女脸飞红霞，笑声朗朗。

百合仙女一脚闯进屋来，说：“娘娘到，快迎接。”她见玉兰仙女和山娃正笑声盈屋，一愣，也笑了，不过笑得有些诡秘。

山娃和两位仙女忙到屋外迎接王母娘娘，王母娘娘说：“什么事把你们高兴得笑声快把屋笆顶起来了？”

玉兰仙女连忙作揖说：“听说娘娘驾到，我们高兴呀。”

王母娘娘嘴一瘪，笑着说：“刚才玉兰在屋里喝了蜂蜜吧？那笑声甜，说话更甜。”

麻姑将王母娘娘领到庞大的梧桐树冠下的八角石桌前，说：“娘娘先坐下歇息，我去帮忙拾掇饭菜。”

王母娘娘坐着石凳，摩挲着光滑明净的石桌面，说：“好漂亮啊！”又把目光扫向石碾子、石磨，说，“面前这么多石头玩意儿，麻姑给我说道说道。”指着一大一小两盘石磨说，“怎么石磨还有儿子？这磨儿子的磨棍还朝上竖着？它妈的磨棍却是横着的。”

麻姑说：“大磨是人推着磨面粉的，磨棍自然是横在腰间，小磨是用来磨豆浆的，磨小分量轻，用手转着就可以了，磨棍所以在上面。门旁的大石臼是用来捣米的，放在窗台上的那个小巧玲珑的石臼是用来捣蒜的，石碾子是用来碾米的，石磙是在场上打粮食用的，那个光滑的鼓形石墩肯定是山娃练武用的……”

王母娘娘听到空中“沙沙”声，抬头循声望去，看见房山头一棵高大的椿树的叶子上爬满了绿色泛着白霜的虫子，正在噬食椿树叶子，眯着眼睛疑惑。

端菜送来的山娃见状解释说："那上面的椿蚕吃了叶子秋天绣茧，用来缫丝织布做衣服的。"

王母娘娘端详着面前这个英俊的青年，觉得憨厚朴实，很是喜欢，说："我给你添忙活了。"

山娃毕恭毕敬地站在王母娘娘面前，憨笑着说："您的到来，是俺的荣幸，让山间石屋蓬荜生辉，怎么会是添忙活？"

王母娘娘爱听恭维话，眼睛笑成一条缝儿。

玉兰和百合两位仙女端来的饭菜摆了满满一石桌，山娃又端来两小石碟他腌制的香椿芽和地瓜叶梗，看着满当当的一石桌饭菜，不知该怎么放下碟子，玉兰仙女忙在王母娘娘面前匀出地方让山娃放下小石碟，也让王母娘娘能尝到山娃做的美味，对山娃有个好印象。

王母娘娘在麻姑的引导下端起夹杂着地瓜叶的豆面汤，"哧溜"喝了一口，咂巴着嘴唇说："味好又滑溜，清香爽口，好吃。"麻姑拿起洗净的小山蒜，甩着长长的绿叶，蘸着山娃酿制的豆酱，递给王母娘娘，王母娘娘吃在嘴里，觉得口中味道更好了。麻姑又拿起石盘里含苞待放的蒲公英花骨朵蘸了少许豆酱，双手敬给王母娘娘。王母娘娘吃在嘴里，觉得稍带点甜丝丝的苦味，满口花香沁着鲜味，高兴得满脸是笑，说："山娃这青年真会做吃的，昆嵛山里有这么多好东西！"她用筷子夹起摆放整齐的青绿地瓜叶梗，嚼在嘴里，脆脆的，鲜中带甜味；她又夹起紫红的香椿芽，吃在口里，满口清香，咂巴着嘴唇说："山娃真会做新鲜的凉拌小菜，怎么天庭的厨子从来没有做过如此好吃的小菜？我连见也没有见过。百合，把这些菜类移到天上去，让我随时能吃到可口的菜肴。"

“不可。娘娘，这些山菜扎根在泥土里，离开泥土，它们就无法生长了。天庭不接地气，没有它们生长的环境，它们无法存活。”麻姑说，“这些可口的山菜也不是各地都有的，昆嵛山有它们生长的条件，它们才在这里生存。宫廷佳肴有别于乡间小吃。”

“这么说，我在天庭就吃不到这些可口的小菜了？”王母娘娘脸上有些不悦。

“你可以经常来昆嵛山呀。”麻姑说，“我随时为娘娘迎驾。”

“娘娘，那么我们就经常到这里来。”玉兰仙女说着将石盘中的炒松菇挪到王母娘娘面前，说，“娘娘，尝尝这盘炒松菇更好，是山娃哥掌的勺，我烧的火。”

王母娘娘吃了一口炒松菇，连声说：“好吃，好吃。”有些放不下筷子了。

饭后，王母娘娘咂巴着嘴唇，觉得齿颊留香，说：“今天的饭菜太丰盛了，又没有让我反胃的带眼的东西，这是天庭盛宴也难以享受到的素餐。很多菜肴是我第一次吃到的，太好了，昆嵛山的食材好，山娃的手艺更好。”

玉兰仙女抢过话题，说：“娘娘喜欢可以常来。”

“我肯定会常来的。”王母娘娘望着端来石雕茶壶的山娃笑嘻嘻地说，“山娃欢迎吗？”

山娃边为王母娘娘沏茶边说：“欢迎，欢迎。”

玉兰仙女眨着柳眉秀眼说：“娘娘，要不——我就留在这里，专候您的到来。”

王母娘娘像是没有听见似的，脸上毫无表情地抿着茶，说：“这是什么茶？如此醇香。”

站在王母娘娘身边的玉翠仙女晃动着王母娘娘的胳膊，说："母后，您就让玉兰姐姐留在这里吧，我也可以经常来这昆嵛山玩。"

王母娘娘甩了一下袖子，说："去，你小孩子懂得什么？"玉翠仙女吐了一下舌头，朝王母娘娘做了个调皮的鬼脸，把王母娘娘的胳膊抱得更紧了。

山娃说："您正在喝的是金银花茶，还有山竹茶、石榴叶茶、银杏茶，请您挨样尝尝。"

王母娘娘每品尝一种茶都赞不绝口，说："这是非茶之茶，堪称茶中极品，麻姑下次到天庭每样都带一些，让玉皇大帝也品尝品尝。"转身对山娃说，"你可有工夫与麻姑陪我在昆嵛山走走，顺便给我讲讲昆嵛山的山呀，泉呀，树呀，草呀，花呀，尤其是今天吃的喝的。你的小石茶壶太漂亮了，我也要带走两个，我不会白要你的。"说着叫百合仙女取一个金元宝给山娃，山娃连忙摆手谢绝，说："谢谢，俺怎能用石头换元宝呢？元宝是好东西，但在这深山里跟石块没有两样，不能吃不能穿，更没处花，只能守着看。山里买卖都是以货换货，不兴用钱。娘娘到我家吃顿饭，食材都是就地而取，不足挂齿，倒给俺带来了热闹，俺应该谢谢娘娘才是。"

麻姑和山娃一左一右陪伴着王母娘娘从这个山头逛到那个山头，指给王母娘娘看槐树、楸树、柞树、榆树、柳树、银杏树、梨树、软枣树、山楂树、樱桃树……麻姑在樱桃树上发现一个落枝樱桃，摘下来献给王母娘娘。王母娘娘吃在嘴里，甜得眉开眼笑，问："还有吗？"山娃和麻姑围着樱桃树转了几圈，也没有找到，麻姑只好摊着手对王母娘娘说："现在过了季节，樱桃没有了，请您明年开春再来。樱桃是水果中成熟最早的，号称春果第一枝，昆嵛山里由于大山遮挡，背风向阳，黑色岩石采光好，这里的樱桃比别处早熟半个多月。那时，冬眠的虫子还没有醒呢，不用喷药灭虫，樱桃是最干净的春果。”

王母娘娘眉头皱了皱，对玉兰仙女说：“玉兰，把樱桃树给我移到天上去。”

麻姑说：“娘娘，不可。天壤有别，天庭不接地气，移上去樱桃树就活不了了。”

“是吗？那就来年早点来吧。”王母娘娘说。

“这里樱桃、杏子、桃子、梨、李子、软枣、柿子……按季节成熟，季季有新鲜水果吃。”麻姑说。

“那——我——只好在昆嵛山住下不走了。”王母娘娘笑了。

“娘娘，不必，我可以在这里为你守着，按季节把新鲜水果给您送去。”玉兰仙女抢着说。

“想得美，你想抢先尝个鲜哪？”王母娘娘用指头点了一下玉兰仙女的额头说，“好好在天宫给我待着，麻姑说了：天壤有别。”

玉兰仙女只好退后一步。

“昆嵛山，山好，水好，”王母娘娘看着山娃说，“人更好。山娃，我不白麻烦你，我已经给你把草屋翻新成大瓦房，屋里屋外的摆设没变，那样挺好的。我为你准备了一套新衣服放在炕上，回去换换吧。”

麻姑说：“山娃，还不快谢谢娘娘。”

山娃连忙抱拳作揖，连声向王母娘娘致谢后，转身急于回家看看。

玉兰仙女说：“娘娘，我送山娃哥回去吧，免得他受宠若惊。”没等王母娘娘开口，玉兰仙女已经去追山娃了，王母娘娘望着玉兰仙女的背影，叹了一口气，说：“这个疯玉兰，哥倒叫得挺甜的。”

山娃一溜小跑回家，玉兰仙女紧紧相随。她轻盈的脚步踏得山娃的心和着脚步的节拍怦怦直跳。山娃频频侧目偷看玉兰仙女，看得玉兰仙女的脸阵阵红晕，虽然都没有说话，却感觉到对方的心与自己的心跳着同一个节拍。

山娃看到自己的草房已经变成青石到顶，琉璃瓦覆盖，门窗焕然一新，高兴得不知道怎么迈步了。

“喜欢吗？”玉兰仙女甜甜地问道。

“喜欢。”山娃笑得合不拢嘴。进屋一看，锅碗瓢盆一应俱新，自己的条编家器还摆放在原处，炕上新被褥旁放着一叠新衣裳。玉兰仙女催着山娃快换穿新衣服，山娃看看玉兰仙女在跟前，有些腼腆害羞，玉兰仙女看出了山娃的难为情，咯咯笑着走出了屋。

俗话说：人靠衣裳，马靠鞍。玉兰仙女再次回到屋里，看着本来就英俊的山娃穿上新衣服更是潇洒，欢喜得又是帮山娃理顺袖子，又是整理衣领，看得山娃有些不好意思了。

“你真英俊。”玉兰仙女说。

“你真漂亮。”山娃说。

咯咯笑声溢出新屋子。

“姐姐，娘娘催你赶快回去。”百合仙女一脚闯进屋里，见他俩笑得几乎贴在一起，不好意思地将脸转向一旁。

“你先回吧，我随后就到。”玉兰仙女一愣，说。

“姐姐，这时候你不回去能行吗？娘娘还在等你呢。”百合仙女提醒玉兰仙女。

玉兰仙女想想也是，不情愿地向山娃道别，恋恋不舍地移步，一步三回头地看山娃。山娃送玉兰仙女到门口，羞涩地问："不知道什么时候再能见到你？"

玉兰仙女含着泪说："我会来看你的。"

山娃哽咽着说："请代我谢谢娘娘的恩赐。"

玉兰仙女点点头，没有说出话来，在百合仙女的催促下向王母娘娘所在的山头走去。她见王母娘娘脸露不悦，没敢言语，哑默悄声地随众仙女驾云奔向天庭。

百合仙女见玉兰仙女闷闷不乐的样子，知道她有心事，故意撩抖水袖挑逗她，想把她从苦恼中解脱出来。玉兰仙女躲闪着在眼前撩来摆去的水袖，烦得直皱眉。这时，祥云正飘在东海上空，一道闪电耀过，远处"咔嚓"一个响雷，王母娘娘一甩袖子，说："这个东海龙王又在搞什么名堂？"百合仙女趁机向玉兰仙女使眼色，让她滞后溜走。百合仙女水袖一摆，一团白云裹向正在犹豫的玉兰仙女，掩护她悄悄逃离了祥云，

山娃仰面躺在炕上，瞅着窗外时隐时现的弯月，怎么也睡不着，望着那闪烁的星星，仿佛看见玉兰仙女向他含笑飘来，他不禁一跃而起，扑到窗口喊道："玉兰，你在哪里？"

这时，门被"咚咚"敲响，山娃忙跳下炕，开门一看，玉兰仙女随着月光闪进来。山娃又惊又喜，搓搓眼睛，说："玉兰，真的是你？我不是在做梦吧？"

玉兰仙女羞答答地说："我走在半路上，在百合仙女的掩护下偷偷溜回来了……"

"回来看我……"山娃说。

玉兰仙女点点头，月光下，满面娇羞地说："我看你人好，回来和你过日子。"

“咱们现在就拜堂成亲。”山娃怕夜长梦多，好事成梦，来个趁热打铁，说，“咱们找麻姑做证婚人，她人好，山里人都崇拜她。”

“不妥，麻姑是王母娘娘点化在昆嵛山修炼，我偷偷跑来，王母娘娘怪罪下来，岂不连累了她？”玉兰仙女说，“我们请门前的梧桐树证婚。”于是，山娃和玉兰仙女跪在梧桐树前，遥望明月发誓结为夫妻。

每天，玉兰仙女陪伴着山娃上山打柴、采野果，山屋装不下的笑声荡漾在昆嵛山坡上。小两口日子过得甜甜蜜蜜。

一天，正在山坡采药的麻姑，听到甜蜜的咯咯笑声，循声望去，见是山娃和玉兰仙女一个手提柳条小篓，一个手握剔子在追逐嬉戏。他们看见麻姑在望着他们笑，跑到麻姑面前施礼，麻姑说：“你们……”

山娃羞答答地只是笑，玉兰仙女掩面说：“我们已经结为夫妻。”

“王母娘娘会答应吗？”麻姑问。

“她还不知道，你可不要……”玉兰仙女羞涩地用乞求的眼光望着麻姑。

“怎么会呢？成人之美是好事，我就当不知道此事。”麻姑笑盈盈地说。

玉兰仙女和山娃谢过麻姑，手拉手蹦跳着挖野菜去了。

终于有一天，玉兰仙女正在门前择挖来的野菜，空中突然飘下一条黄绢，她接在手中一看，上面写着：玉兰私自下凡以身许人，违犯天条，命你速回天宫，不得有误。玉兰仙女眉头一皱，咬破手指，在黄绢背面写下：我已与山娃结为百年之好，愿在昆嵛山生活一辈子，随时做好饭菜为王母娘娘接驾。

她把黄绢抛回天空。

山娃打柴回来，捧着摘来的山梨笑嘻嘻地给玉兰仙女，玉兰仙女见到山梨，眉头皱得更紧了。山娃见玉兰仙女愁眉苦脸地不肯接山梨，问道："什么事惹你不高兴了？"

玉兰仙女泪滚面颊，说："山娃，我们可能要分离了，王母娘娘召我回天宫。"

山娃一听，如同晴天一声霹雳，震得撒手山梨滚落在地，紧紧抱住玉兰仙女，颤抖着说："俺不让你走。"

"我也不愿离开你。"玉兰仙女泪流满面地说，"可是天命难违啊！"

"等王母娘娘来了，俺求她让你留下。"山娃天真地以为王母娘娘对他印象不错，会网开一面，对他的求情开恩。

玉兰仙女摇着头叹气说："不行啊，你知道我七姐与董永的事吧？咱们的命运也不会比他们好啊。"

正说着，百合仙女进了屋，玉兰仙女连忙扯着她摇晃："好妹妹，快给姐姐出个主意。"

百合仙女一脸无奈地说："我正是受王母娘娘之命前来催姐姐返回天宫的，我理解姐姐现在的心情。"

屋里静得只有叹气声。

良久，百合仙女说："我回去再对王母娘娘说说姐姐执意留在人间的决心，求娘娘看在姐姐一向殷勤伺候娘娘的份上，网开一面。"说着就要回去复命，走到门口，回头轻声说，"姐姐可不要出卖了妹妹……"

"妹妹成全了我，我怎么能转眼无情呢？"玉兰仙女说。

第二天，山娃不放心玉兰仙女，没有上山，在门前劈柴。雷神和闪神来了，凶神恶煞地吼着要玉兰仙女随他们回天庭，如果不肯从命，他们就要打雷劈死山娃，打闪烧了他们的房子。玉兰仙女紧紧护着山娃，雷神无法下手。他知道玉兰仙女在王母娘娘面前得宠，不敢造次，只好上前拖玉兰仙女，山娃挥舞着斧子遮挡。他们甩开山娃，可是玉兰仙女已经紧紧抱住梧桐树，他们拖也拖不动，拉也拉不走，只好垂头丧气地回去复命了。

王母娘娘亲自来了。山娃跪在王母娘娘面前，挥泪哀求王母娘娘留下玉兰仙女，王母娘娘说什么也不肯，厉声要求玉兰仙女随她回天庭。见玉兰仙女无动于衷，便命令身边的仙女把玉兰仙女拖回去，玉兰仙女手持剪刀对准喉咙，说："娘娘一定要我回宫，我只好死在这里。"

盛怒之下的王母娘娘眼一瞪，说："那你就留在这里吧！"

山娃正要跪下谢恩，见王母娘娘挥手朝玉兰仙女一指，玉兰仙女"啊！"的一声变成了一棵玉兰树，竖立在门前。山娃扑过去抱着玉兰树，呼喊着"玉兰啊！"号啕大哭。他想不明白自己崇拜的天神，竟如此狠心，曾几时，和蔼可亲，现如今，竟扼杀了鲜活的生命！她为什么这样恨人间真情？

山娃每天给玉兰树浇水，汗水和泪水滴在玉兰树周围，玉兰树长得枝繁叶茂，每年春四月，满树洁白的繁花，芳香弥漫昆嵛山，人们闻香怀念忠贞于爱情的玉兰仙女。山娃日夜守在玉兰树旁，直至年迈枯瘦扶着玉兰树而终。

无染寺的方丈把玉兰树移栽在无染寺院内，将山娃葬在玉兰树旁。如今无染寺毁于战火，荡然无存，玉兰树依然屹然亭亭玉立在那里。每年春四月，玉兰树等不得将绿叶穿在身上，就呈献满树洁白如雪的玉兰花，弥散着浓郁的芳香。

# 十八 玉翠仙女

由于玉兰仙女的事，王母娘娘一直心里不悦，好久没有带领仙女们到昆嵛山游玩与洗浴了，她的小女儿玉翠仙女几次缠着她要到昆嵛山游玩，都被她皱着脸喝退了。

玉翠仙女受够了天庭数不清的天条戒律的约束，过腻了天宫枯燥寂寞的无聊生活，心里总是惦念着昆嵛山的山清水秀，更是思念曾经朝夕相处，留在那里的玉兰姐姐。玉翠仙女整天郁闷不乐地在天宫里逛悠，忧伤的情绪得不到释放，竟积郁成疾，茶饭不思，卧床不起。王母娘娘非常着急，用尽一切灵丹妙药，玉翠仙女的病也没有好转。

玉翠仙女强撑着病身子，有气无力地对王母娘娘说："母后不必为女儿费心了，小女已经吃遍了天宫的灵丹妙药，也没有见到病情好转，倒不如带小女到凡间走一遭，让我见识见识凡间景物，也不枉为一生。”

“我儿怎么可如此说话？”王母娘娘说，“我这就宣太上老君前来为你诊治。”

太上老君几经诊脉察颜，奏明王母娘娘：“玉翠仙女是积忧成疾，得的是心病，非灵丹妙药所能治愈。”

“那如何是好？”王母娘娘搓着手，焦急地问。

“想办法给玉翠仙女换换生活环境，让心旷神怡的景界缓解她的郁闷，病情自然会好转。”太上老君凝视着飘逸的祥云，神态凝重地说。

“你游遍山山水水，弟子遍天下，以为到何处为好？”王母娘娘问。

“娘娘可直接问问玉翠仙女想到何处，随她心愿，岂不更好？”太上老君说。

王母娘娘眉头皱成一个疙瘩，心想：这还用问吗？这小淘气准是说到昆嵛山去。她不愿触景生情，想起玉兰仙女，更不想悲剧重演，决计带玉翠仙女到南极仙翁所在的终南山去散散心，也许南极仙翁有妙方灵药治愈玉翠仙女的病。可是当王母娘娘把去终南山的消息告诉玉翠仙女，玉翠仙女说：“终南山虽然被南极仙翁治理得不错，但是哪能与仙山之祖——昆嵛山相比？昆嵛山山光水色绮丽，具有胜于仙境的招人喜爱的魅力。母后经常在孩儿面前夸赞昆嵛山如何美丽神奇，常去不厌，每去一次总是心静神逸，烦恼尽消，如今为何不肯带孩儿前去？却要去终南山？要去，就去昆嵛山吧。去别处，我这病恹恹的身子，还不知道是否能活着回来。”

王母娘娘听得心里沉沉的。她因为玉兰仙女的事被玉皇大帝训斥了一顿，不敢擅自前往昆嵛山，只好奏明玉皇大帝，玉皇大帝龙颜震怒："都是你管教的好女儿，难道你想一错再错吗?"脚一跺，"哼!"的一声拂袖而去。

怏怏地走在回宫的路上的王母娘娘心想：要是不去昆嵛山，怕是一天比一天憔悴的玉翠仙女性命难保，可是去昆嵛山，玉皇大帝又不准。她堪为玉翠仙女的病情担忧，心一横，一不做二不休，明的不行暗着来，做娘的不能不管女儿。王母娘娘回宫来到玉翠仙女病榻前，佯称："你父皇恩准了你到昆嵛山一游，不过要速去速回，一更启程，五更返回，人间鸡鸣前一定要回天庭，此事不要声张，只有你我知道就是了，免得你姐姐们闹着要去，惊动了天庭不好。"

其实，王母娘娘所以在夜间带玉翠仙女去昆嵛山，是因为她是瞒着玉皇大帝偷偷下凡的，想掩人耳目。

"谨遵母命。"玉翠仙女听到去昆嵛山的消息笑逐颜开，病情瞬间就好了一半。

一更时分，王母娘娘同玉翠仙女飘然下凡，直奔"仙山之祖"昆嵛山而来。王母娘娘故意避开玉兰仙女所在的无染寺，径直领着玉翠仙女来到她中意的王母娘娘洗脚盆。玉翠仙女见到清澈见底池水紫气升腾，沁人心脾，情不自禁地一跃而入，爽快洗浴。王母娘娘见到玉翠仙女活像一条欢快的小鱼在池中游玩，神清气爽，病容尽消，甚是宽慰。

弯月初上树梢，漫山碧透，气象万千。玉翠仙女非常兴奋地望着缤纷皎洁的山影月色，觉得月光下的昆嵛山别有一番迷人的景色，跃出水池，挽着王母娘娘的胳膊，说："母后，把麻姑召来同我们一起畅游昆嵛山的夜景吧，女儿喜欢听麻姑介绍昆嵛山，她对昆嵛山知道的很多，尤其是那些关于景点的民间传说故事，说得多精彩。"

“麻姑很忙，我们就不要打扰她了。”王母娘娘说。其实她是怕麻姑来了，领着玉翠仙女逛得没完没了，耽误返回天庭的时辰，也不想让麻姑知道她偷偷来过昆嵛山，免得传到玉皇大帝那里，怪罪下来可不得了。

“母后，我们到无染寺去看看吧，不知玉兰姐姐……”玉翠仙女话没有说完，就被王母娘娘打断：“无染寺离这里遥远，时间紧迫，以后再去吧。”其实，无染寺近在咫尺，只是王母娘娘顾虑重重，也不想让玉翠仙女知道玉兰仙女的现状。王母娘娘领着玉翠仙女信步绕过泰礴顶，踏着月色来到圣经山。在皎洁月光下的摩崖石刻前，玉翠仙女踱着方步，背着手，晃动着身子，活像一个公子哥，就着月色朗声读着《太上老子道德经》。走在前面的王母娘娘看看天色渐亮，生怕耽误了返回天庭的时辰，又不忍心催促得过急，扫了大病初愈的玉翠仙女的兴，便说：“快来看，紫金峰前架起了通天道。”听到母亲的召唤，玉翠仙女依依不舍地离开月牙石刻，跑向紫金峰。在紫金峰，一条数不清有多少台阶的通天道直通峰顶，母女俩扶梯而上，玉翠仙女居高临下举目四望，月光下，奇峰怪石嶙峋，千姿百态，美不胜收；奇花异草夜香四溢醉人，不禁感叹道：“天宫哪有人间好啊！”

玉翠仙女正陶醉在这人间美景中，王母娘娘望见东方欲吐鱼肚白，惊呼道：“不好！时辰已到，快返天庭，晚了就来不及了！”扯起玉翠仙女就走，不料想玉翠仙女迷恋昆嵛山夜色，走在半路上，挣脱王母娘娘的拉扯，又要奔向紫金峰。情急之中的王母娘娘急忙伸手要拔下头上的玉簪，想在玉翠仙女跑回去的路上，划一条沟阻挡她的去路，一摸，玉簪没了，这才想起玉簪已经赐给麻姑了。她急忙挥手一划，喝道：“沟！”可是，动作迟了，一条大沟竟划在玉翠仙女跑过的背后，反把自己和女儿隔在沟两边。王母娘娘又急忙拔下一撮四根头发抛下去，喝道："桥!"一座由四块巨石搭成的石桥横架沟上，疾呼："玉翠！你给我回来！快返天庭，难道你要害母亲与你一起触犯天条吗?"

猛然惊醒的玉翠仙女急忙刹步，转过身要随王母娘娘返回天庭，然而，为时已晚，就在她一边回头望恋恋不舍的昆嵛山，一边要迈上石桥的时候，鸡叫启明了，可怜玉翠仙女僵持着一个永远的姿势，站立在石桥西头，变成一个栩栩如生的石雕。

人们把这座由四块巨石垒成的跨过一道山涧的石桥，叫作"迎仙桥"。

如今，紫金峰前那座古老的"迎仙桥"依然横跨大沟两畔，伴着美丽动人的传说，玉翠仙女依然保持着那留恋昆嵛山的姿势站立在桥头，饱览着昆嵛山华丽的秀色。

# 十九 昆嵛论道

金大定七年（1167年），陕西咸阳大槐树村王重阳慕名来到昆嵛山。王重阳家境殷实，自幼聪颖豁达，博读儒家著作，饱识儒教精髓，又善舞刀弄棒，功夫超群，可谓文武双全。但因金朝统治者的民族歧视政策，他壮志难酬。特殊历史条件下，人们寻求精神依托，从印度传来的佛教得以发展，王重阳在茫茫仕途前，愤而拜佛参禅。博览群书的王重阳偶然读到《太上老子道德经》，颇有大悟大彻之感，对《太上老子道德经》爱不释手，逐字逐句研读，受益匪浅。自此，他转而修炼道家内丹，并在梦中得到吕洞宾传授修炼秘诀，这也算是道缘吧。

王重阳在陕西悟道七八年后，其思想融儒释道三教，几经研读沉思，萌生“使四海教风为一家”的宏愿，于是在陕西南时村自掘一墓，起名“活死人墓”，在墓四隅各栽海棠树一棵。有人问其故，王重阳说：“吾将使四海教风为一家耳。”

王重阳在墓中修炼三年后，在距南时村不远的刘蒋村结茅而居，立教收徒，然而，在佛教根深蒂固的陕西，他难以施展宏愿。他闻知昆嵛山一带，孔子的得意门生申子曾将毕生奉献在这里传播儒学，尚文在昆嵛山蔚然成风，以致后来苏轼到文登，发现文登人如此好学，惊讶地题诗云：“至今东鲁遗风在，十万人家读书声。”秦始皇也曾在文登文山召集天下文人登山赋诗论文，留下一段佳话，这也成为文登名字的由来。东汉时，高密人郑玄为避党锢之祸，客耕东莱，在文登长学山创办“康成讲堂”，以娱朝夕，著书立说，开堂讲学，学生相随数百人。淳朴的文登人继往开来，文化底蕴深厚，以“文登学”闻名于世；麻姑修炼于昆嵛山，随后观庵林立，道众如云，纷纷拜谒求真，向道成俗，道基牢固。王重阳觉得要实现宏愿，应该先选择有利地域，充分利用客观条件，取得成绩，然后，再返回来拓展，以不言之教，扩大影响，此举才不失熟读《太上老子道德经》多年，吃透老子谆谆教导的哲理。

王重阳毅然决然不远千里奔赴昆嵛山，首先怀诚挚之心，毕恭毕敬地拜谒麻姑草庵、麻姑观、麻姑梳妆阁、麻姑桃园等。他望着满园葱茏，桃冠盖地，硕果累累的桃园，听着从麻姑观传来的道徒诵咏《太上老子道德经》声，觉得眼前桃叶和着朗诵声的抑扬顿挫翩翩起舞，惊奇桃树的灵性，相信桃树此时展现的是生命。他想：如果能见到麻姑，亲耳聆听她旷世修炼的真知灼见，将是推行“三教一体”“四海教风为一家”的无限动力。他相信只要自己心诚，就一定能见到麻姑。

王重阳怀着实现“四海教风为一家”的勃勃雄心，走遍昆嵛大地，体察民情，领略民俗民风，行走中，制订出实现自己“四海教风为一家”理想的三大步骤。

王重阳首先跋涉在昆嵛山区，遍访挚诚的向道者，从中选择道缘深挚、文化功底深厚者收为徒弟，培养传教骨干，马丹阳、丘处机、谭处端、王玉阳、郝大通、孙不二、刘处玄七人成为王重阳的高足，史称“北七真人”。因王重阳选徒落脚于宁海城范园怡老亭缘遇马丹阳，二人席地促膝而谈，道同志和。自此，王重阳暂住马丹阳家中，一边传道，一边从文化精英中物色收徒人选，故“七真人”中有五人是宁海籍。

王重阳带领七名得意高徒进入昆嵛山，在紫金峰前建庵凿洞，栖身隐修，教化信众，训练弟子，开始了他计划中的第二步——培训全真教创教的骨干。

接着，王重阳带领训练有素的弟子在文登建立“三教七宝会”，这是全真教创立的第一个民间道教组织。随后又建立了宁海州“三教金莲会”、福山“三教三光会”、登州“三教玉华会”、莱州“三教平等会”，道教史典称为“三州五会”。“五会”的建立，为全真教的发展打下了牢固的群众基础，为王重阳实现将全真教推向全国，“使四海教风为一家”的抱负提供了以昆嵛山为中心的坚实根据地。

昆嵛山为全真教的发展提供了独特的地理条件。昆嵛山的山市蜃楼奇妙现象，使人们很容易联想到传说中的仙境。夏秋季节，气温变化，当云彩遮蔽天空，且云层不是太高时，从山外眺望昆嵛山高低各异的山峰被云层整整齐齐水平切割，而成为许多大小不等的云雾缭绕的梯形平台，令人很容易联想到神秘的仙人就在云雾缭绕的平台上。在同样的天气中，站在昆嵛山最高峰泰礴顶瞭望四周，云层此时就像无边的茫茫大海，被云层切割在云层上面的山峰，便成为大小不同，形状各异，云雾缠绕的海岛，人不由得把它想象成海上的仙山，也很容易联想到神话传说中的神仙就住在玄妙的仙山上。

处于金政权残酷的民族政策压迫下的胶东人民，无奈之下四处寻求精神依托。道教劝人向善的教义，正满足了他们的希望。王重阳在此时布全真教之道，恰得天时、地利、人和之宜，全真教迅速遍及全国，成为道教两大派之一。若干年后，王重阳凭着文韬武略，道术博深，走进了金庸的《射雕英雄传》。

一天深夜，王重阳正端坐在东华宫太上老子塑像前的蒲团上，聚精会神诵咏《太上老子道德经》，突然感到一股香风飘至。他正诵咏到第八十一章，身不动，心不移，目不斜视，诵词琅琅，蹿动的烛光映得太上老子塑像更加辉煌灿烂。当王重阳诵完最后一个字音，清脆的女音响起："王道长诵经好强的定力。"

王重阳缓缓起坐，定神一看，是麻姑到此，连忙施礼："不知仙姑到此，有些怠慢，诚望海涵。"

"免礼。"麻姑说，"你适才是缘于对太上老子的崇敬，对我不算失礼。你向道心诚，明月众星可鉴。"

王重阳又毕恭毕敬地搬来香蒲编做的蒲团，请麻姑坐下。二人坐在太上老子塑像前，麻姑说："道长如此研习《太上老子道德经》，想必已经理解精湛。"

"哪里，只是早晚各背诵一遍而已，不甚深解，请仙姑多多指教。小道本想早日求教于仙姑，遗憾的是不知仙姑云游何处。昆嵛山人如此知情达理，言行不失对《太上老子道德经》的信仰。随处可见信仰的力量，足以见得仙姑开化有方，令人钦佩，望不吝赐教。”王重阳言语恳切地说。

“树立信仰，是统一意志。教化道众，其实没有什么秘诀，只要你诚心相待，踏踏实实地为他们做手打鼻子眼就见的实事，帮助他们解决燃眉之急，哪怕是极小的一件事，他们也会极大地满足。山里人就是那么容易满足，天长日久，他们觉得你传授给他们的《太上老子道德经》于人于己与事都有益，并非信口雌黄，他们就对你心服诚服。此谓以德布道。当然，打铁还需自身硬。首先得自己对《太上老子道德经》心领神会，时时事事践行。‘不言之教’胜于磨破嘴皮。‘天之道，不弹而善胜，不言而善应，不召而自来，繟而善谋。’”麻姑说。

王重阳微微点头，表示赞同麻姑的说法，问道：“诵经如何发自心声？”

麻姑说：“诵经心诀有五，第一要‘恭’，第二要‘熟’，第三要‘忘’，第四要‘合’，第五要‘灵’。突破前四道关，‘灵’自然会显现，从而进入‘众妙之门’，只有清心寡欲才能做到，心定才能排除干扰，贪欲是道的绊脚石，是人生的深渊。静心观太上老子塑像诵咏，功夫到了，自然心与声共振。”

王重阳说：“我一定谨记仙姑教诲，一心诵经，专志修道。请仙姑明示诵经之要领。”

“太上心头座，内外皆光明；观心可得道，经引归道真。”麻姑说，“专心才能悟得真经，《太上老子道德经》是万经之王，蕴藏着丰富的道德能量，是人类回归道德的瑰宝，内涵博大精深，人类的大智慧和宇宙的奥秘尽藏其中。返璞归真，修德合道的路在每个人的脚下，是进？是退？将决定一个人的命运。《太上老子道德经》以德引领众生由积修淳德而入道，唯有上德者才能进入道境，德是入道的阶梯，德为‘基础’为

'因'，道为'成就'为'果'。如果只求其'果'，不知其'因'，到头来一场空。道，不在半空，而在道众心中。'道可道，非常道。名可名，非常名。无名，万物之始；有名，万物之母。故常无，欲以观其妙；常有，欲以观其徼。'"

"以善积德，锄恶则杀生，不知仙姑如何看？"王重阳问。

"恶，与道势不两立，在恶面前容忍，退让，是懦弱，不是道的秉性。容忍妖魔横行，即助纣为虐。妖魔鬼怪作祟，视而不见，德何在？人世如何安宁？世界岂可太平？道以德在，岂可不管？"麻姑说，"道长自幼习武，其目的不外乎强身自卫，除暴安良。昆嵛山美如仙境，向道之人前来求真，妖魔鬼怪窜来作祟，这里并不平静。最近，有一蛇妖窜来大崮子山，啸聚妖魔鬼怪，为害山民，扰乱山风，我正欲除之。"

"仙姑所言，正是道教有别于儒、释之处。虽然三教皆以劝人向善为宗旨，然而，也有大同小异之别。"王重阳说，"修德炼身可有捷径可走？请仙姑指点一二。"

"捷径在每个人心里，此谓心路，道长还是自己琢磨吧。"麻姑说。

"不知仙姑如何评价《太上老子道德经》？"王重阳问。

"《太上老子道德经》是我教的圣经，为向道者指明了人生的方向，给予了正确面对日常生活的智慧，其价值不亚于《孙子兵法》。《孙子兵法》是用于战争的策略，而《太上老子道德经》是指导人生的智明哲理。"麻姑说。

此时，附近村庄一声鸡鸣，众鸡唱和，村村响应，天已拂晓。王重阳毫无倦意，说："听得仙姑一席言，胜读万卷书。"

麻姑说："此言差矣，所言只是对《太上老子道德经》的一知半解，仅供商榷。《太上老子道德经》那才是来自实践的大智慧。"

## 二十 麻姑斗蛇

在楚岘河的发源地大崮子山后坡的阴洞里有一条臊秃蛇。之所以叫它臊秃蛇，是因为它心狠毒性大，尾巴秃短，肤色如泥土，便于混于泥中，让人无法辨认。臊秃蛇经常懒塌塌地卧在土路上晒太阳，行人很难发现，一旦踩着它，它毫不客气地仰头咬人一口。被臊秃蛇咬了的人走不出三步就倒地而死。虽然这条臊秃蛇修炼粗浅，道法不深，却练就了剧毒，心狠胆大，处事毒辣，昆嵛山西部的小妖都不得不听它的号令。

臊秃蛇经常率领着毒蜘蛛、马蜂王、草鞋底、蝎子怪、蚂蟥精袭击楚岘河岸边的村庄。鸡猪被吃，人畜中毒伤亡。居于楚岘河上游无染寺的方丈见妖怪在佛家古刹周围作孽，义愤填膺，觉得不铲除妖孽，有辱佛门清静，无颜拜谒佛祖，枉为无染寺方丈。他手执禅杖，屹立在寺门前拦截妖怪顺河而下去作孽。

这天夜里，臊秃蛇在洞穴里吃鸡、饮酒，吩咐刚提拔的喽啰头儿蚂蟥精带领小妖去柳林庄捉鸡抓猪。蚂蟥精一路上趾高气扬地走在前头，可是毒蜘蛛、蝎子怪、草鞋底们并不把它放在眼里，走得吊儿郎当，私下窃语：哼！别看它装得神气，浑身连一块骨头都没有长，要不是它和大王臊秃蛇性相同，形相似，这个官衔还轮不到它蚂蟥精头上！

蚂蟥精正得意忘形地招摇前行，一声震山的断喝声："妖孽！滚回去！休得在本寺佛地作祟！"震得它打了个趔趄，一看，是无染寺的方丈手执禅杖在寺前拦住去路，鼻子一嗤："秃驴挡道，哪位将军去把他送上西天？"

毒蜘蛛、蝎子怪、草鞋底们面面相觑，谁也不肯向前。毒蜘蛛说："立功的机会到了，头儿，还是你上吧，免得我们抢了你的功。"

"对，对，还是头儿上。"群妖随着吆喝。

蚂蟥精不满地扫了一眼喽啰，不屑一顾地望望方丈，抖动一下软如面条的身子，将手中的鬼头刀玩了个花样，砍向方丈。方丈也不答话，举杖迎战。八十斤的禅杖，在方丈手里如同玩着麻秆，弧光如闪电，钢环相碰如雷鸣。盛怒之下的方丈，一会儿"龙卷巨涛"，一会儿"雷闪击顶"，步步紧逼，打得蚂蟥精晕头转向。群妖却袖手旁观，无一上前助阵，倒希望蚂蟥精败阵下来，杀杀它的威风。

此时的蚂蟥精倒是另一番心思，它希望找到破绽，一刀结果了无染寺的方丈，首战夺得头功，在臊秃蛇面前露露脸，也镇镇那些不服气的小妖。它也清楚自己新官上任，没有退路，只恨自己魔法不深，练武不精。思想走神的蚂蟥精恍惚中被方丈一禅杖打在鬼头刀背上，震得手麻心跳，鬼头刀被击落在楚岘河里。没有了武器的蚂蟥精刚要转身逃回本营，方丈喝道："妖孽！哪里走！"挥舞禅杖速猛铲来，将蚂蟥精铲为两截，两截蚂蟥一阵抽搐，各顾各地迅速逃进楚岘河。自此，人们传说蚂蟥即使被铲成两截数段，它也可以各自成活。

方丈力挺禅杖打向群妖，无染寺的和尚们趁势挥舞刀枪剑戟呐喊着冲向群妖，群妖见到蚂蟥精的惨状，早就吓得屁滚尿流，溃不成军，四散奔逃。后来，人们把群妖溃败的这个地方叫作败仗口。这个名字一直随着绘声绘色的传说沿用至今。败仗口位置在无染寺南，楚岘河边。

正在洞穴里美滋滋地享受着美酒佳肴的臊秃蛇，听到跑回来的小妖的禀报，火冒三丈，抄起蛇头枪就奔向无染寺。酒醉饭饱的臊秃蛇打着饱嗝，端着蛇头枪在无染寺门前叫阵，毒蜘蛛、马蜂王、草鞋底、蝎子怪争相冲在前面。酒力刺激下的臊秃蛇气焰更嚣张了，它觉得群妖勇往直前，全是它的威武所致。它岂知蚂蟥精被禅杖铲成两截，队伍还空着一个喽啰头儿的位子，更不知上一仗它的这些喽啰们的表现。

大获全胜的方丈认为妖怪们再也不敢来骚扰了，刚欲打坐休息，忽闻山门外嚣声大作，抓起禅杖冲出寺门。他刚一出门，臊秃蛇冷不防一枪刺来。方丈一个"飞鹤腾空"，躲过了这一枪。臊秃蛇马上来了个"金枪探月"刺向腾起的方丈。反应快捷的方丈迅速来个"卧虎贴地"，让臊秃蛇刺了个空。臊秃蛇旋即使出"蛇尾扫堂"，欲将方丈扫入楚岘河。眼疾手快的方丈将禅杖拄地撑住，臊秃蛇的尾巴扫在拄地的禅杖上，痛得它撩起尾巴打战。

方丈心里想着打蛇打七寸，一直盯着蛇头，寻找机会打臊秃蛇的要害，冷不防被臊秃蛇的尾巴扫在腰上，差点儿被扫倒在地。方丈知道自己被击成内伤，难以再战，好汉不吃眼前亏，他一个“鲤鱼跳龙门”，跳出圈外，夺门而入，小和尚马上关上了寺门。

臊秃蛇见时间已近天明，也不与无染寺的和尚纠缠，它要赶在天明前带领喽啰们去簸箕掌村一带抢猪掠羊，闹腾一番，好回妖洞与小妖们欢饮庆功酒。

小和尚建议方丈请麻姑前来联合打击臊秃蛇，说麻姑道法博深，手中又有威力巨大的法宝，定能铲除妖孽。

方丈摇了摇头，觉得败下阵来去请麻姑有失无染寺的尊严，再说，自古以来僧道两门，颇有门户之隙。将道家之徒请入佛家寺院，佛界会有何议论？有道是远来的和尚会念经，佛家自恃来自域外西土，法术自应高出一筹。道家则自以为是源于本土，学说根深奥玄，富有哲理，注重解决实际问题，而不是佛教只注重信念，成天阿弥陀佛地诵经，敲着木鱼化缘。道徒成仙得道者如云，远远在舶来品之上，久而久之，形成深隔的门庭之见。方丈以为局部的胜负，将影响僧道在人们心中的声誉。方丈不敢贸然请麻姑前来助战，免得将麻姑的胜利说成是道家的胜利。

听到山民对楚岘河沿岸的村庄遭受妖孽侵害的诉苦，麻姑想：除恶扬善是道家的本分，岂能容忍妖怪在楚岘河沿岸横行霸道？她先到无染寺安慰方丈安心养伤，赞扬方丈勇于为民除害的壮举，这让在佛前打坐疗伤的方丈很感动。尽管他看不惯道家着装随便，酒肉无拘，尤其对八仙道不道俗不俗的打扮和无拘无束的行踪，卓有成见，但预感面前这个初入道的姑娘有如此的境界，必成大器。为了答谢麻姑的慰问，更为了帮麻姑灭妖助一臂之力，他激动之下将自己心爱的佩刀赠送给麻姑。盛意难却，麻姑收下了方丈的馈赠，将佩刀挂在腰间，双手抱胸在寺门外等候臊秃蛇的出动。对臊秃蛇恨之入骨的山民们听说麻姑要征讨臊秃蛇，纷纷摩拳擦掌，磨亮锨镰锄镢钯，做好了助战的准备。

一个月黑风高之夜，臊秃蛇率领喽啰们一窝蜂似地扑向小长夼村。途经无染寺，它正为上一仗的胜利得意忘形，以为和尚们必是紧闭山门不出，猛一抬头，见面前站着一个姑娘。它正想入非非，突然，这个姑娘一声断喝："麻姑在此！臊秃蛇你前来送死！"

臊秃蛇并没有把麻姑放在眼里。它以为麻姑是一个入道不久的姑娘，道术浅陋，不堪一击，况且麻姑手不持刃，只是一个空手道，鼻子嗤了一声："无名的女道，到和尚的寺庙前来送死，知趣，快滚！"

义愤填膺的麻姑喝道："大胆的妖孽，今天我让你死在败仗口，为民除害！"

臊秃蛇张开血盆大口，吐了吐口中那瘆人的信子，觉得不必动用刀枪，也能把麻姑吓唬跑了。麻姑赤手撑腰，怒目相视，稳若泰山，毫不胆怯。臊秃蛇颤抖着蛇头枪瞄准麻姑，麻姑轻蔑地一笑。臊秃蛇趁麻姑眨眼之时，猛地刺去一枪，麻姑一个"鲤鱼潜底"，躲过了凶狠的一枪。臊秃蛇用力过猛，蛇头枪刺在寺庙前的一块大石头上，顿时石渣四溅，火星乱飞。臊秃蛇旋即将蛇头枪贴地一扫，麻姑"雄鹰展翅”，跳到枪弧之外，朝楚岘河跑去，臊秃蛇以为麻姑未曾开战就败下阵来要逃跑，挺枪急追不舍，臊秃蛇被引到楚岘河边。

这时，楚岘河沿岸村庄的人们听到麻姑与臊秃蛇打起来了，一呼百应地拿起各种庄稼家什，有的还带上了早就准备好了的蛇最怕的雄黄，在黄三魁的率领下，潮水般地涌向战场。

臊秃蛇以为在开阔之地，更利于它挥舞蛇头枪，发挥淫威，对付赤手空拳的麻姑，不费吹灰之力，可是，看见从四面八方呐喊着涌来的山民，将它和喽啰们团团包围，围得水泄不通，不免有些胆怯。它想迅速将麻姑置于死地，然后收拾山民，便朝麻姑乱枪猛刺。麻姑见到这么多山民前来为自己助阵，战胜臊秃蛇的信心倍增。她不慌不忙地沉着应对臊秃蛇慌乱的蛇头枪。臊秃蛇连续几个“跳步七枪”，身轻如飞燕的麻姑“玉女穿梭”，轻松躲过；臊秃蛇“回身勒刺”，麻姑“顺手牵羊”，倒差点儿将臊秃蛇拖个跌倒在地嘴啃泥；臊秃蛇“黄蜂入洞”，麻姑“风扫残叶”；臊秃蛇“毒蛇吐舌”，麻姑“凤凰展翅”……几十个回合下来，臊秃蛇的图谋没有得逞，倒累得呼呼直喘，而麻姑却屡屡拳掌交加打得它遍体是伤。麻姑轻捷稳健地迎战，好像在拿着臊秃蛇耍逗。渐渐累得疲惫不堪的臊秃蛇乱了套数，它觉得麻姑一定另有计谋，既然难以取胜，不如抽身跳出重重包围之外，回洞穴另做打算。它的鬼心思早被麻姑看透，麻姑不动声色地等着臊秃蛇玩出新花样。臊秃蛇刚虚晃一枪欲转身逃走，麻姑迅速从头发上拔下王母娘娘给她的玉簪，挥手一划，一块巨大的石板挡住了臊秃蛇的逃路，它急忙转身，麻姑挥手又一划，又一块大石板竖在臊秃蛇刚转过身的面前。臊秃蛇被夹在两块石板之间，它不得不把端着的蛇头枪竖起来。它没有想到随着蛇头枪的竖起，两块石板向一起靠拢，紧紧把它夹在中间，动弹不得。山民跳着高，纷纷将带来的雄黄抛撒到两块大石板之间。

众小妖见臊秃蛇不是麻姑的对手，被挤在两块石板之间，只听到凄惨的呼救声，却上不见头下不见尾，没有一个敢勇往上前搭救的，只顾鬼哭狼嚎地四散而逃。毒蜘蛛抛出一根丝，顺着丝仓皇而逃，草鞋底身上的两排腿吓得打战，动作不协调，相互羁绊。麻姑用汉钟离给的毙妖簪一指，草鞋底就翻肚朝上，身上那一圈的腿还没有来得及抖动，就变成了僵尸，成了臊秃蛇的陪葬品。

蝎子怪吓得慌了神，腿关节僵硬的不听它的支配，晃着颤抖的尾巴原地打转转，被打来的锨镢锄钯砸得尸碎八块。年过花甲的黄三魁老当益壮，挥舞着节鞭奋勇当先，管它什么紫头发蓝面孔，大鼻子凹眼睛，节鞭所至，脑袋开了花。王淑山手持粪叉，挥得寒光弧闪，小妖在弧光下纷纷倒地毙命。

麻姑口中念念有词，两块石板迅速变大，只听得“咔咔咔”响，臊秃蛇的脊椎骨随着石板的变大，被抻开了，身子被挤扁了。当麻姑收起玉簪，两块大石板不见了，臊秃蛇变成一个跟土一样颜色的瘪瘪的蛇皮袋子，瘫在地上，早就呜呼哀哉，命归西天了。

众山民的欢呼声响彻山谷，纷纷上前感谢麻姑为民除害的大恩大德。

# 二十一 横扫群魔

毒蜘蛛从楚岘河畔逃脱了麻姑和山民们的追杀，收拢起臊秃蛇的残兵败将，回到大崮子山后坡的阴洞里。毒蜘蛛坐在臊秃蛇曾经坐过的交椅上，毛茸茸的腿撑着交椅扶手喘息片刻，扫视了一下东倒西歪、竖七横八、乱糟糟躺了一地的小妖们，重重地拍打着椅子扶手，吼道："臊秃蛇已经去了它该去的地方，今后这里我蜘蛛王当家，小的们，抖起精神来，我带领你们吃香的喝辣的，过过神仙瘾。"毒蜘蛛骨碌碌地转着眼睛停顿了片刻，干咳一声，说："我有言在先，谁要是不听我的号令，那它是活腻了！这次被无能的臊秃蛇折腾得损兵折将。你们马上分头去联络各个洞穴的魔王，聚集在本王的麾下，壮大声势，就是天兵天将来了也不怕。去吧，有本王吃的肉，就有你们喝的汤。"

老奸巨猾的毒蜘蛛经过一番鼓捣，把昆嵛山里的妖魔鬼怪都鼓动起来了。它给各个妖群划分势力范围，规定统一号令，掀起打砸抢高潮，闹腾得山里鸡犬不宁，山民苦不堪言，连花草树木也遭了殃，被残酷践踏，无情砍伐。草木本来与世无争，也不想成仙为王，只是随缘而遇地守着一块地方，平静地生长，为世人奉献它们所能及。然而，妖魔鬼怪在毒蜘蛛的煽动下，肆无忌惮地抢猪掠羊，对山民叮咬骚扰，甚至连小草也不放过，借搜寻人参之机，将小草连根拔起，很多草类几近灭绝。连平日在山民面前疲于奔命的兔子精也借毒蜘蛛壮胆，窜入庄稼地里乱啃乱咬。在毒蜘蛛的教唆下，刺猬、老鼠、狐狸结成团伙盗抢粮食。

一天，狐狸在王淑山的串豆地头站岗瞭望，刺猬将身子蜷曲成一个球在串豆地里滚动，将成熟的串豆荚碾压开，让串豆粒蹦出来。老鼠负责把串豆搬进鼠洞。鼠洞分成许多仓库，每装满一个仓库，老鼠就用泥将仓口封死。本来刺猬冬眠是不需要粮食的，只是受毒蜘蛛指派帮老鼠作祟。以吃肉为主的狐狸对粮食也不感兴趣，只是为了幸灾乐祸寻刺激在放哨。正在打盹的狐狸听到脚步声，睁开眼睛看见王淑山和杨姑娘挎着柳条篓子朝串豆地走来，立马放了一股臊屁就溜了。老鼠闻到臊味，迅速逃进鼠洞，探头望着串豆地的动静。蜷曲成球，挓挲着一身刺的刺猬不知道情况有变，还在一味地滚动着碾压串豆，被来到跟前的杨姑娘一下子扣在柳条篓子下。刺猬伸出头一看，自己被逮住了，傻了眼。王淑山见到刺猬在糟蹋串豆，抡起一块石头就要将刺猬砸死，杨姑娘拦住说："算了吧，放它一条生路，好歹它也是一条生命。"王淑山狠狠地踢了刺猬一脚，刺猬像个足球一样，在空中打着转转，被踢出一丈多远。刺猬顾不得被跌得浑身疼痛，狼狈逃走，去找狐狸和老鼠论理算账去了。

麻姑见到妖患成灾，想起《太上老子道德经》所说："治之于其未乱也。"觉得事不宜迟，除妖必须马上行动，等到妖魔成了气候，就麻烦了。山民的损失就更大了。麻姑安排前来诉苦的王淑山、于进水、倪海汪、柳娃等分头摸清妖怪的活动规律，查明匿藏的洞穴，以便决策歼妖计划。他们很快将了解到的情况回报给麻姑。看来妖怪各自为政，主要是狐狸精、老鼠精、青蛇精、蚊子精、灰狼精，它们各自按自己的嗜好活动，虽然听命于毒蜘蛛，但组织松散，各自占据着山头，不能聚而歼之，只能各个击破。麻姑后悔当初消灭臊秃蛇时，没有一举全歼，让毒蜘蛛逃走了，留下了后患。她了解到毒蜘蛛收拾起臊秃蛇的旧部，依然占据着大崮子山后坡的阴洞称王，决定擒贼先擒王，先消灭毒蜘蛛，使群妖无首，失去呼应，便于逐个消灭。

麻姑赶到大崮子山后坡，觉得妖洞里阴气过重，前来助战的王淑山、于进水、倪海汪、柳娃、黄三魁难以承受，决定诱妖出洞，让它们陷入口袋阵，再彻底围歼。

可是，出洞迎战的仅是几只蟑螂、蚊子、苍蝇，麻姑懒得与它们搭话，拔下毙妖簪一指，这些不成气候的家伙就呜呼哀哉了。任凭王淑山、倪海汪等人怎么吆喝，妖洞里就是毫无声息。麻姑觉得不对劲，进洞搜索，狡猾的狐狸已经率领小妖们从后门逃跑了。原来，当上军师的灰狼精觉得妖怪们如此闹腾，必然会招惹来在昆嵛山修炼的麻姑的讨伐，建议毒蜘蛛换个地方坐镇，毒蜘蛛觉得有道理，就将一直在身边阿谀奉承的狐狸精提拔为守洞王，自己同灰狼精带领妖怪们到菠萝崮安营扎寨去了。狐狸精还没有把毒蜘蛛坐过的椅子坐热，过够当上喽啰头的瘾，就遭到麻姑的讨伐。它猛然醒悟是被毒蜘蛛算计了，自己聪明一世，糊涂一时，只因为官迷心窍，如今成了毒蜘蛛金蝉脱壳的牺牲品，眼珠子一转，骂道："我遭殃，也不能让你好过！"于是带领小妖丢旗掉刀地仓皇朝菠萝崮方向撤退。

麻姑寻踪追击，追向菠萝崮，早有放哨的小妖报告毒蜘蛛："麻姑尾追着狐狸精朝菠萝崮来了！"

毒蜘蛛骂道："傻狐狸！怎么能把麻姑引来菠萝崮！"

"大王有所不知，这正是狐狸精的狡猾之处。它想借大王与麻姑交战之机，自己脱逃，借麻姑之手将我们消灭……它取你代之。"灰狼精晃着脑袋说。

毒蜘蛛毛茸茸的腿蹬得椅子砰砰响，咬牙切齿地说："那我就叫狐狸精先去见阎王！刀斧手准备好！"此刻它想起了自己跟随臊秃蛇在楚岘河的一战，暗思：难道历史要重演？

"大王，狐狸精已经从洞前绕到菠萝崮后坡朝龙门崮方向逃去，麻姑被守卫洞口的花蛇王拦住，正在厮杀。"探子小妖慌慌张张地向毒蜘蛛报告。

"蠢蛇！不赶快隐蔽起来，让麻姑去追杀狐狸精，我们岂不躲过一劫。"毒蜘蛛脚一跺骂道。

"大王，狐狸精是直奔我们来的，要不是花蛇王冲出洞口拦截，恐怕它早就没命了。"探子小妖说。

"真是个狐狸精！把灾难转嫁给我们，它却逃之夭夭。奔我们来，为什么不进洞合兵一处呢？"毒蜘蛛跺着脚吩咐灰狼精，"赶快从洞后口朝大帽山撤退。"毒蜘蛛与麻姑几次交锋，已经领教麻姑的法术和智慧，它尤其不会忘记楚岘河一战臊秃蛇的惨死，知道自己以目前的法术不是麻姑的对手，心想：三十六计，走为上计。待日后练就绝招，再与麻姑决一胜负。

灰狼精捻着发黄的胡须，闪着蓝光的眼珠子骨碌一转，将长长的嘴巴凑近毒蜘蛛的脑袋，诡秘地说道："大帽山一定是麻姑下一个攻击的目标，而近在眼前的小小屋脊顶山，她怎么也不会想到我们会藏身在此，那里有一个秘密山洞，只有我知道。"

毒蜘蛛皱眉一想，对灰狼精说："你前头带路，就藏在屋脊顶山的山洞里，偃旗息鼓，不得留下任何蛛丝马迹。派两个小妖丢些刀枪在去大帽山的路上，然后从侧面迂回，不要回到我们那里，各自藏身就是了。"

麻姑急于追剿毒蜘蛛，无心与花蛇王斗着玩，用毙妖簪一指，花蛇王立即如一摊烂绳子瘫在地上。可是洞穴里已经空空，毒蜘蛛不知去向，麻姑站在菠萝崮山顶望去，往东北是龙门崮，正是狐狸精逃往的方向，往东南是屋脊顶山，可是离菠萝崮太近，近在眼前。王淑山说："亡命的毒蜘蛛不可能逃在眼前小小的屋脊顶山。有可能远逃到东边的大帽山。"

"先去龙门崮歼灭狐狸精，再东进围剿大帽山。"麻姑说。

可是，狡猾的狐狸精绕过菠萝崮山后坡，趁花蛇王与麻姑交战，悄悄返回了大崮子山。麻姑在龙门崮扑了空，旋即奔向大帽山，但是搜查遍了大帽山，也未见到毒蜘蛛的踪影。只是顺道消灭了蚊子精、花尾蛇几股小妖。

一连数日，妖魔鬼怪销声匿迹了，不敢猖狂地肆虐横行。但是，麻姑知道这绝不是昆嵛山的永久太平，不消灭毒蜘蛛，将是后患无穷，那么，妖魔鬼怪又藏到哪里去了呢？麻姑想到诡计多端的毒蜘蛛和狐狸精的奸诈之处，就在于它敢冒险藏在别人忽略的地方，决不能让它们蓄精养锐，重整旗鼓，卷土重来，那报复性将更加残酷。

麻姑安排王淑山、倪海汪、柳娃等查寻毒蜘蛛的下落，如果发现，先不要惊动它，立即回报，再做定夺。

麻姑正在苦苦思索毒蜘蛛和狐狸精的可能藏身处，吕洞宾和铁拐李来到她面前，麻姑施过见面礼，问："二位仙人到此有何贵干？"

"我们要去东海踏浪，路过此地，见到你愁眉不展，不知为何事烦恼？"吕洞宾问。

麻姑将毒蜘蛛等妖魔鬼怪兴风作浪，祸害山民，糟蹋山林的事说与二仙听。

铁拐李说："上苍造就各类必有一定用处，或是好处，或是坏处，相辅相成，相生相克，平衡世界。每过几年，它们中的佼佼者就要出来闹事，其结果是自取灭亡，不必大惊小怪，我们成全它就是了。"

吕洞宾驾起祥云，在空中转了一圈，降于地面，说："这些妖怪自以为聪明，毒蜘蛛藏在不起眼的屋脊顶山的妖洞里，狐狸精又窜回被搜索过的大崮子山的阴洞里，它们妄图隐蔽起来躲过这一关，却给我们聚歼它们创造了条件。"

"有了目标，我们就先消灭毒蜘蛛。"麻姑说，"区区小妖，不劳二位仙人前往，我定叫它死于无葬身之地。"

"我们既然来了，不妨前去观战，看看多作孽必自毙的妖魔的下场，不亦乐乎，胜于踏浪。"铁拐李拍着酒葫芦说。

王淑山、倪海汪、柳娃等召集山民手持刀枪剑戟锨镰锄镢钯，浩浩荡荡地朝屋脊顶山进发，途中与兔子精率领的一群兔子相遇。山民们团团围住这群兔子，王淑山说："将这些啃吃山草，糟蹋庄稼的兔子斩尽杀绝。”说罢挥起粪叉猛刺。吓得只顾哆嗦，毫无抵抗能力的兔子精被挑在粪叉上擎在半空，山民们一拥而上，要将兔子全部打死，铁拐李上前阻止：“不要让兔子绝了种，给餐桌留一盘下酒菜。要不是毒蜘蛛煽动，谅它也掀不起波浪。还不快滚！”铁拐李的铁拐指向蜷聚在一起瑟瑟发抖的兔子，兔子见给了一条生路，一蹿一蹦地逃进草丛。

山民们将屋脊顶山围得水泄不通，可是山里毫无动静，不见妖怪的踪影。吕洞宾嬉笑着挥舞斩妖剑将架在空中的蛛丝斩断，说：“看你哪里逃！”原来毒蜘蛛已经为自己准备好了逃路。

铁拐李寻到了山洞的后口，用铁拐敲打着洞口，喝道：“还不快滚出来受死！”

麻姑在前洞口喊道：“毒蜘蛛！你的末日到了！快出来去和臊秃蛇做伴吧！”

毒蜘蛛抡起长腿狠狠地扇了灰狼精一巴掌：“都是你出的好主意！”被打得不知所措的灰狼精的长长嘴巴几乎转朝了后，闪着蓝光的眼睛前一片金星，它蒙了。

毒蜘蛛攀上早就准备好的蛛丝打算逃走，小妖们眼望着蛛丝却无可奈何，它们没有那份伎俩，只好哆嗦着等死。

刚顺着蛛丝蹿出洞口的毒蜘蛛掉在了麻姑面前，它没有想到铺设的蛛丝已经被吕洞宾的斩妖剑砍断。跌在地上的毒蜘蛛一跃而起，挥舞着手中的鬼头刀，杀气腾腾地砍向麻姑。它知道这次没有前几次那么侥幸了。它已经坐上了妖怪的头把交椅，必当为近来妖魔鬼怪作祟负责，麻姑不会饶过自己的，反正是个死，不如拼个你死我活。由于用力过猛，鬼头刀没有砍着闪身躲过的麻姑，却半截扎进泥里，等它用力拔出鬼头刀，滚圆的身子已经挨了麻姑重重一掌，被打得摇摇晃晃站不稳，还好，麻姑没有用手中的刀砍向它，不然，它已经呜呼哀哉了。毒蜘蛛认识这把刀曾是挂在无染寺方丈腰间的，臊秃蛇与麻姑在楚岘河畔的一战，至今令它胆寒。它偷眼望见吕洞宾袖手观战，心里又增加了几分恐惧，握刀的手不禁发抖。它听到洞口有声响，以为灰狼精带领小妖们前来为自己助战，回头一看，是喽啰们被铁拐李抡着铁拐像押解俘虏一样赶出了山洞。小妖们在山民的包围下，早已丢盔弃甲，手无寸铁地哆嗦着缩作一团。它望见灰狼精装扮成小妖，龟缩在小妖中间……如此境地，更是令它胆战心惊，几乎站立不住了。

麻姑并没有向它攻击，只是用轻蔑的眼神嘲弄它的下场。毒蜘蛛运气聚集了全身的毒液，打算喷向麻姑，做最后一搏。只见吕洞宾将斩妖剑指向自己，顺着剑锋吹了一口气，自己的嘴马上肿了起来，肿得透不过气，滚圆的肚子胀得快要爆裂了，打算喷杀麻姑的毒液，全被它自己的五脏六腑享用了。它觉得所有的腿都战栗不止，鬼头刀也“哐啷”一声掉落在地，它已经失去了反抗的能力，只好闭眼待毙了。

麻姑挥刀在毒蜘蛛面前舞得风声呼啸，毒蜘蛛感到寒光刺眼，凉风透背，把眼睛闭得更紧了，瘫痪在地上。麻姑轻蔑地望了一眼毒蜘蛛的狼狈相，退后一步，王淑山、倪海汪等山民蜂拥而上，锨镰锄镢钯一齐打向毒蜘蛛，顷刻，毒蜘蛛碎尸万段。

小妖们目睹了毒蜘蛛的下场，吓得连气也不敢喘，纷纷将惊恐的目光投向灰狼精，像是寄希望于灰狼精。灰狼精对此刻投来的目光惊慌万分，这不等于揭穿了自己的伪装吗？它吓得闭上了眼睛，耷拉着耳朵，将长长的嘴抵在地上，要是地上有缝，它就钻进去逃生了。

“出来吧，我早就看见你了。”麻姑挥刀指着灰狼精说。

灰狼精故意望望身旁的小妖，想转移目标。

“说的就是你这只灰狼，你还装什么？滚出来！”麻姑声色俱厉地喝道。

灰狼精知道躲不过去了，翻动着蓝眼珠子，慢条斯理地走向前，突然，灰狼精夺过一个山民手中的粪叉猛地刺向麻姑。麻姑敏捷地“凤凰展翅”跳到灰狼精背后，飞起“旋风脚”踢在灰狼精的尾巴根部，那拖在屁股后的长尾巴马上丢荡起来，脱臼了。灰狼精扑倒在地嘴啃泥，但它一个“鲤鱼打挺”翻身跃起，端着粪叉“下勒斜刺”向麻姑，麻姑挥刀“迎风弹尘”击在粪叉杆上，粪叉被击掉在地上。灰狼精张开血盆大口要咬麻姑，麻姑嗖地将刀横在胸前，灰狼精猛地一口咬在刀锋上，嘴唇被豁出一条大口子，污血喷涌而出。

“这等恶妖，不值得逗着它玩。”吕洞宾说着上前手起刀落，削下了灰狼精的脑袋，对一个年纪大的山民说，“你把它拖回家扒皮做床狼皮褥子吧。”

小妖们瑟瑟抖着身子，都在害怕下一个轮到自己。

铁拐李取下酒葫芦，吸了一口酒喷向小妖，顿时小妖们原形毕露。义愤填膺的山民举起了手中的家什，要送小妖们去见阎王，铁拐李的铁拐点得地“咚咚”响，说：“放它们一条生路吧，看今后谁还敢作孽！滚！”

小妖们一哄而散，四处逃命。

王淑山头前带路，山民们簇拥着麻姑、铁拐李、吕洞宾奔向大崮子山。一路上山民们兴高采烈地谈论着毒蜘蛛和灰狼精在仙人面前的狼狈相，铁拐李抿了一口酒，一手拿着酒葫芦，一手用铁拐点地“咚咚”有声，得意地说：“这就叫魔高一尺，道高一丈。”

突然，吕洞宾挥手要大家止步。人们顺着吕洞宾望的方向，看见一个一手提菜篓子，一手握挖菜剔子，在山坡朝相反方向匆忙走着的老太婆。老太婆扭头看见有人在望她，就蹲下挖野菜，发觉有人在向她靠拢，连忙站起来，急匆匆地走向山沟。吕洞宾腾身而起朝老太婆奔去，人们随后跟过去，吕洞宾执剑拦在老太婆前面，喝道：“哪里去！”

“回家。”老太婆战战兢兢地说。

“你家在大崮子山，方向走反了。”吕洞宾将斩妖剑拦在老太婆胸前。

老太婆气得脸色发紫，满脸皱纹一个劲抽搐，说：“这位道长认错人了吧？俺家怎么会在大崮子山？俺是前面那个村的人。”

同山民一起赶来的铁拐李，用铁拐撩起老太婆的裙子后摆，一条狐狸尾巴露在人们面前。狐狸精一看露了馅，丢下篓子夺路而逃，手里的挖菜剔子已是寒光闪闪的弯刀。正跑着的狐狸精一抬头看见吕洞宾又拦在面前，一回头，身后站着的是铁拐李，麻姑也在身旁怒视着它，狐狸精知道现在只有拼死一搏了。它突然使出“跳步旋风刀”扫向三位仙人，吕洞宾“含转拨刀”，“当啷”一声震得狐狸精倒退好几步，

麻姑“跃步直刺”，狐狸精躲闪不及，臂部挨了一刀。它急忙“跳步冲刀”，后背又挨了铁拐李打来的一铁拐。它正欲“回身斜劈”，吕洞宾的斩妖剑已经直抵它的喉咙，铁拐李从后背猛击一掌，斩妖剑刺穿了狐狸精的喉咙。它翻了几下眼珠

子，脑袋耷拉了下来。

吕洞宾拔出斩妖剑，对冲在前边的一位手持大钯的山民说：“拿去剥皮做件皮袄御寒吧，狐狸皮可比狼皮暖和。”

人们赶到大崮子山时，阴洞里已经空空的。小妖们见狐狸精摇身一变，独自逃命去了，便一哄作鸟兽散了。

吕洞宾说：“谅它们也成不了气候，这次教训，小妖会记一辈子的，不敢再作祟了，让它们自生自灭吧。大千世界，缺一不可，如果物种单一，就称不上大千世界了。”

麻姑同山民们向吕洞宾和铁拐李致谢，恭送二位仙人驾祥云去别处逍遥去了。

# 二十二 飞石回山

剿灭群妖后，麻姑得以清闲，到东岳泰山拜谒碧霞元君，商榷道经，不期与奉师父王重阳之命，前来泰山探望道仙的丘处机相遇。同为昆嵛山道人在他山相会，倍感亲切，说话间二人游览至一泰山巨石前。麻姑拍拍巨石，说："若能将这块泰山石搬到圣经山，必将壮我圣经山之威。"

"我道高足吕尚，号姜子牙，在助周灭纣后，受上天之命分封有功诸神，没有给自己留神位，只做被周朝皇帝册封的齐王。玉皇大帝觉得有亏姜子牙，便在泰山颁诏：太公在此，诸神退位。并御笔亲题：'泰山石敢当'，赐予姜太公，亲喻：此字刻于任何石头上，都能镇妖避邪。于是，连泰山之石也有了神威，仙姑想必早已见过天下建房者普遍在房山头上方垒一块刻有'泰山石敢当'的石块，借以镇宅，若将这块泰山石搬到昆嵛山，必壮我道场之威。”年轻气盛的丘处机勒勒腰带，搪口便说，“仙姑先行一步，待小徒将这块泰山石搬回昆嵛山，放在圣经山上。”

麻姑吃惊地看了看丘处机，觉得这小道知道的还真不少呢，又觉得好笑，这小道竟敢夸下海口，太不自量了，便说：“那就有劳你了。我回圣经山等你。”说完，径直下山。心想：先行回圣经山，将此事告知他师父王重阳，就等着看笑话吧。

麻姑走后，丘处机挽了挽袖子，敦敦实实地站好骑马式，运足气，双手欲抱起泰山石，可是抱不过来，便双手抄着泰山石下部空隙，“嗨”的一声吼，运起气来，然而，泰山石却纹丝不动。他哪里知道泰山石非同一般，不是凭力气可以随意搬走的。丘处机站稳弓字步，用肩膀抵着泰山石费尽吃奶之力扛去，根本撼不动。他找来铁撬垫上支点用力撬动，可是泰山石就像扎了根一样，根本撬不动。他知道自己说大话，栽跟头了。麻姑肯定回到圣经山就把自己夸海口的事告知师父了，急得搓手跺脚，额头汗珠飞溅。拖着哭腔仰天嚷道：“我有何颜面再见师父？”

“小伙子，你在干什么呢？”企图晃动泰山石的丘处机扭头望见一位道士身背宝剑，手执长缨，笑眯眯地望着自己。他知道自己一脸的无奈，已经将自己的处境告诉了这位气宇不凡的道士，没有隐瞒的必要了，说：“大师，我与麻姑同游至此，麻姑说若能将此泰山石搬到圣经山，必壮圣经山之威。年轻毛嫩的我，一时心血来潮，忘记了师父再三告诫出家人不打诳语的教导，信口夸下我把它搬回圣经山，如今我撼它不动，更别说搬走了。”丘处机一脸的懊悔可怜相。

道士拍拍丘处机的肩膀，说：“你忘记了《太上老子道德经》所说：‘夫轻诺必寡信，多易必多难。’年轻人，敢搬泰山之石壮圣经山之威，有志气。好啊！莫愁，贫道来帮你。”说着，将手中长缨一甩，泰山石竟晃了晃，变小了。丘处机看得真切，惊得口张目呆，连忙跪下仰问：“大师法力无边，小道有幸见识，敢问大师尊姓大名？”

道士捋着三髯美须说：“你我是同道人，吾乃吕洞宾是也。”

丘处机听罢，连忙“嗵！嗵！嗵！”叩了三个响头，五体投地地说：“啊！原来是吕祖，小道有眼不识泰山，还请仙师原谅。”

吕洞宾连忙上前扶起丘处机，说：“快快起来，你师父王重阳还在圣经山等你呢。你闭着眼睛，抱紧泰山石，快快回去吧。”

丘处机谢过吕洞宾，遵照吕洞宾的吩咐，紧紧抱住泰山石。吕洞宾将长缨一甩，大喝一声：“去也！”立即一道火线“嗖”地出现在空中，泰山石霍地向昆嵛山方向飞去。丘处机只觉得身轻如烟，两耳生风，飘飘然飞在空中。

麻姑正在与王重阳戏说丘处机泰山之行，突然，“轰隆”一声巨响，让人感到地动山摇。二人循声望去，只见一块巨石已经从云端落在圣经山巅之上，在溅起的泥尘中迅速变大，丘处机屹然站立在巨石旁。麻姑与王重阳不约而同喊道：“飞来石也！”

丘处机满面欣喜地跑到王重阳和麻姑面前，跪拜之后，将巧遇吕洞宾，幸得仙祖相助的经过告知。王重阳朝着蓬莱方向作揖感谢吕洞宾的帮忙，对麻姑说：“小徒的仙缘不浅啊。没给为师丢人现眼。”

麻姑说：“你的高足，日后必有作为。”

三人望着巍巍屹立于圣经山巅的泰山石，相视开心地笑了。

自此，来圣经山的人无不对纹理有别于昆嵛山的泰山石叹为观止，纷纷猜测，演绎出多个版本的传奇故事。

圣经山前的西于村，有个于姓小伙子，父亲早逝，与瘫痪在炕的母亲相依为命地苦度一贫如洗的日子。家穷，穷得他连个名字也没有，村人呼他于娃，他也就答应着。

于娃自小好学，常常在搂草、挖菜时，拼命干，挤出时间到麻姑观去听麻姑讲经说道。也许天生有缘，于娃悟性极高，对麻姑所讲的道经铭记在心，心领神会，小小年纪好道成癖，宁肯饿着肚子也要在人家做功德时去奉献一点儿香火，村人们戏称他“道痴”。

麻姑对于娃向道的挚诚，学道的勤奋，悟道的深切，极为赏识，常常特意给予娃以点拨，使他早日学成。

于娃到了谈婚论嫁的年龄，村人为他叹息不已：“可惜一个英俊潇洒的小伙子，家贫如洗，又被瘫痪在炕的老母亲拖累，没有一个媒人登门提亲。”

于娃却坦然置之，他说：“丘处机道长在潘溪穴居，吃饭向人乞讨，穿衣只披一件勒丝草蓑衣，人称‘蓑衣先生’，莫非还有个媳妇不成？”村人掩口而笑，越发叫他“道痴”了：“你一个穷乡僻壤的凡人俗子，怎么能跟仙人相提并论？”

一天，于娃正在山坡砍柴，突然，一个身着道袍的人立在面前，气宇非凡，双目深邃地看着他，于娃一愣，崇尚道教的他马上施礼道：“师傅在上，弟子在此有礼了。”

“我不曾收你为徒，还是免礼吧。”道士嬉笑着说，“听说你自比丘长春?”丘处机的号为长春子。

于娃听到道士直呼邱神仙的名讳，觉得此道士非同一般，便诚惶诚恐地跪下，说：“我哪敢以贱比贵，不过以神仙做榜样，聊以自慰而已。”

“说得好！敢于相比，就是有志气。”道士说，“道家说宇宙间可分为九种人，最上为神人、大神人、真人，其次为仙人、大道人、圣人，最下为贤人、凡民、奴婢。不知你想做那种人?”

于娃不假思索，开口便说：“仙人不敢奢想，贤人不敢自封，不想当奴婢，做个凡民便知足矣。”

道士仰天而笑：“‘知足不辱，知止不殆，可以长久。’‘万物莫不尊道而贵德’。万德基于孝。‘守其母，没身不殆。’仙人不过是主风雨，善变化而已；人人皆可成仙，成仙之路在于学道积德。”

“师傅莫不是邱神仙?”道士一番告诫，使于娃恍然大悟，将《太上老子道德经》释说得如此精辟，于娃相信眼前的道长就是丘处机。

“丘处机是也。”道士说完，一甩长缨，飘然而去。

于娃得到丘处机点化，越发清心寡欲历修苦行，笑对邻居的讥讽，无微不至地侍奉老母。多次受到麻姑夸赞，道行渐深。

一天，于娃在从麻姑观回来的路旁砍柴，突然，从路上走来一位苗条女子，长得凤眼柳眉，粉面桃腮，樱唇微启，婀娜多姿，走得飘飘然。于娃刚要回避，娇艳女子却带着一股迷人的香气细步飘到面前，微开红唇，露出两行整齐皎白的雪齿，对着于娃嫣然一笑，抛过来一瞥多情的秋波。

于娃紧皱眉头，转向一旁，对娇艳女子不屑一顾。向道已久的于娃清醒地意识到：在这荒山僻野，这妖艳女子从何而来？必是妖孽变化，企图坏我道性。于是收心敛性，正色道："我乃向道之人，与女色无缘，请姑娘让开，莫误了我砍柴的功夫。"说着抡起斧子，一道寒光在娇艳女子面前一闪，"咔嚓"一声，一截枯树杈随着寒光落地，娇艳女子一愣，说："你这位小哥，年纪轻轻向道入迷，清苦终生，岂不愚昧？"

"向道之人，以苦为乐，以诚为真，以德为本，洞明寰宇，大彻大悟，何谈愚昧？"于娃冷冷一笑说道。

娇艳女子听得于娃一番妙语真言，大为震惊。原来它是躲在悬崖石窟窿里修炼千年的蝙蝠精，见于娃一心向道，大器将成，生怕阻了它的魔路，便以美色迷惑，动摇其心志，以误其途。没料想到于娃夙愿根深蒂固，不为所动，且已悟出真道，道魔不能同世两立，将来必是它的心头之患，恼羞成怒，刚要发作，望见麻姑踏步而来，便在"咔嚓！咔嚓！"的砍柴声中，旋即隐身离去。

麻姑见于娃执着砍柴，没有近前打扰，含笑返回。

丘处机闻知于娃受其点化后，更添道缘，理辩蝙蝠精，不受其惑，甚喜，又在梦中应缘授他《东华真经》一部，让他日夜诵读，促其早日修成正果。

于娃的道缘愈深，蝙蝠精愈是惊恐。

在雷鸣电闪，风雨交加的夏夜，于娃正在家中修炼，隐约听到呼唤声，循声望去，只见雨雾中的圣经山七彩之光闪烁。于娃一下子被吸引了，看着看着便有飘飘腾空之感，迷迷蒙蒙飞将起来。他刚要乘风而去，突然，从云中闪现出娇艳女子，得意地娇声怪气嚷道："还是飘飘欲仙好吧？免受病母拖累。"

蝙蝠精本是沾沾自喜地挖苦于娃，不想倒唤起于娃悟觉。于娃身子一沉，着脚在地，急忙跑回草屋背起母亲向圣经山奔去。

蝙蝠精一看于娃不肯舍弃病母，这将使他修道告成，便施展魔法，使一块巨石滚下山，直冲于娃滚去。奔跑在山坡的于娃见巨石滚来，躲避不及，急忙将老母掩在身下保护起来。

恰在此时，空中一声炸雷，将滚动的巨石劈为两瓣，一瓣依山屹立，成为无字碑，一瓣平卧路边，犹如平展宽敞的石榻。

突如其来的炸雷将蝙蝠精惊愣了，它看到麻姑怒气冲冲而来，知道不妙，麻姑的毙妖簪确实令妖怪们胆寒，叹道："昆嵛山虽然有悬崖峭壁，窟窿洞穴，却没有我辈的栖身之地，人们视我与近亲老鼠同类，见了便喊'打！'哀哉！"仓忙化作一缕青烟，逃之夭夭。

麻姑来到石榻前，见于娃母子被雷声震昏，轻甩手中长缨，将二人托上石榻，片刻之间，母子便苏醒过来。于娃扶母亲从石榻上下来，母亲瘫痪的躯体竟然行动自如，于娃也觉得浑身轻松，二人望着石榻惊叹不已。

原来，于娃道缘所致，蝙蝠精对他的险恶用心，尽在麻姑视线之内。麻姑见蝙蝠精要用血光之灾陷于娃于不孝，阻于娃道缘，使其前功尽弃，便用铁拐李传授的掌手雷将巨石劈为两半，使其不能滚动，母子二人幸免灾难。

于娃和母亲望着石榻前含笑面对的麻姑，不知道说什么好，跪下便拜。麻姑将二人扶起，说："是你们的善行得到善报，我只是替天行道。"

母子二人深深感激麻姑的救命之恩，从此，母子皈依道家，因得道成仙的于娃曾卧于石榻，人们便把石榻称为“卧仙石”。

有人问于娃的母亲瘫痪多年竟愈的原因，她欣喜地告诉乡亲：“自从在卧仙石上躺过后，病就好了。”

乡亲中有病的纷纷到卧仙石去将病体躺在卧仙石上，还挺灵的，但也有人躺过几次，仍身病如故，无奈，去问麻姑，麻姑说：“病在自身，恶为病根，善有善待，恶有恶待，恶行不改，身病不愈。”

那些恶病缠身，不堪其苦的人思想自己的曾经，惭愧之至，痛改前非，再去卧仙石，一躺病除。

# 二十三 麻姑驯驴

昆嵛山一带本来没有野生的毛驴。有一年，栖霞县遭遇特大干旱，别说是庄稼绝产，草也干枯得几近绝迹。生活在栖霞山的毛驴们无奈东迁，当走到昆嵛山，发现这里山高沟宽草倷多，贝草、茅草、芦苇、山竹……品种繁多，长势旺盛，驴们大口嚼来，也无碍山草的生长；山泉清澈甘甜，淌流不息，有吃有喝，驴们赖在昆嵛山不走了。

立秋后，山草生长缓慢，只见一个个山头被驴啃得像个秃疮头，一片一片的地方只剩下了草根，只见草越来越少，却不见新芽发出多少。驴们担心坐吃山空，就到更远的地方寻找新的食源，将剩下不多的草场留给老幼残疾的驴。它们发现位于紫金峰东麓星罗棋布的巨石之间的狭小地块里种植着苞米、地瓜、花生，就每天晚上奔跑过去吃个饱，这样就省下了居住地的草。

山民发现青青的玉米被驴吃了，气愤地拿着粪叉、铁耙赶来打驴。你这边打，驴就跑到那边去吃，你追到那边，驴又跑到这边来吃，跟捉迷藏一样，两条腿的人哪能追得上四条腿的驴？山民累得气喘吁吁，庄稼也没有耽误被驴吃。

一天凌晨，驴们吃饱了回住地，远远看见一群狼正在撕扯着什么，跑近一看，是留在住地的一头气息奄奄的老驴被狼咬死了，正在被狼撕着吃。狼昂起滴着血的长脸，瞪着发蓝的眼睛望着逼近的驴群，并没有放弃驴骨头逃走的意思。驴们冲上前去，又踢又刨。一只狼瘸着腿惊叫："哎呀！快跑！驴不但会踢，还会打巴掌，啃我们呢！"满口是血的狼已经吃得腰直肚圆，对剩下的驴骨头没有什么留恋的，撒腿奔山峰而去，钻进棘子林不见踪影了。驴们对着血淋淋的驴骨头，悲痛欲绝地用蹄子刨地，扬起的尘土，掩埋了驴骨头。正在悲伤的驴听到嘈杂的叫骂声奔它们而来，它们原以为是来打狼的，知道人最恨狼，可是追来的棒子重重地打在驴屁股上。一头驴掉过腚，撩起后蹄，刚要踢拿棒子的人一蹄子，却造了个型塑在那儿不动了。

原来，随人们追来的麻姑见人要被驴踢，使出太上老君教给的攘除灾厄法，将驴定在那里。人们看着驴那滑稽的样子，七嘴八舌地数落着驴偷吃庄稼的恶行。麻姑问道："听到了吗？这都是你们干的好事！"

驴头儿不服地嚷道："麻姑啊，狼吃了我们，你不管，我们吃了几棵草一样的玉米，你却赶来打。"

"那是草吗？那是庄稼，是山民用汗水换来的庄稼，是山民越冬的指望。"

“打死它!”

“打死它!”人们愤怒地喊着。

麻姑想：驴的品性还是憨厚的，再说驴是八仙之一张果老的坐骑，曾在煎药济民、铲除蝎子精时帮助过自己，不应该置它于死地。偷吃庄稼固然不对，但罪不至于死。可是，被吃了庄稼的山民气愤难平。麻姑看着膘肥体壮的驴，心想：如果让善于在山壗行走的驴替山民搬运，倒是挺合适的，驴不用再为填饱肚子奔波、烦恼，以至于惹恼山民。它给山民干活，山民自然会负责驴的吃喝，这样驴与人就可以和谐共处了。于是麻姑对山民说：“这样吧，罚驴给你们干活，将功补过。”

“休想!”驴不服地嚷着。

“这就由不得你了。”麻姑说着拔下头上的玉簪，朝路边的勒丝草指去，勒丝草立时变成了一条条绳索，系在驴脖子上，被山民牵在手里。一向放荡不羁的驴四只蹄子乱刨，想挣脱逃走，可是，晚了，缰绳牢牢牵在山民手里，只好无奈地被山民牵回家去驮驼子搬运粪土、庄稼。可是，驴仍然改变不了偷吃庄稼的毛病，走在搬运的路上，瞅着主人不注意，伸头就啃路边的庄稼。麻姑知道后，教给人们用勒丝草搓成绳，结成网状的笼头套在驴头上，既不耽误驴呼吸空气，又不能张开嘴偷吃庄稼。

驴在僻静的山野从事单一的搬运，时间长了，就有些厌烦，提不起精神，甚至打着瞌睡走路，蹄下打踝，掀翻驮篓，遭到主人鞭抽棒子打。麻姑给出了个好主意：在驴脖子上挂上铃铛，走一步，晃三晃，铃铛叮当响，驴就不至于打瞌睡了。在驴脖子上系上漂亮的红布结，红布结随风飘舞，刺激得驴精神抖擞起来了。

整天踏在山坡的石砺上驮运，驴蹄子靴长不及石砺的磨损，驴蹄子的肉被石砺硌得不敢下踏，可是主人又鞭笞着驱赶，驴无法忍受，找麻姑诉苦。麻姑想：人可以穿鞋走路，驴为什么不可以呢？给它做耐磨的铁鞋穿上，问题就解决了。于是麻姑交代王淑山找小炉匠按照驴蹄子的形状打造驴鞋，钉在驴掌上，驴穿上铁鞋，踢踏在石砺上，碰出特殊的脆响。伴着叮当的铃声，奏出响彻山谷的音乐，驴高兴得仰天长啸，故意有节奏地踢踏，向山林远处的伙伴炫耀自己的演奏才能。

艳红的红布在铃声、蹄声的伴奏下和着节拍飘荡，为青黛的山林增添了活跃的色彩，那些惦记着吃驴肉的狼虫虎豹，惧怕铃声蹄声交响乐下的红色，只好退避三舍，不敢近前，

昆嵛山是花岗岩的世界，到处都是石头，山民凭着自己勤劳的双手和聪明智慧，利用花岗岩石凿成石磨、石碾子，在毛驴没有牵回家时，由人抱着磨棍推磨压碾子。有了毛驴，这围着磨盘碾道转的活儿就由毛驴来干了，可是，调皮的驴，即使带着笼头，也偷偷舔食磨盘上磨出的面粉，每当走到门口，就不想往前走了，挣扎着要冲出磨坊。山民向麻姑讨教制服驴的办法。麻姑看着放荡不羁的驴，拿起老大娘正在磨坊门口一边看着驴推磨，一边扒着的苞米的包叶，往驴眼睛上一抛，驴的眼睛被苞米叶子捂住了。它看不见磨盘上的面粉，也不知道哪儿是磨坊的门口，只好一圈一圈地围着磨盘碾道走下去。

经过对一代一代驴的驯服，小驴生下来就跟在母驴身边学做农活，时间长了，它们忘却了自由自在奔跑在山林的曾经，俯首帖耳地听从人的吆喝驱使，凭着劳作付出依赖人类生存。

如今，山石遍布，峰峦跌宕的昆嵛山深处，汽车、拖拉机行驶不便，毛驴仍然是这里的运输工具，承担着上山下山的搬

运工作。背上驮着驼子，脖子上挂着一串叮当脆响的铜铃铛，耳朵旁系着红艳艳的抢眼布条，行走在山坡上的毛驴成为昆嵛山的一道惹眼的风景。

# 二十四 无言布道

圣经山东麓的犁眼沟村有一位江姓财主，五十岁得一子，取名江发财，名字道出了江财主的期盼。为了让儿子将来富居昆嵛山之首，他决定为儿子发财打好基础，丧心病狂地敛财。他将地租翻了一番，放出的高利贷也加息五成。说来也凑巧，这一年，犁眼沟村一带风调雨顺，庄稼丰收，江财主红了眼，收租子的当天，又临时加收两成，气得佃户骂他是江扒皮。

江扒皮对儿子却溺爱有加，简直是含在口里怕憋死，擎在手心里怕跌死，派了三个丫鬟伺候儿子。饭来张口，衣来伸手的儿子，四肢不勤，五谷不分，成天吃——长，吃——长，发福成一个胖胖的肉堆，村里人背地里讥笑江扒皮缺德，养了一个死肉球。

江扒皮搜肠刮肚地想馊主意吞并昆嵛山里别的财主的土

地，连山岚草场也不放过，气得大家都骂他在凑钱买棺材，当然，这话江扒皮听不到。他听说臊貔子（昆嵛山人叫狐狸是臊貔子或狐仙）会搬运，能把别人的东西搬到自己家里，就雇人捉来两只臊貔子，逼着臊貔子把周围财主的家产都搬到江家，搬不来，他就用燃着的香头烫臊貔子，痛得臊貔子“叽叽叽”乱叫，从屁股放出阵阵臊味。但不忍心助纣为虐帮江扒皮抢别人财产的臊貔子，对两条腿的人盘剥到四条腿的貔子气愤不过，决心杀身成仁。这天黄昏时分炊烟升起，两个臊貔子一起作法，四邻的烟火一齐奔江家而来，江家顿时陷入火海之中，那跑不动的儿子被烧成焦肉。江扒皮本想抱着笨重的钱罐子逃出火海，无奈火烧得他手指焦煳，撒手跌碎了钱罐，烟熏得他睁不开眼，什么也看不见，嘴里嘶哑地喊着：“我的钱！我的钱！”这时，他脸上好像被谁扇了一巴掌，一个声音在耳边响起——“命”，一向见财忘命的江扒皮如梦初醒，夺门而出，逃出了火海。他要找臊貔子算账，可是臊貔子已经被火烧得没了踪影。他要状告那些从他手中赖回山岚草场的小财主，可是所有地契都化为灰烬，无据查询，何况“衙门门口朝南开，有理无钱莫进来”，自己只身逃出火海，衣服被烧得破烂不堪，贫穷如洗的狼狈相去衙门，等于把自己送给衙门打板子。他不甘心此事不了了之，决心去找麻姑惩罚祸害自己的臊貔子。那两个臊貔子没了，还可以找其他两个臊貔子做替罪羔羊出出气。

江扒皮拖着要饭棍，在桃园里找到了正在与前来帮忙的村妇忙活为桃树疏花的麻姑。麻姑很有耐心地听完了江扒皮的诉苦。那些村妇却听得拧眉瘪嘴，冷眼瞅他。麻姑问道：“事情已经过去好几天了，你有没有静下心来想过事情发生的原因？”

“都是那两个臊貔子捣的鬼来害我。”江财主将要饭棍“砰砰”点着地，唾沫星四溅地愤愤说。

“它们是怎么到的江家？为什么用搬运法搬去了烟火？”麻姑秀眼犀利地望着江扒皮，不紧不慢地问。

江扒皮额头沁出了汗，眼珠子骨碌一转，说：“它是去我家拖鸡挨了打，报复我。”

“不仅是挨了打，还被香头烫了吧？”麻姑举首望着晴晴的天空，说，“人在做，天在看。要想人不知，除非己莫为。我之所以击你一掌，让你走出火海，是让你迷途知返，痛改前非，重新做人，不想你却颠倒是非，在此胡言。至于那些钱财理应物归原主，你财迷心窍，作恶多端，罪有应得。惩罚你，是为了叫你明白不能再作恶，要你潜心修行，为了让你变为一个好人。你捧着瓢拖着棍沿街乞讨，应该尝到了要饭的滋味，体会到了穷人的艰苦，要饭之余，静下心来好好想想吧。相当年，你是怎样对待要饭的穷人的？你也是读书人，满口伦理道德，满腹却男盗女娼，做起事来丧尽天良。我劝你多读读老子的《太上老子道德经》，潜心琢磨《太上老子道德经》的深奥，道非道，道有道，何为道，心知道。现在，昆嵛山的山民，都能背诵《太上老子道德经》。他们不仅背诵，而且践行，他们没有你曾经的财富，却过得自在，知足常乐，而你钻在钱眼找烦恼，害人如害己，自食恶果。你现在过得比他们如何？”

江扒皮被说得哑口无言，汗流浃背，抬不起头，灰溜溜地腋下夹着要饭棍走了，此时的江扒皮是否想明白做人的道理，只有他自己知道。

垂头丧气穿桃树缝儿往桃园外走的江扒皮，低垂斜视的小眼睛瞥见桃树后有两只臊貔子，瞪着仇恨的眼睛瞅他。他认出了正是他雇人捉来的那两只，身上被香头烧焦了的皮毛还一块块结着伤疤。他不敢与臊貔子对视，把头垂得更低了，加快了脚步，生怕臊貔子从背后扑上来撕咬他。

在桃园里帮助麻姑料理桃树的村妇看着狼狈离开的江扒皮，在他背后吐着唾沫，议论纷纷："什么德行？想把整个昆嵛山都占为己有，真是人心不足蛇吞象。"

"好话说尽，坏事做绝，到头来，两手空空，一无所有，挨街乞讨。"

"连那宝贝儿子也化为灰烬。"

"罪有应得。"

"这就是不是不报，时候未到。"

麻姑说："《太上老子道德经》讲得很清楚：'用其光，復归其明，无遗身殃；是为习常。'"

杨姑娘说："做人要有良心。不肯予人，只想取之于人，天下哪有这道理？死了一个毕无德，怎么又出来一个江扒皮？"

"大千世界，本来就是由形形色色的人组成的，有几个小丑不足为奇，他们不是社会的主流，终究会被人们的唾沫淹死。我们回头看看昆嵛山的人和事，不正是解释了《太上老子道德经》所说的道理吗？"麻姑说。

村妇们在桃园里一边干活，一边听麻姑解说《太上老子道德经》所说的人生哲理，启迪睿智。

桃园是麻姑的道场。

# 二十五 狐仙向道

被麻姑疗好伤的两只狐狸留恋桃园，舍不得离开救它们的麻姑，便在桃园附近寻得一个洞穴安身，常常躲在桃林僻静处聆听麻姑讲经，对自己以往偷鸡掠食，耍着小聪明以恶作剧捉弄人的做法，后悔不已。狐狸悄悄跟着人学动作，惟妙惟肖的动作，它们自己也觉得好笑。

时间长了，人们对狐狸司空见惯，就像自家养的小猫小狗一样，有时候还逗它玩。狐狸巴不得跟人交流，人听不懂狐狸的叫声，狐狸却从人们的面部表情琢磨出人们说话的意思。

昆嵛山人习惯称狐狸是狐仙，其实，这只是两只普通狐狸，还没有成仙。人们觉得是狐狸，就狡猾聪明，或是人们总是把狐狸同口头传播的《聊斋志异》关于狐仙的故事联系在一起，就这样称呼狐狸了。

狐狸慢慢学会了给桃树疏枝、捉虫、授粉，它感到美滋滋的，它不但模仿人走路，还学老汉背着手蹒跚而行，颤着头闷闷地咳嗽。更有趣的是它俩一会儿模仿江扒皮抡着拐棍趾高气扬的样子，一会儿学江扒皮一只手拖着要饭棍，一只手捧着要饭瓢的狼狈相，逗得在桃园干活的人们笑得前俯后仰。能逗人们高兴，狐狸感到很满足。

那时候，没有看园一说，山里人不会偷粮掐穗，更何况是麻姑的桃园。可是，还没有等到桃子成熟，桃子就偶尔少几个，人们把怀疑的目光投向狐狸。狐狸从那鄙视的目光里看到了人们把它们同过去联系在一起，感到很委屈。夜间，狐狸悄悄潜伏在暗处，它们终于发现是一群老鼠大摇大摆地在昏暗的夜色里闯进桃园，毫无顾忌地爬上桃树啃噬桃子。狐狸悄悄顺着老鼠来的方向寻到了它们的洞穴，搬石头阻死了洞口，然后，回到桃园，晃动桃树，惊动偷桃子的老鼠，下来一个，它们就咬死一个，有几个侥幸逃脱的老鼠，逃回洞穴，找不到洞口，急得直打转转，被赶来的狐狸一举歼灭了。

狐狸把死老鼠收拾在一起，堆成一摊，还故意把没有啃完的桃子塞给死老鼠抱着。

当人们来到桃园，惊愕地看到一堆死老鼠，狐狸得意地学着人双手抱胸，一只腿颤抖着点地，人们不得不对狐狸刮目相看了。

这时，一棵桃树旁边的泥土在拱动，一会儿拱成一个小垄。狐狸跃步上前，两只脚同时将松暄的鼓起泥垄踩下，伸手扒开蠕动的泥垄，将一只鼹鼠提了出来，“叽”的一声，掐死它，随即扔到了死老鼠堆。狐狸鼻子一嗤，嘴一瘪，好像在说：“物以类聚吧。”

其实，被人们叫作“瞎地老鼠”的鼹鼠，虽然眼睛看不见，但嗅觉灵敏，正在追寻地下的一只蝼蛄。可谁叫它样子长得太像老鼠了呢。

麻姑看看围观的人们，看看死老鼠，拍拍狐狸的背，只是手重了点，说不上是表扬还是责怪。麻姑示意狐狸将死老鼠搬回洞去美餐吧。

人们正在啧啧称赞聪明的狐狸，终于替自己洗刷了不白之冤，狐狸也听得沾沾自喜，兴奋得几乎手舞足蹈了。突然，飞来一群小燕子，在桃园上空盘旋，叽叽喳喳地议论着什么，看样子不像在飞剪捉虫，临近九月重日，飞虫已经几近绝迹了。

燕子们发现狐狸在场，围着它们扑打着翅膀低飞，叽叽喳喳地鸣叫着。

黄婶的孙子的孙子的孙子媳妇，人们已经称为黄婶了。黄家人一直是麻姑桃园里的得力帮手，他们祖祖辈辈陪伴在麻姑身边，这也许缘于老黄婶是麻姑进昆嵛山认识的第一个人。她告诉麻姑：“燕子是在赶狐仙走。我家屋檐下有两个燕窝，圆形的是小燕的窝，长形筒状的是马燕的窝，我们三家多年住在一个院里，我懂燕子的意思。”

麻姑示意狐狸回避，狐狸不悦地搬着死老鼠回洞了。

一位村妇仰望着盘旋的燕子，眨巴着眼睛说：“燕子是想在这里絮窝吧？”

“笑话！燕子怎么会把窝絮在桃树上？要絮窝，他们会选在麻姑庵檐下。”杨姑娘的外孙女的外孙女说。

“我知道，燕子一定是羡慕我们这里和和气气，才飞来的。谁家要是整天打打吵吵，它绝对不去，即使窝原来在那里，也会搬走的。儿子找媳妇，姑娘找婆家，不用打听别人，看看他家有没有燕窝，就可以了。”一位村妇滔滔不绝地说。

“燕子是不是看着那堆死老鼠来的?”又一个村妇说。

“不会的。燕子讨厌老鼠。我家的母燕正在窝里孵化小燕，一只老鼠鬼鬼祟祟地顺着房檐朝燕窝逼近，想偷吃燕蛋，被外出觅食的公燕回来发现，一翅膀将老鼠扇下房檐，跌得老鼠腰折腿瘸，爬不动了，被赶来的猫叼走了。”黄婶的孙子的孙子的孙子媳妇说。

大家你一言我一语地猜测着还在桃园上空盘旋的燕子来桃园的目的。

突然，杨姑娘的外孙女的外孙女指着落在桃树上歇息的燕子，惊奇地说：“那只燕子是我家的，我认识它脖子上的伤痕，是为了保护燕蛋与蛇搏斗受的伤。”

人们对燕子的到来，更加迷惑了。

第二天，来桃园的燕子更多了，足有三四千只，他们落在桃树上过夜。

第三天，竟有上万只，遮天盖地的，桃园处处都是燕子，连古树上高高在上的鸦雀也惊愕地退避三舍。

麻姑说：“燕子是选在这里集合南迁过冬，这里环境僻静，又有高高耸立的泰礴顶做地标，便于寻找。先前本地的燕子是来打前站的，以后是先来的燕子等后来的，它们如此大规模地集会，看来是有重大的事情商量，至于它们的联络方式，只有它们自己知道。这么多燕子难以觅食，我们为它们提供点粮食吧，让它们吃饱了上路。”

村妇们第二天从家里带来了粮食，撒在桃园，燕子们叽叽喳喳地将地上的粮食觅食得精光，然后，一哄而起，呼啸着向南飞去。

# 二十六 麻姑送子

宁海州的西五里村，有一户姓谭的金银匠人，虽然常年与金银打交道，却是为别人做饰品，自己不曾挂金戴银。年届四十的夫妻二人，膝下无儿无女，过着男外女内，相依为命的清贫生活。看着别人家儿女缠膝，夫妻二人无法忍受无儿无女的家庭缺憾造成的凄凉和痛苦。眼看着年近四旬，二人心急火燎，天天盼着生养一个儿子为谭家传接香火。

他们听说在昆嵛山修炼的麻姑心地慈悲，总爱为人排忧解难，不少缺少儿女的夫妻到麻姑庵进香求子嗣，都抱上了娇娃娃，便双双爬山越岭到昆嵛山麻姑庵求麻姑帮忙。西五里村虽然离麻姑庵只有三十里，但山路崎岖，步步艰险，夫妻二人求子心切，硬是坚持一天一趟地到麻姑庵。不管是刮风下雨，还是三伏数九，他们都一如既往，整整奔波了三年，深深感动了麻姑。麻姑找送子菩萨为谭家安排子嗣，菩萨翻阅生育册簿后，告知麻姑：谭家命中没有儿女，爱莫能助，不必费心了。麻姑求菩萨网开一面，通融一下，菩萨说：“此乃天条规定，我岂敢擅自更改？”

可是，有求必应的麻姑实在同情谭家夫妻求子心诚，三年如一日地不辞辛苦来麻姑庵进香祷告，捧出肺腑相求，历历在目，事事感动着麻姑。麻姑九上天庭求王母娘娘法外开恩，为谭家安排一个孩子，王母娘娘经不住麻姑再三乞求，便说：“先前，你多次夸奖赤蜂在你的桃园里恪尽职守，捉虫灭蝇，是桃园的功臣，可是，蜂没有成仙的先例，这样吧，让它转生为人，也算是对善有善报的褒奖。如果它能善始善终通过历练，那就苦尽甜来，列入仙班。”

麻姑再三叩谢王母娘娘的大慈大悲。

一个明月高悬，银光普洒的夜晚，谭家夫妻吃过糠菜，相对长吁短叹至深夜，倒在暖烘烘的炕上，迷迷糊糊地睡着了。蒙眬中，他们看见麻姑驾祥云来到炕前，手持桃枝，桃枝上攀着一个戴红肚兜的胖娃娃，朝他们笑得天真可爱。麻姑笑盈盈地对他们说：“你俩本该无子，可是一生没有做坏事，虽然与金银打交道，却不曾掠得分毫，总是处处做善事，三年挚诚求子，感动了上苍，赐子于你们。我受王母娘娘之命，前来了却你俩的心愿，你们把儿子接过去吧。”麻姑说着将桃枝放在急于做母亲的谭妻怀里，谭妻惊喜地紧紧抱在怀里，高兴地喊道：“我的乖宝宝。”

丈夫被惊醒了，双双把自己的梦中情景叙说一番，竟是一模一样，夫妻相拥而笑，虽然是南柯一梦，但梦中得娃，心里还是得到了许多慰藉，去麻姑庵进香求子更勤了。

数月之后，谭妻觉得身子不大对劲，贫寒的家境没有啥油水吃，肚子却一天天大起来。她害怕自己得了什么怪病，胆怯地对丈夫讲了。丈夫听了后，围着妻子转了又转，看了又看，觉得是有了喜，高兴地说："一定是麻姑那天送来的。麻姑办事靠谱。"从此，丈夫包揽了一切家务活，整天忙这忙那，乐呵呵的，满脸是汗，满脸是笑。

怀胎十月，瓜熟蒂落，谭家添了个大胖小子，取名谭玉。夫妻二人视谭玉为掌上明珠，美中不足的是这孩子是个瘫子，给谭妻脸上添了些愁容，丈夫安慰妻子："有毛不算秃子，咱谭家总算有了后，只要好生抚养着，长大以后，给他买个媳妇，生儿育女，咱在西五里村就不至于绝户了。"

夫妻俩背着抱着瘫痪的谭玉四处求医，八方寻药，针灸药医，救治无效，吃尽苦头，从不放弃医治，总是抱着一线希望。

谭玉生来多磨难，却又多奇遇。六岁时掉于井中，竟端坐水面，未被溺淹；八岁家中失火，房梁烧落砸在炕前，熟睡的谭玉却毛发未损。

为了抚养这个中年得子，夫妻俩起五更睡半夜，不辞劳苦地忙活。为了孩子，两口子舍不得吃舍不得穿，竟然积劳成疾。瘫痪的谭玉竭尽自己所能孝顺父母，深得邻居夸赞。在谭玉十岁时，重病缠身的父母相继去世，家里只剩下谭玉孤身一人，这时，谭玉不得不拄着木拐勉强走村串户乞讨。别看谭玉身子瘫痪，行动不便，可脑子聪明过人，每天除了讨饭外，总是闻着朗朗唱书声，一瘸一拐趋向前去，倚在学堂门旁偷听先生讲书。有的先生出于同情，也欣赏他的聪慧，允许他在学堂边上旁听，他高兴得忘记了讨饭，一味扎在学习上。吃百家饭的谭玉十四五岁时，就将四书五经背得滚瓜烂熟，讲得头头是道，写得一手好毛笔字，尤以草书和隶体见长，作得一首好诗和歌词，出口成章。乡邻啧啧称赞，纷纷为他这个瘫子的遭遇鸣不平。

金朝大定七年（1167 年），陕西道士王重阳来到昆嵛山。王道长习得一手好医术，他一边布道，一边为人们治病，医治顽疾，药到病除，真是妙手回春，颇得人们赞誉，求医者络绎不绝。

谭玉深憾自己瘫痪在身，不能做许多自己想做的事，虽然知道去昆嵛山的路山峰跌宕，崎岖蜿蜒，对于一个瘫痪者来说，简直不可想象，但他为了能干更多的事，毅然决然拄着拐杖踏上了前往的路。

路是人走出来的。但那时人员流动少，去昆嵛山的路尚不成形，更没有修路一说，一个健康人行走也艰难，况且谭玉是一个瘫痪人。他依仗拐杖，一步一挪，甚至爬上坡滚下沟，折腾得浑身汗淋淋，跌在一条沟里，撑着拐杖，费尽吃奶之力，怎么爬也爬不出来，累得他张口喘，仍在奋力向上爬。这时，一条长缨甩在他面前，他顾不得多想，一把抓住长缨，如同溺水的人在往下沉时抓到救命的绳索，他只觉得轻飘飘被拖上沟帮，举目一看，是一位道姑帮了自己，见道姑气质非凡，揣摩是传说中的麻姑，跪下便叩谢：“多谢麻姑帮忙。”

麻姑将谭玉搀起，说：“你怎知道我是麻姑？”

谭玉说：“麻姑总是救人于危难之中，在这人迹罕见的深山里救我的必定是麻姑。”

“你生来受尽磨难，身残偏遇坎坷，苦否？”麻姑怜悯地问道。

“苦难是人生的历练，每过一坎，必有所获，我不怕。人生各有不同，现实地对待就是了。”谭玉说，“笑对生活比自寻烦恼好。”

麻姑说：“前方道路依然险峻，你好自为之吧。有志者，事竟成。”说完，将手中长缨一甩，离去了。

谭玉感激地望着轻盈走远的麻姑，转身继续赶路。终于在夕阳烧红天边云，映红昆嵛山时，一步一瘸地挪到烟霞洞。他望着洞额上苍劲的“烟霞洞”三个大字，揩汗一甩，喜上眉梢，上前叩响云雾缠绕、紫气横生的洞门。良久，厚重的石门徐徐开启，洞里传出幽雅的仙乐声，一个头上挽着簪，满脸稚气的小道童踏着仙乐的节奏走出洞门，道童问明谭玉来意后，说：“道长正在修炼真气，不能停歇，三日后或许相见。”说完，施得一礼，转身回到洞里，随手将石门关得严严实实。

谭玉只好就近寻得一棵树冠庞大的老槐树下栖身，免得往返跋涉三十余里不是路的山路，吃尽苦头，却耽误了见王道长的时辰。他采来野果野菜充饥，风餐露宿三日后，谭玉一瘸一拐挪向烟霞洞门前，随着拐杖的点地声，石门自动渐渐开启，未及到门前，石门已经敞开。原来王重阳闻知后，欣然亲自到洞口迎接。

乍一见面，王重阳感到好熟悉的一张脸啊，眉头扭成疙瘩，也没有从脑海挤出关于这张脸的记忆。他一拍脑门，脱口而出：“仙缘，仙缘啊。”他意识到是仙缘所契，将谭玉迎入烟霞洞。二人盘坐于太上老子塑像前，推心置腹相谈至深夜。谭玉敬佩王重阳道学精湛，王重阳看好谭玉文学功底，他与谭玉边谈边施以疗法，月上西山，方同床而眠，闻鸡报晓，谭玉欲下床拄着拐杖为王重阳道长打洗脸水，竟然行走自如，顽疾痊愈。谭玉不胜欣喜，感叹王道长医术之高明，道术之精深，遂拜王重阳为师，相随于左右。王重阳给谭玉起法名处端，字通正，号长真子。谭处端深得王重阳真传，悟性极高，道学造诣深厚，为弘扬道学著书立说颇丰。他对人生万物的参透擅长用诗词表达出来，所写诗词易读上口，道义尽含其中。这也是他布道别具一格的形式，深受人们欢迎。对繁杂世事，他坦然处之，一门心思修真布道，充分展现出一代高道那“清静无为”的心态和对弘扬道教的执着，这在他留下的诗词中可领略一二。他在《游华山》一诗中写道：“粝食粗衣度岁华，白云高卧隐烟霞，心香福炷灵源起，定观莲峰十丈华。”

谭处端以渊博的道学南下广为布道，足迹遍布江南，留下许多为百姓治病施药的佳话，创建了全真道“南无派”，是全真道第三代掌教人，晚年居于洛阳朝元宫。一一八五年四月初一，谭处端对门人说：“重阳师与我有蓬莱之约，今将往矣。”说完，赋诗一首，枕臂而仙逝。其姿势与师兄马丹阳一模一样。一二六九年正月，元世祖追封其为“长真云水蕴德真人”。

# 二十七 麻姑酿酒

身后背个大酒葫芦的铁拐李，一眼就可以看出他是位嗜酒如命的酒仙。八仙经常在昆嵛山云游，对这里的一草一木都了如指掌，铁拐李觉得昆嵛山水果甘甜，泉水清冽，珍贵药材繁多，雨量充沛，四季温度宜人，是酿酒的好地方。聪明纯真的麻姑在这里修炼之余，如果就地取材酿酒，定能酿出琼浆美酒。可是，铁拐李只是喜爱喝酒，却不懂酿酒。于是，他找到太上老君，软磨硬缠讨要了酿酒之术，邀何仙姑一起去昆嵛山找麻姑交代酿酒之事，其余几位仙人听说去昆嵛山议酿酒，便不约而同前往。八仙驾祥云来到麻姑的桃园，麻姑作揖相迎，众仙人夸赞了一番何仙姑的高足麻姑，借以恭维何仙姑。何仙姑心里明白，拂尘一甩，说道：“将来有你们的酒喝，不要用好话来醉我。”众仙人哈哈一笑，随麻姑在桃园逛逛，汉钟离顺手摘下碰在他头上的一个桃子，用手抹掉桃子上的毛，咬了一大口，酸涩得他甩头吐舌头，紧皱着眉头说：“既然是仙桃，怎么这样又酸又涩呢？主动碰我，如此有缘，怎会涩口酸牙呢？”

何仙姑说：“仙桃也有成熟期，急嘴的你，摘的不是时候，岂能不酸涩？”八仙看着汉钟离那苦楚的样子，自然取笑他一番，寻得开心。

麻姑摘了一个黄澄澄的蜜桃恭恭敬敬地送给汉钟离，汉钟离接在手里，左看右看，不知是舍不得咬还是不敢咬，一直擎在手里，又给众仙人提供了一个取笑的话题。

“俗话说‘桃树下不整冠’，你却顺手摘下来。”张果老摩挲着小毛驴说。小毛驴眯缝着眼睛，好像感到很舒服。

“鲜桃是吃不得的，只能擎在手中。南极仙翁向来都是如此的。”蓝采和学着汉钟离擎桃的姿势，一本正经地说。

“一次被酸涩，十年不吃桃子。”吕洞宾说，“算是有志气。”

“有没有志气，骑着毛驴，走着瞧。”张果老不急不慢地说，“我可以把毛驴借与你。”

何仙姑说：“昆嵛山的鲜桃非同一般，全靠麻姑精诚所至，不是每个人都能吃到的。听了他们几句话，你就与鲜桃失缘了？”

汉钟离眼一瞪，眉一挑，狠狠地咬了一口，桃汁顺着嘴角往下流，连声说道：“好吃，好吃，鲜桃就是仙桃啊。”

“好吃，你也不能一口吃下一个桃子不吐核儿。”铁拐李说，“留下点儿给大家尝尝。”

汉钟离又咬一大口，真有点儿想一口吞下的样子，以此回敬众仙的取笑。

八仙乐了。

麻姑看到八仙关系如此融洽，总是在乐中寻乐，人情味浓郁，如同凡人俗子，她想，要不是自己是晚辈，一定要加入他们这班快乐的神仙，不禁在何仙姑面前脱口而出："他们——"

"我知道你想说什么，"何仙姑没等麻姑说完，就说，"神仙首先是人，而后才得道成为仙。连人都做不好，怎么能成仙呢？麻姑，领我们看看你栽的那棵仙桃树吧。"

麻姑领八仙来到仙桃树下，枝繁叶茂的仙桃树上桃子累累，青黛泛毛，正在生长期，举目数不胜数。呈鲜红扭嘴状硕大的成熟桃子却刚好八个，麻姑将八个仙桃摘下来，恭恭敬敬地送给八仙每人一个。

何仙姑对正在津津有味吃着仙桃的铁拐李说："你今天来昆嵛山仅仅是为了吃桃子吗？"

"还有酒——酒——酒——"铁拐李咀嚼着满满一口桃子，呛得他连话也说不清。吞咽下仙桃，铁拐李现学现卖地向麻姑传授从太上老君那里学来的酿酒方法。

"酿酒的套数还是要讲究的，但不要墨守成规，要善于推陈出新，不断改进，原先的酿酒套数也是在酿酒过程中总结出来的，你要有所新的发现，有所创新，酿出好酒，我们等着。"吕洞宾对麻姑说。

何仙姑说："昆嵛山有这么多水果、药材、甘泉，麻姑纯真、勤奋，酿出美酒没有问题。"

"剩下的事，就看你的了。"曹国舅殷切地望着麻姑说。

八仙擦着嘴上黏滞的桃汁，驾起祥云在昆嵛山兜了一圈，打着眼罩回望麻姑的桃园，缓缓离开，祥云奔蓬莱阁而去。

麻姑肃立目送八仙离去后，就着手筹备酿酒。万事开头难，酿酒仅两个字，做起来却千头万绪。听说麻姑要酿酒，石匠、木匠、瓦匠、苫匠相约前来帮忙，就地取材，用昆嵛山的花岗岩、木材、山草盖起来宽敞的酒坊。石匠刘老叔送来了几年前用高密度如铀的花岗岩石凿好的两口大石缸，给麻姑酿酒用；条匠王大哥挑来一对他用昆嵛山蜡条编的酒篓，经过油浆皮贴，结实漂亮；木匠于进水拿来桃木铲、柞木锨；黄家新一代送来了一直珍藏着，给多少钱都没有舍得卖的那支千年灵芝，看到这支灵芝，他们你一言我一语地叙说当年黄叔攀崖采灵芝的惊险场景。麻姑知道这支灵芝曾是黄婶心爱之物，不肯收留，黄家新人执意要将灵芝送予麻姑，双方送来推去，相持不下。新一代黄婶说："我一个土埋半截的老婆子，留着这么珍贵的灵芝也是浪费，只是搁着偶尔拿出来看看而已。用它酿酒，可以为多少人治病，这才是正事，你为昆嵛山的百姓做了那么多好事，收下灵芝是应该的。当年，发现灵芝，你也在场，那是缘分。"黄婶说得有些老泪盈眶了。麻姑深深被黄婶深明大义的情怀感动，热泪滚在面颊，用颤抖着的双手接过灵芝。人们望着手拈灵芝、笑盈盈的麻姑，永远记住了这个慈祥的形象，更有擅画者将此刻的麻姑邀于纸上，留给世人瞻仰。

乡亲们都在为麻姑酿酒忙活。昆嵛山里的防风、荆芥、灵芝、天麻、金银花、紫藤等野生草药成为酿酒的材料，几代人与医药打交道的黄叔，倾家族医道积累为麻姑调配药材，配制不同类型的药酒，以备乡亲用来搽、饮、敷。

麻姑酿酒用昆嵛山鲜美的水果，取百草之精华、巅峰之甘泉酿出的酒，色纯味香，入口绵长，余味无穷。麻姑酿的酒功效因人而异：贪杯者一喝就醉，浇愁者一喝就睡，治病者一喝就好，投机者一喝就亏。山民用麻姑酿的酒外搽可解除蚊叮虫咬的痛痒，内饮可提神驱乏，解渴增力。不管哪个山民需要麻姑酿造的酒，麻姑都会满足他的要求，做到有求必应。麻姑酿的酒，深受山民赞美，传为神奇。但是麻姑只将酒按需要馈送山民，从不售卖，对于山外酒店挂出的“麻姑美酒”的招牌，麻姑深恶痛绝。一连几天暴风骤起，将那些冒名招牌刮落在地，而其他招牌却毫无损伤，成为人们茶余饭后的一段佳话，那些投机酒店的生意在舆论中难免有些冷清。

关心酒的铁拐李奉命驾云去武当山巡视，却绕道到昆嵛山看麻姑酿酒。他对麻姑办事执着很是赞赏，品尝酒后，觉得酒味不够醇厚，对麻姑说：“不必担忧，这只是时间的问题，酿制时间短，酒味怎么会到火候呢？这跟练武功一样，功到自然成。你把酿好的酒，如果能选一个山洞洞藏，洞藏时间越长，酒香越浓郁，那才是好酒。”

麻姑说：“昆嵛山有很多天然山洞可供选择，这不成问题，大仙是否与我一同去选？”

铁拐李说：“不必，我相信你的眼力。”他在麻姑庵就着采摘的新鲜水果喝酒，喝得晃晃悠悠，又灌了满满一葫芦酒，方腾云去武当山履行使命。

麻姑将酿好的酒装在木匠于进水用百年老柞木给打造的酒桶里，选择一个洞腔深邃幽静，一年四季恒温的山洞洞藏。螳螂和蝈蝈主动请缨看守藏酒洞，螳螂扛着大刀爬到树上，昂着脑袋，瞪着圆圆的眼睛，警觉地注视着周围的动静，一有异常，它马上通知掩身在洞口草丛中的蝈蝈发出警报，人们听到蝈蝈发出的警报，蜂拥至藏酒洞，保卫洞中的美酒。

馋酒的猴子在藏酒洞外远处的树上，鬼鬼祟祟地跳来跳去，希望能找到机会偷出美酒，喝个一醉方休，无奈螳螂和蝈蝈看守严密，无隙可乘，只好正儿八经地到麻姑面前讨要。它说屁股又痛又痒，要点酒搽一下，麻姑看着猴子滴溜溜转的小眼睛，笑得咯咯脆，给了它一些酒。猴子拿着酒，刚离开麻姑庵，就吸溜了一口，美得它眼睛一个劲地眨巴，禁不住又接连吸了几口，没走出多远，就喝完了麻姑给它搽屁股的酒。它用手抹了一把嘴，将沾在胡子上的酒抹下，搽在屁股上。酒烧得猴子的屁股红彤彤的，又痒又痛，它"叽叽叽"叫着挠屁股蹿跳，难受得直流泪，慌乱中又揉红了眼圈。风一吹，猴子有些醉意了，脚没拿准，走得趺趺撞撞，东倒西歪。人们看到醉相滑稽的猴子那红红的眼圈和像是被谁打得红肿的屁股，笑得前俯后仰。猴子趺倒在路旁睡了一觉，醒来后，听到人们议论它的眼睛和屁股，就去找麻姑，说："搽了你给的酒，不知咋回事，红了眼圈和屁股，人们都取笑我，请麻姑再给点酒解决一下红眼睛和肿屁股，免得在人们面前丢丑。"

麻姑说："就让眼睛和屁股红着吧，反正都是自己看不到的地方，眼不见为净，让别人去看，去说吧。"从此，猴子留下了红眼圈和红屁股。

一天夜里，一只出来觅食的蚂蚁路过藏酒洞，老远就闻到了酒香，馋涎欲滴。它知道自己皮硬体瘦，从来不生疮疖，没有理由向麻姑讨要到美酒，可是又经不住酒香的诱惑，于是顺着路边沟蹑手蹑脚地靠近藏酒洞。月光下，它窥视到蝈蝈卧在桲椤丛里，身上还盖着一片桲椤叶，睡得正香，发出酣睡的鼻音。它仰头望了望高大的柞树，心想：螳螂想必也在梦乡，不过，还是上去看看稳妥。它攀着柞树往上爬，又一想，万一惊动了螳螂，那不是自投罗网？被捆绑着送到麻姑面前，有口难辩。不如在树下摇晃一下树，如果螳螂醒着，爬下树来追我，我早就逃之夭夭，即使追急了，我钻进一个小窟窿，身长肚大的螳螂面对小窟窿，也奈何不了我。于是，蚂蚁悄悄滑下了柞树，后腿蹬着地，前腿抵着柞树，晃了晃柞树，没有反应，它暗笑：聪明的麻姑怎么选择了这么两个懒虫看护藏酒洞？蚂蚁放开胆子，大摇大摆地往藏酒洞走去，刚走进洞口，一声断喝“哪里去！”螳螂的锯齿刀已经钩在蚂蚁的脖子上，它还没有来得及喊“饶命”，细若丝线的脖子被锯齿刀一钩，脑袋被锯齿刀割了下来。螳螂本来想吓唬一下蚂蚁，不曾想到它的脖子这么细弱，螳螂扯着蚂蚁的胡子，掂了掂它那难以瞑目的脑袋，眉头一皱，说：“也罢，只好拿你的脑袋吓唬再来偷酒的了。”螳螂爬上树顶，将蚂蚁的脑袋悬挂在上面，警示：这就是偷酒贼的下场！可是，那么高的柞树，那么小的蚂蚁脑袋，有谁能看得见？

别看守护着藏酒洞的螳螂不起眼，它可有麻姑传授给它的降妖术，曾有几个馋酒忘命的小妖前来偷酒，被降妖术锁住，押解给麻姑，得到应有的惩罚。

如今，麻姑已经升天列入仙班，到别处云游忙活仙事去了。不过，藏酒洞还在，里面藏有满满的酒，仍是弥香十里。藏酒洞里洞藏的是颐阳补酒，据说颐阳补酒的酿造方法是麻姑酿酒术的真传。

# 二十八 善善恶恶

黄龙岘村周围山势险峻，山林深处藏盗窝匪，常言道：兔子不吃窝边草。然而，盗匪却没有这个讲究，常常就近抢掠黄龙岘村，逼得村里人不得不学点功夫，用来自卫。一天深夜，去晒字村抢劫遭到打击的土匪，回来路过黄龙岘村，匪性大发，进村就抢，村民奋起抵抗，侯文宝与土匪头子大战几十回合，终于一个“汉高祖斩白蛇”手起刀落将土匪头子斜肩劈成两半。冷不防一个小土匪从背后刺来一枪，侯文宝命归黄泉，留下孤儿寡母守着两间茅草房和三块不足二分田的地块，相依为命地苦熬日子。

那年，侯文宝的儿子侯献水才三岁，遗孀李春花二十岁出头，又有几分姿色，不少好心人登门说媒，劝说李春花改嫁。李春花为了儿子，婉言谢绝了媒人的好意，独自撑起门头，拉扯幼小的侯献水过日子。上山下地，挑水砍柴，洗衣做饭都落在了李春花瘦弱的肩上。几年下来，累苦交加，李春花积劳成疾，竟然卧病不起，瘫痪在炕上。这时，侯献水年仅七岁，妈妈原先干的活儿都由小侯献水承担了，每天上山拾柴，手脚被柴杈、刺棘划得血痕一道道，柴火背在侯献水弱小的身上，把他压得腰弯贴了地，走在路上，只看见柴火捆在移动，却不见人在哪里。烈日下，小侯献水在那大石球之间的小地块里给庄稼拔草，在附近挖野菜的王婶见小小年纪的侯献水吃力拔草，都用上了吃奶的力气，脸涨得红红的，便主动过去帮助他拔草。看到衣不遮体的小侯献水被晒得黝黑黝黑，两只小手被草勒得红红的已经破裂渗血了，豆粒大汗珠像是断了线的珠子一样往下滚，王婶心痛得紧咬着嘴唇流泪。

回家刷锅做饭，小侯献水长得矮小够不着锅，只好踏着小板凳。家里仅有的小半碗油，他要精打细算匀着用一年，每次只用筷子蘸着油，滴两滴在挖来的野菜里，他舍不得吃，总是喂妈妈吃。妈妈说："儿子，你做的菜真香。"这不仅仅是做妈妈的体量儿子的劳苦，说的一句夸赞的话，她确实有这样的口感，仅两滴油，怎么会这样香呢？母子有些疑惑。

小小的儿子给妈妈喂饭，替妈妈擦身子捶背，端屎擦尿，妈妈常常流着眼泪接受儿子的伺候。小侯献水何尝不想妈妈早日病愈下得炕来？他东门求王大爷给妈妈出个治病的药方，西门求郝婶陪妈妈啦呱宽宽心，感动得邻居们啧啧夸赞侯献水人小孝心大，大伙儿也帮着四处寻医问药。为了买药给妈妈治病，小侯献水寻找地方扛活，挣几个铜钱，可是，谁肯雇佣这么小的孩子呢？西疃的一个小财主杨元河出于善心，雇小侯献水放羊，小侯献水一边看着羊吃草，一边挖野菜，同时逮蚂蚱用草茎串起来，带回家喂仅有的一只鸡。

一天夜里，小侯献水照顾完妈妈刚睡下，迷迷糊糊中听到鸡凄惨的尖叫声，他预感到有黄鼠狼偷鸡，顾不得穿衣服，赤脚光腚地滑下炕跑到院子，可是，晚了，鸡已经被黄鼠狼给拖走了，院子里只有几根鸡毛在月光下飘动。他急得直跺脚，不敢放声哭，怕给妈妈增加烦恼。

黄鼠狼高兴得一蹦一跳将鸡拖回洞，得意地告诉它妈妈："昨天晚上，我就踩好了一个点，那户人家妈妈病在炕上，动弹不得，儿子小不点，院子没有院门，我很是轻易地把鸡拖回来了。"

老黄鼠狼"啪"的一巴掌打得小黄鼠狼眼冒金星，它蒙了。"没肝没肺的东西！偷谁的不好？你非偷这样的人家？他们是一户好人家，处在困苦中，儿子是出了名的孝顺，你赶快给我把鸡送回去！"老黄鼠狼发火了。

"可是，鸡已经死了。"小黄鼠狼望着咽了气的鸡发呆。

"送回去！你那么死心眼？"老黄鼠狼瞪着发怒的眼睛。

第二天早晨，天刚蒙蒙亮，小侯献水叹着气走出屋门，一看，鸡死在院子中间。他清楚记得昨天晚上自己好一个寻找，黄鼠狼没了踪影，鸡也不见了，院子里只有几根鸡毛。他刚要拾起死鸡，忽然听到鸡窝里传出鸡叫声，走近一看，鸡窝里关着一只又肥又大的母鸡。他感到很惊奇，把这件奇怪的事告诉了左邻右舍，消息很快传遍了昆嵛山区。

邻居们正在围观小侯献水喂鸡，离黄龙岘村四十里的黑松岭村的财主黄三峰领着两个狗腿子闯进了院子："好啊！前天下半夜，我听到鸡尖叫，我还以为是狐狸偷鸡，原来是你小子偷我的鸡！说！怎么个赔法吧？"黄三峰的三角眼贼溜溜地扫视着这个贫穷如洗的家，见到炕上躺的女人虽然面黄肌瘦，颇有几分俊俏，却是一个卧炕不起的瘫痪人。他皱了皱眉，捂着鼻子走出了茅屋，说：“我的鸡被你偷来两天了，下的两个蛋，可以孵出两只鸡，两只鸡能下多少蛋？这些蛋又能孵出多少鸡？”

“他一个小孩子，怎么能一夜之间翻山越岭去四十里外的你家偷鸡？”

“你见到鸡蛋了吗？还在这里牙硬口豺地鸡呀蛋呀的。”邻居们七嘴八舌地追问。

“他把鸡蛋藏了，我怎么能看见？”黄三峰梗着脖子嚷。

“受惊吓的鸡，能下蛋吗？”王婶驳斥。

“惊吓了我的鸡，他得包着医药费。”黄三峰逮着话题就蛮缠，“这家的房子，还有地，都得抵给我做给鸡治病的药费。”

“天下哪有这分理？”

“老天爷也不睁开眼看看还有这样的恶人。”

“他会遭到报应的。”邻居们愤愤不平地嚷着。

“哼！”黄三峰用拐棍敲着地，恶狠狠地说，“他爹活着的时候，我还惧他三分，一个毛小子和病老婆，我有什么可怕的？三天后，我就来收房子和土地。”

人们望着抡着拐棍摇头晃脑地走了的黄三峰和抱着鸡的狗腿子，又唾又骂。当地人把黄三峰的名字中间的一个字删掉了，叫他“黄蜂”，意思是说他像黄蜂尾上针一样狠毒。他上通官府，下串土匪，无恶不作，坏得头顶生疮脚下流脓。邻居们议定：黄蜂下次来黄龙岘村，大家拿起锨镰锄镢钯，把他打出黄龙岘村，保护为村民舍命的侯文宝留下的孤儿寡母。

黄三峰走在山路上，一个鸡蛋大的磨蛎石球踩在脚下，他一个踉跄跌倒，顺着山坡骨碌碌地滚到山下，两个狗腿子丢下鸡去抢救东家，鸡不知去向了。黄三峰被两个狗腿子连背带抱搬回家，得了半身不遂，瘫痪在炕上，整天哼哼叽叽地喊着腰痛腿疼，喊得撕心裂肺，像是要没命了似的，自顾不暇，哪能到黄龙岘村去逞凶。

说来也怪，那只被黄三峰抱走的母鸡又跑回了小侯献水家，每天还真的为小侯献水下一个蛋。小侯献水把那只死去的鸡炖得滚瓜烂熟，端给妈妈补身子。自从有了这只鸡，他每天用鸡蛋炒山菜喂妈妈，自己却从来舍不得吃一口。

小侯献水每天放羊，拾柴，挖野菜，洗衣，做饭，家里家外地忙，那羊很是驯服地跟随在小侯献水身边，自己找草吃。一个姐姐每天来帮助小侯献水拾柴，挖菜。傍晚，小侯献水一边赶着羊，一边背着柴回家，那个姐姐总是走在旁边帮助措着柴捆，一直送到家门口，小侯献水觉得有姐姐的帮忙，背在身上的柴捆很轻，像是没有背什么似的。人们把这些对小侯献水的难以解释的帮助，说是麻姑在帮助小侯献水，因为小侯献水太孝顺了，孝顺是道德经的精髓，道德经是麻姑修行的准则。王婶更是说得有鼻子有眼，她说，去年她生病，闯关东的儿子王相乾赶回来照顾她，从烟台下船，摸着黑往家走，约莫半夜时分走在昆嵛山的小道上，突然，迎面射来瘆人的蓝光，遇上了狼。儿子惊慌中念叨麻姑，说是急于回家照顾病老妈，向麻姑求救，路的前方出现了一盏闪着红光的灯，蓝光马上消失了，狼逃跑了，那盏灯一直在儿子前方路上晃着到家门口，可见麻姑对行孝的人是热心帮助的。人们对麻姑悄悄帮助行孝的人，演绎得神乎其神。说是麻姑在帮助小侯献水尽孝确是顺理成章的。

# 二十九 麻姑济贫

昆嵛山区黄龙岘一带山岭连绵，不少山岭、岩石裸露在山表面，即使有一部分泥土，也被占据着的巨石分隔成若干小地块。那时候，山区没有开发一说，山民们守着丰富的花岗岩石和原始森林却不能换成能吃的粮食，也不能换成银两。山民们在镢头子地块里扒拉粮食填肚子，还要遭受着土匪的骚扰以及财主挖地三尺的盘剥，生活非常困苦。

山民虽然长期与石头打交道，练就了精湛的石匠手艺，整天凿呀凿呀地忙活，但还是衣不遮身，食不果腹。尤其是一些上了年纪的老石匠，更是穷困潦倒，更有甚者被活活饿死。

有一个年迈的老石匠，体弱无力，没有人肯雇佣他，处境悲惨。他多么希望能有活儿干，挣碗饭吃啊。

晚上，老石匠躺在没有席子的光炕上，饿得连翻身的力气也没有了，只觉得饿得两眼昏花，朦朦胧胧中他梦见麻姑告诉自己：在村北的小河边有一块奇石，只要敲打它，它就会冒金星，用它凿成石头面板，在它上面擀制面条，昆嵛山人就有吃不完的面条。他心里欢喜，但知道这是一个梦，叹了一口气，迷迷糊糊又睡着了。蒙眬中他又梦见麻姑殷切地对他说：那块奇石就在小河边，你出门就可以看见……一种希望的力量支配他强撑着饥饿的身子走出草屋，朝着茫茫河谷望去，影影绰绰看见一摊火光在闪烁，走近一看，是一块巨石，敲打它，果然金星四溅。老汉决定将巨石凿成石面板。

天亮后，他就拿着石匠工具来到巨石，开始了对巨石钻凿，一天，两天……一个月过去了，巨石终于被凿成一块石面板。老石匠在上面雕琢了一块石头面团，在旁边雕琢了一根擀面杖，还有一个精致的石碗，他要做一碗人们永远也吃不完的面条。

不幸的是面团被杨二郎的哮天犬叼走了，急得老石匠抄起擀面杖就要打哮天犬，可是哮天犬已经跑得无影无踪。老石匠长叹一声，说："干活儿的命，哪能不劳而食？"石头面板和擀面杖伴着不断演绎的传说永远留在了世间。

黄龙岘村有一个姓谢的财主为人刻薄刁钻，心狠手辣，爱财如命，剥削穷人，敲骨吸髓，人们都叫他是蝎子它爹。本来就贫穷的山民，被蝎子它爹盘剥得更是贫穷如洗。饥困交加的山民挣扎在生死线上。

在昆嵛山修炼的麻姑把山民的疾苦看在眼里，记在心里，想方设法救济穷人。她会抛米成珠之术，将用米粒变成的珍珠分发给穷人。璀璨的珍珠是好东西，但是到了穷人手里，不能当饭吃。三尺肠子闲着二尺半的穷人哪有心思玩赏珠宝？只能用它换饭吃。穷人谁有粮食换珍珠？只能到财主家去换。蝎子它爹拿出陈仓霉米换穷人的珍珠，他奸笑着说：“我知道你们的珍珠是麻姑用米粒变成给你们的，要不，就是偷我的，你们怎么能有珍珠？麻姑一粒米变一颗珍珠，我换给你们十粒米，够大方了吧？”十粒米怎么够塞牙缝的？到头来，麻姑的珍珠都被蝎子它爹盘剥去了，穷人还是忍饥挨饿，倒是蝎子它爹倒出米仓盛珍珠，乐得屁股一颠一颤的，不知道姓什么了。

麻姑想发动山民利用石头缝栽桃树，可是在昆嵛山深处桃子卖给谁？财主也不会拿粮食换隔夜不贩的桃子烂在家里，穷人怎能拿桃子当饭吃？麻姑想这办法不行，她想起去蓬莱拜访八仙的途中，看见栖霞县牙山一带的山区栽地瓜，只要地瓜芽子能插下，哪怕是石缝，照样可以长地瓜，蔓子随处可爬，而且地瓜抗干旱，生命力强，不需要大肥大水，也不需要人格外关照。地瓜可以鲜吃，也可以晒成地瓜干，碾成面粉，在冬天吃。地瓜的蔓子、叶子都可以吃，于是，麻姑搬来地瓜芽子分发给山民，山民们在昆嵛山见缝插针地栽地瓜，解决了吃饭问题。

蝎子它爹见穷人有饭吃了很不舒服，穷人不跟他打交道，他去盘剥谁？烦恼之下，他想打开珍珠仓数珍珠粒解闷，可是，一开仓，蝎子它爹傻眼了，仓里是冒着霉气的烂米，他知道准是麻姑干的，别人谁有这个本事？然而，他不敢去找麻姑理论，他知道自己有许多缺德事的把柄掌握在麻姑手里，那不是自投罗网吗？他要拿穷人出气，他知道穷人换回去的米粒早就熬粥塞牙缝了，拿不出米来，就逼着他们用地瓜还，穷人没有了吃的，还得求他，他就又有了发财的机会。

蝎子它爹领着狗腿子首先到昆阳村找到老实巴交的黄三九老汉开刀，气势汹汹地要他交出吃在肚子里的米。黄三九傻眼了，他从来没有听说过用珍珠换来的米，吃在肚子里还要吐出来还给人家，吓得身若筛糠，明知自己有理，结结巴巴说不出话来。几个狗腿子也吹胡子瞪眼地诈唬黄三九，把黄三九逼到上天无路入地无门的地步。村民们紧闭家门，怯于蝎子它爹的淫威，谁也不敢靠前。

黄三九怯懦地后退，凶神恶煞般的狗腿子步步紧逼，把黄三九挤到了墙角，刚要大打出手，长长的水袖甩来，将狗腿子扫出一丈之外，跌得鼻青脸肿，爬不起来了。蝎子它爹一看，麻姑秀目怒瞪站在眼前，身后八仙各执法宝，怒目相视，吓得他屁滚尿流，刚要转身逃走，麻姑嗖地拔下玉簪挥手一划，喝道："丧心病狂的无赖哪里走！"一堵墙挡住了他的逃路，他"砰"的一声撞在墙上，顿时脑门鼓起一个红肿的大泡，他顾不得摩挲头上的泡，忙转身"扑通"跪倒在地，捣蒜般地磕头："大仙饶命，小的知错了。"

"哼！朗朗乾坤，山清水秀的昆嵛山，岂容得此类狂徒放肆。"身穿大红官袍，头戴乌纱官帽，手持玉朝笏的曹国舅，向来嫉恨欺压百姓的恶徒，首先发了话。

"多行不义必自毙。自古以来善有善报恶有恶报，你可知道?"蓝采和玩弄着手里的大拍板，不急不慢地说。

韩湘子趋向蝎子它爹刚欲发话，铁拐李怒不可遏地说："这等没有人性的东西，不必跟他费唇舌，留在昆嵛山是祸害。"手起铁拐落，蝎子它爹呜呼哀哉见阎王去了。铁拐李扬起铁拐指向狗腿子，被曹国舅的玉朝笏挡住了："放这几个小人一马吧，看他们日后如何做人。还不快走！在这里等死呀?"狗腿子连滚带爬地逃走了。

"惩恶扬善是道家的本分，布道济贫是修炼的主课，你能千方百计地拯救贫苦的山民，山民会记住你的，上界也会记录在册。神仙是人捧起来的，没有好人的敬崇，没有坏人的惧畏，神仙也就不存在了。昆嵛山是道家圣地，我们永远在昆嵛山，会随时帮助你的。”何仙姑慈祥地望着麻姑说。

麻姑恭耳聆听何仙姑的教诲，谨记在心，深深给八仙作了一揖，抬起头时，八仙已经乘祥云而去。

狗腿子跑回蝎子它爹家添油加醋地叙说了蝎子它爹被铁拐李用铁拐打死的情景，而后，各自慌忙卷起铺盖卷溜了。

蝎子它爹的家人不但不去收尸，反而花银两雇“官司虫”将麻姑和铁拐李告上了县衙，县官听完陈述，面如土色，乌纱帽上的翅膀一个劲儿地颤抖，惊堂木一拍，厉声喝道：“本官管不了神仙的事!”袖子一甩，将诉状和掩在诉状下的银两扫落在堂前。诉讼师“官司虫”见状，一手捂着肚子，一手掩面，吆喝着：“哎哟，肚子疼！痛死我了!”跑出了大堂。

没有人肯帮蝎子它爹的家人去收尸，他们只好自己去。尸体已经腐烂得黑蛆泛泛，臭得连狗也不吃，几只狗远远地围着尸体转。

为了改变贫民的生活局面，麻姑费尽心思，觉得需要广种粮食。昆嵛山缺少可以耕种的土地，在山坡石缝栽树是唯一的选择。她改变了单一栽桃树的做法，引进了杏子、柿子、樱桃、无花果，指导山民根据地形地理栽植，在沟夼栽喜欢湿润的无花果树，在山�栽樱桃树，在房前、屋后、村头、路边栽柿子、杏子。麻姑教给村妇利用朝阳的石崩崮晒制柿饼、杏干，既提高了交换价值，又能在冬季到集市换来粮食。由于昆嵛山区特殊的地理位置和气候条件，这里的水果品位高出一筹，很受人们欢迎，商贩们蜂拥到晒字集市采购，晒字集市成了闻名遐迩的水果集散地。尤其是樱桃，昆嵛山泉水甘甜，山势避风，山石采光，这里的樱桃个大，味甜，比山外早成熟近二十天，成为春果第一支，备受青睐。

麻姑看着山民整天面朝黄土背朝天忙活在山野，与泥疙瘩打交道解决吃饭问题，身上穿着的破衣烂衫，不知道已经穿过几代人了，补丁加补丁也难以遮体，赤皮露肉地遭受着风吹日晒，裸露在外的皮肤被晒得色如紫铜，爆裂剥落。更有甚者，一家人只有一条大窟窿套小窟窿的破裤子，夫妻二人轮流穿着走出草屋。小孩子就更不用说了，十多岁还赤身裸体地跟着父母下地干活。

怎么帮助山里人解决穿衣问题，是摆在麻姑面前的一道难题。这已经不是穿树叶的时代了，也不能靠神力解决某一个人的一时问题。麻姑想：要为人们想一个凭自己勤劳的双手解决长久的穿衣问题。她首先想到了种棉花织布，可是，昆嵛山的瘠薄土层土质不适宜棉花生长，这里地处北方沿海，霜期来得早，棉花桃儿还没有绽开就被寒霜打蔫蔫了，那些正在开发的棉花花儿，白的皎洁，紫的艳丽，本来满地灿烂，一夜之间被苦霜蹂躏得败花难看。

怎么办？神仙也遇到了难题，这毕竟已经不是树叶做衣的时代。

偶然间，麻姑听到“沙沙沙”的咀嚼声，循声望去，见是一片柞木灌丛的宽大柞叶子上爬满了毛毛虫，正在不停歇地蚕噬叶子，有的毛毛虫在仰着头吐丝为自己越冬御寒织茧。麻姑茅塞顿开，喜上眉梢，自语道：“有了。蚕丝可以织茧，也同样可以织布。”

麻姑以最快捷的信息传递方式，托梦群发，告知所有山民可以用蚕茧缫丝织布。第二天早晨，邻里相互告知自己的梦境，竟完全一样。人们来到山坡柞木丛前，果然见到柞木叶子上的毛毛虫有的在咀噬叶子，有的在吐丝织茧，已经织成了的茧子连着树叶倒悬着，被风刮得摇摆不停，发出“嘎啦嘎啦”的响声。

人们将柞树茧子采摘回家，按照麻姑在梦中指点的方法把茧子浸泡在水里，放在锅里蒸煮，茧子便蓬松开来，在茧子孔口处可以找到丝头，扯着丝头可以将丝抽出。开始时，是人工用手慢慢抽丝，然后再用线坠子合成丝线，效率太低，后来，人们利用纺花车将多个茧子的丝头合在一起由纺花车缫丝，并顺便纺成丝线，这样纺出的丝线匀称光滑，织出的丝绸没有了碍眼的线疙瘩，做成的衣服保持着柞蚕丝的浅黄本色，不论怎样揉洗也不褪色，漂亮极了，穿在身上冬暖夏凉。

有人发现了洁白的桑蚕茧缫出的丝织成绸，雪白光亮，做成的丝绸衫特别抢眼，是做夏装的难得佳品。又有人发现椿树上也悬挂着茧，用钩子钩下来，虽然缫出的丝有些粗糙，但是织出的布做冬装，却比桑蚕丝暖和。于是，人们四处寻找各种蚕茧抽丝织布。地瓜地里的绿色肉虫虽然也会变成蛹越冬，但它不会吐丝做茧，只能深深扎在土里，以大地护蛹。有人发现松树上的毛毛虫吐丝做茧，于是就去采摘，可是狡猾毒辣的松树毛毛虫生来就长就毒刺防身，若被它的毒刺扎伤，伤处马上肿得又痛又痒，使人不敢近前。它做茧时将毒刺夹在茧的表皮，防止有人去采摘。在天气干燥时，只要碰动松树茧，茧表层的毒刺就会飞到人身上蜇人，驱逐采摘它的人。聪明的人便趁下雨天用剪刀剪下松树茧，这时候毒刺被雨水粘在茧子上，飞不起来了。可是松树茧的丝又细又脆，无法用来织布，即使织成布，粘着毒刺的布做成的衣裳谁敢穿？松树蛹倒是味道挺鲜美的，是人们餐桌上的喜爱。

经过几代昆嵛山人的苦心摸索改进，昆嵛山丝绸名扬海内外，成为服饰中的佳品，还被皇帝钦点为贡品。

# 三十 旸谷轶事

在麻姑的帮助下，昆嵛山的果树品种多了起来，不同的果树在不同的季节有着不同的需求，季节成为麻姑不得不考虑的问题。天气变化也给山民上山干活带来麻烦，如何预报天气显得至关重要。麻姑带着一系列问题和山民促膝相谈，希望集思广益得出解决的办法。

这时，黄三魁已经作古，他孙子的孙子黄天志说："我听爷爷说：玉皇大帝有个儿子叫旸里，嗜好研究气候变化，对此颇有造诣。他常住在昆嵛山指导山民观测天气，深受山民爱戴。后来，旸里在昆嵛山北面的一座山峰上观察日出时，被玉皇大帝强行召回。人们为了纪念倾心研究气象变化，帮助山民预测天气的旸里，将旸里住过的村庄叫作旸里村，旸里村北的一个村庄叫作旸里后村，旸里村西坐落在古驿道上，设有驿站的村庄叫作旸里店，旸里归天的山头叫作旸谷山。只可惜当年旸里观测天气的方法已经失传了。”

石匠刘老叔的孙子的孙子刘培武拾起话题说：“我听说尧帝赖以发展农业增强国力，他派一个名叫羲仲的人在旸里升天的旸谷山设立气象观测站，观察太阳运行与自然物候变化的规律，为制定历法提供第一手资料，并在旸谷山设坛隆重祭天祭日，迎接每一天的日出。后来，他制定出‘二十四节气’并编出便于记忆的农谣：春雨惊春清谷天，夏满芒夏暑相连，秋处露秋寒霜降，冬雪雪冬小大寒。我们晚辈没有见到羲仲，但是在旸谷山见到了羲仲当年祭天祭日的祭坛和观测气象用的器械，他们用过的锅碗瓢盆散落在旸谷山，被人们收藏起来做纪念品。”

黄天志说：“现在流传的许多农谚：朝霞不出门，晚霞行千里；老龙斑不过三，过三就得十八天；六月初八雨淋淋，李龙爷回家来探亲……都是羲仲留下的。”

“所以你们辈辈相传，记住了旸里和羲仲两位。”麻姑颇有沉思地说。她想：山民们是因为记住了旸里和羲仲为他们做的好事，才记住他俩的名字。他俩虽然早已仙逝离开昆嵛山，但他们做的善事却永远记在山民心中，生活在边陲僻野的山民很容易满足，为他们做点善事，他们会祖祖辈辈铭记在心。麻姑想起了《太上老子道德经》所说的：“善，人之宝也。”

“我们何不到旸谷山去看看？”黄天志提议。

“我带路，旸谷山我去过多次。”刘培武自告奋勇地说。

麻姑虽然曾经路过旸谷山，但是并没有溯古观之，有两位热心的青年相伴，麻姑欣然同他们前往旸谷山。刘培武轻车熟路，领着麻姑和黄天志翻山越岭抄小路来到旸谷山。麻姑站在旸谷山顶峰举目四望，南可望海，北可观山，东边一马平川，西边群峰如澜，眼前丘陵跌宕，披绿呈黛；泉水叮咚，汇流成河；燕飞蝶舞，虫鸟啾啾；百花竞艳，姹紫嫣红。麻姑不禁脱口而出："当年旸里真会选地方，不愧为天上看人间。"

麻姑见到有父子二人在抡镢刨地，便凑过去询问农事，刘培武介绍说："麻姑今天特地来旸谷山寻访旸里和羲仲当年的遗迹，求教种庄稼与农时的关系。"

老农听说是麻姑到此，连忙抱拳施礼。他儿子小声自语："怎么神仙也有不明白的东西求教于人？"

声音虽小，麻姑可听得清楚，嫣然一笑说："不读哪家书，不识哪家字。自古神仙是学来的，不是生来的。首先是自身修炼，大家认可，才被捧上了天。"

老农见儿子唐突失礼，斥责道："休得无礼！"

"不妨，他问的实在。"麻姑大度地为青年开脱，说，"老子说：'使我介然有知，行于大道，唯施是畏。'"

"麻姑在我们这里口碑极好，人们都夸你：'圣人无常心，以百姓心为心。'"老农毕恭毕敬地说。

"哦，老伯对《太上老子道德经》背诵得如此熟练，真叫我辈汗颜。"麻姑给老农施礼。

"惭愧，惭愧，老夫只是一个扒拉泥垃块找食吃的，德薄学浅，造化不深。《太上老子道德经》教给我们怎样做人，怎样看事，怎样做事，我只是粗浅地一知半解，惭愧的是我辈。"老农作揖还礼。

他们正说着，路边地里有"叽叽叽"的老鼠惨叫声。刘培武疾步跑过去，原来是一只老鼠正在偷扒花生，一条青蛇顺着花生垄悄悄逼近，一口咬住老鼠后腿，正在张大口往肚子里吞咽老鼠，老鼠奋力用前腿撑住蛇口，拼命嘶叫着挣扎。青蛇见刘培武赶来，连忙吐出老鼠要逃跑，可是被动作麻利的刘培武掐住蛇脖子提了起来。老鼠要逃走，腿已经被蛇咬伤，跑不动了，又被随后赶来的麻姑等人围住，它见无有逃脱的希望，便装出一副可怜相向麻姑诉苦："麻姑，你刚才看到了是毒蛇咬我，鼠辈怎么能斗得过毒蛇，你要为我们做主啊。"

青蛇要争辩，可是被刘培武掐住脖子发不出声音，急得它乱搅。

"你们活动在旸谷山，旸谷山是祭天祭日的神圣地方，你们不自检自责，互相残杀，祸害山民，本应将你们处死，但念你们在世上走一遭，暂且留下你们。但是你们要做对山民有益的事，就罚你们每逢要下雨，在路上横穿着来回跑，警示人们天要下雨了，为人们预报天气。"麻姑说。

黄天志将脚一跺，冲着蛇和老鼠喝道："听到没有？"

蛇和老鼠连忙应允，自此以后，在下雨前老鼠和蛇便在路上横穿着奔跑，以此告诉过路的人天要下雨了。

几只蚂蚁在拖的拖、推的推往巢穴搬运一颗从地里捡来的串豆，见到老鼠和蛇挨了罚，幸灾乐祸地一边搬运串豆，一边讥笑它们。麻姑见了，没好气地说："你们光知道往巢穴里搬运粮食，不知道为生产粮食做点事，今后天要下雨时，你们也要在路上列阵告诉人们天要下雨了。"蚂蚁看看自己搬运的串豆，羞愧地应允着。

正在这时，八仙降下祥云，落脚旸谷山，麻姑马上上前迎接。黄天志、刘培武及老农父子听说八仙到此，惊喜万分，他们简直不敢相信自己能见到传说中的八仙，连忙抱拳恭恭敬敬向八仙施礼。他们不免偷偷斜眼瞥看八仙，老农的儿子见到八仙的穿戴不一，参差不齐，有些不修边幅，不禁窃笑。汉钟离轻轻地拍了拍老农的儿子的肩膀，扶起他正施礼弯着的腰，笑着说：“我知道你在笑什么，可是你知道现在是几月？”

老农的儿子不假思索地说：“刚过中秋节，是八月呀。”

“这就对了，你们不是说二八月乱穿衣吗？神仙也不例外。”汉钟离哈哈大笑。

麻姑问：“不知仙师何故到此？”

何仙姑说：“我们本想到你的桃园去看看，不想路过此地见到你在这里，就降下祥云来看看。”

吕洞宾说：“这里曾是玉皇大帝的儿子旸里待过的地方，我们不妨见识见识旸里的曾经。”

张果老倒骑着毛驴围着残缺不全的观测气象用过的器具转了一圈又一圈，蹙着眉头没看出是些啥法器。曹国舅轻轻拍了一下驴屁股，说：“转翻了，怎么能看出道道？”张果老又转回来了，众仙人捧腹大笑。

蓝采和抡着三尺长的大拍板，说：“这些玩意儿怎么能知道天上的事？”

“麻姑还安排蛇、老鼠、蚂蚁来预报下雨的事儿呢。”韩湘子说。

“这没有什么不好，它们既然生在世间，就应该为世间做点事，让它们不劳而获，才不妥呢。”铁拐李抚摸着酒葫芦说，“我们不说这些了，还是赶快去麻姑的桃园吧。”

“你是惦记着麻姑的秋桃吧？”汉钟离扇动着大摇扇说。

“麻姑头前带路，我们早点儿去桃园吧，不要在这里贫嘴了。”曹国舅说。

八仙瞻仰祭天祭日的祭坛，并挚诚地祭拜后和麻姑驾起祥云腾空而起，麻姑低头一看，黄天志和刘培武正甩开大步往回走，说：“我们何不带上他俩，让他俩也尝尝腾云驾雾的感觉。”

汉钟离一挥大摇扇，黄天志便被接在大摇扇上，蓝采和的大拍板朝刘培武一指，刘培武便走上大拍板，汉钟离说：“你们都把眼睛闭上，不要往下看，免得害怕。”

老农看看还在打着眼罩追寻飘得无影无踪的祥云的儿子，叹了口气，说：“好好干活吧。”

# 三十一 摩崖石刻

麻姑常常端坐在圣经山上月牙石前背诵《太上老子道德经》，这已成为她每日的必修课。自从进昆嵛山，她从不懈怠，登攀天梯以锻炼意志，背诵《太上老子道德经》以提高心智。虽然已将《太上老子道德经》背诵如流，得道成仙，仍精益求精。然而，一般人在月牙石前只能欣赏巨石的丰姿，却见不到经文。

金朝大定年间，栖霞县十九岁的邱处机拜别双亲，来到昆嵛山，要拜人们崇敬的麻姑为师修道。邱处机向一位在山里砍柴的长者打听麻姑观的去向，长者遥指昆嵛山西北方向。邱处机按照长者的指引登攀在昆嵛山，他吃力地在山坡上爬一爬看一看，觉得还在山根前，再爬一爬看一看，也没有到山腰，好在山里泉水潺潺，野果累累，有吃有喝，不觉得饥饿。

邱处机在山坡上爬了三天三夜，定神一看，怎么还在原来的地方，他没有气馁，接着又爬了三天三夜，可是，照样还在老地方。他却高兴地笑了，相信昆嵛山确有仙气，觉得自己没有白来，之所以这样，一定是仙人在暗中考验自己。他鼓足勇气又爬了第三个三天三夜，终于爬到了山顶。站在峰巅上远眺，邱处机发现峰峦起伏，云海翻腾，百里昆嵛山就像一只巨龟从东海爬上岸，自己所在的昆嵛山峰巅是巨龟耸起的脊背，而巨龟一只脚踏在昆嵛山，另外三只脚仍然在海里，那就是与昆嵛山相连的海上仙山——蓬莱、方丈、瀛洲。

邱处机站在峰巅四顾，面对重重云岭，他在猜想麻姑所在的道观和麻姑所饮的泉水，这是他来昆嵛山寻仙访道的期盼。他想只要心诚，就一定能访到麻姑，寻到道缘。他一个一个云岭走着，看着，攀着，寻着，他相信自己的道缘。

他终于见到从石窟汩汩流出的一潭泉水，饮之，甘甜清爽。潭边向北有一溜脚印伸延，他想：一定是有人前来取水，在这深山幽谷又能有谁来取水呢？邱处机似乎看到了希望，他循着脚印寻过去，只见脚印消失处。正生长着几棵硕大的灵芝，他想：既然有脚印，就一定有人来，兴许能见到麻姑，或者向来人打听到麻姑的居所。于是，邱处机坐在灵芝旁等候，等候到太阳偏西了，也没有等候到来人，肚子饿得咕咕响，看着娇嫩的灵芝，他有意采一棵充饥，可是，又一想，有脚印到此，说明有人先发现了灵芝，自己却采，算咋回事？他把伸向灵芝的手又收了回来。

这时传来女声：“小伙子，这灵芝是神仙所种，只种不收，你如果饿了，就随我来吧。”邱处机循声望见一位青衣素裹的女子已经抬步走向前方，于是，跟了过去，来到一茅屋前，女子不见了，屋内一桌素食。邱处机正吃着，忽然飘来一张黄纸，接在手里一看，上面写着："邱门小子非我徒，重阳道长宜师父。来年九月去范园，七莲并开展宏图。"

邱处机马上意识到是仙人为自己指点迷津，跪地对着黄纸便拜："请恕凡眼不识仙姑，多谢仙姑指点迷津。"

从此，邱处机便在茅屋独自勤修苦练，参经悟道。他要以一片诚心答谢仙姑点化之恩，以刻苦磨砺迎接来年九月的范园拜师。

第二年九月，邱处机下山来到宁海城的范园，在"怡老亭"见到刚从陕西来到这里的王重阳，拜其为师，随师父来到昆嵛山。可是刚来到昆嵛山就遇到大旱，河溪枯竭，山泉断流，邱处机扛着铁锨漫山遍野寻找水源，累得筋疲力尽也没有找到水源。他见师父王重阳一脸焦虑，便安慰师父："师父不必忧虑，待小徒俺到山外远处去挑水。"

邱处机翻山越岭，从山外挑来两桶水，快要回到东华宫时，遇到一个鹤发童颜的老汉。老汉渴得嘴唇破裂，拦在路中间，有气无力地哀求："渴死我了，小师父能不能给点水喝？"

"行啊，施主请喝。"邱处机可怜老汉，赶紧放下担子，让渴得难受的老汉喝水，老汉抱起水桶"咕咚咕咚"一口气将一桶水喝干，才将空桶放下，咂巴着嘴唇说："好水，好水！"也不道谢，摇摇晃晃地走了。邱处机只好挑着两个半桶水往回走，心想：这个老汉真少见，一次能喝一桶水！

第二天，邱处机挑水回来时又被老汉拦住了，给喝干了一桶水，一连数日如此。邱处机纳闷老汉是何许人，怎么来无影去无踪，天天来喝一桶水，不禁问道："请问施主家住哪里？"

老汉喝完水，咂巴着嘴说："咱们是邻居啊，我就住在圣经山上。”

“我以前怎么没有见到你呀？”邱处机瞪着疑惑的眼睛问。

“这有何奇怪？缘分嘛，缘分不到，你怎么能见到我？我就住在附近，与日月为伴。”老汉嬉笑着走了。

这天，老汉喝完一桶水后，说：“你这个小道士心善，给我水喝，解了渴，那边有一棵贝草快干死了，怪可怜的，你能不能把剩下的这桶水给它浇上去，救它一命？”

邱处机看着老汉眼巴巴的样子，不忍心拒绝，跟随前往，路上，老汉望着疲惫的邱处机问道：“你天天长途跋涉挑水，到头来，事倍功半，累不？怨不？”

邱处机揩汗一甩，说：“出家人不打诳语，说不累是假，但能使施主解渴，累也心欢，自然就无怨了。”

老汉捋着胡子说：“你的回答让我太感动了，劳其身，励其志，是上天对你的磨砺。”

“如果要对我磨砺，只对我一个人就是了，怎能让天旱成这样，人们都跟着受苦。”邱处机皱着眉头说。

老汉瞠目，无言对答，指向路边石缝。

邱处机将一桶水浇给了石缝里长出的一棵贝草，蔫蔫的贝草叶竖起来了，瞬间，变得葱翠欲滴。老汉走上前去，将贝草连根拔起，石缝里马上汩汩地涌出一股清泉，邱处机高兴地喊着：“有水了！有水了！”回头望老汉，老汉已经不知去向。

邱处机挑着满满两桶水回到师父王重阳跟前，将事情的前前后后一五一十地告诉了师父，王重阳说：“我还以为你因路远才挑半桶水呢。”他觉得有些蹊跷，跟随邱处机前去察看。刚来到泉水旁，从云端徐徐飘下一条黄绢，上面写着：“我乃太上老君，奉王母娘娘懿旨，在东华宫附近掘得甘泉，一来解决东华宫饮水，二来为周围山民医治百疾。”王重阳连忙率邱处机跪拜黄绢：“多谢老君为圣经山掘泉。”

吕洞宾和铁拐李路过圣经山时，饮过这泉水，连声叫好，吕洞宾高兴之下，挥剑在泉旁岩石上刻下“圣水”两个大字，铁拐李端量后，说：“水字不雅，不如泉字更好。”说着举起铁拐在水字上方添了个“白”字，成了“圣泉”。

邱处机熟读王重阳所著《重阳全真集》十三卷、《重阳教化集》三卷、《立教十五论》等书，见麻姑端坐在圣经山月牙石前逐行逐句地朗诵《太上老子道德经》，很是羡慕，可是自己却看不到月牙石上的一个字，自愧修炼浅陋，没有达到麻姑的境界。

夜晚，邱处机翻转在炕上，为修炼真经而焦虑难眠，恍惚中他梦见太上老君在他面前降落云头，说：“念你刻苦修炼，求真挚诚，今传你《太上老子道德经》一部，着尔阴刻于圣经山月牙石上，让有志得道求真的人能读到《太上老子道德经》，以悟真性，以度有缘。”邱处机一阵激动，当即醒来，揉揉蒙眬的眼睛，看见一黄绫在侧，上面有“太上老子道德经”等文字共五千余言，知道是太上老君托梦，诚惶诚恐地对着黄绫仰天跪拜。

邱处机手托黄绫，如获至宝。他想：得到《太上老子道德经》是我梦寐以求的，别人何尝不是如此？太上老君命我将《太上老子道德经》镌刻于月牙石，让想得道的人均可来学习。一部《太上老子道德经》，区区五千余字，指明了人生万事。而镌刻于圣经山月牙石，拜读需登攀“天梯”，这是考验求道者意志和挚诚的试金石，太上老君真是大智慧。邱处机佩服得五体投地。

遵太上老君法旨，邱处机请来能工巧匠要在圣经山月牙石上镌刻经文。他在月牙石前摆上香案，悬挂黄绫，焚香跪拜，不料一阵阴风吹来，刮倒香炉，一道幽光袭来，悬挂的黄绫不见了，惊愣中的邱处机“嗖”地拔出宝剑，冲向幽光，猛地一刺，只听到“哎哟”一声，幽光化作了一个俏丽少女，就在邱处机一愣神的工夫里，俏丽少女捂着受伤的胳膊挟黄绫夺路而逃。

“大胆妖孽哪里走！还我黄绫来！”邱处机持剑疾速追了过去。两道剑光如银蛇出洞，打得翻转弧闪，铿锵声震：七星跨虎交刀，腾挪闪展冲刺，玉女八步进逼，猛虎下山扑食……打得难舍难分。战到二十余回合，受伤的妖女渐渐只有招架之功，没有还手之力，尖叫一声，幻成一缕蓝光逃遁。

“可恶妖孽！快快还我黄绫经文！”邱处机岂容妖女挟黄绫逃走。挥剑急追不舍，忽地从草丛中跳出五个妖女，也不答话，一齐舞剑拦截围杀上来。防备不及的邱处机急忙跃上一块巨石，剑指群妖喝道：“妖女！为何不问青红皂白拦截我追赶盗贼？我乃邱处机是也，与尔等素无干系，快快让路！”

一个妖女说：“拦截的就是你邱处机！你枉读经书，不懂先来后到之理。我们世世代代居住此山，岂容你扰乱我们的安宁？快快滚回去！”

邱处机一愣，问道：“你们是哪路妖孽，我在此多日，为何不曾见过？”

又一个妖女说：“我们是你鼠姑姑，我们是你鼠奶奶。你这个妖道在月牙石上镌刻《太上老子道德经》，来读经的，人来人往，岂容得我鼠辈？我们过街你们都群起而攻之，以赶尽杀绝为快……”

《太上老君道德经》摩崖石刻

“不必跟他费唇舌，他不懂先来为大，只有把他赶走！”又一个妖女边嚷着，边挥刀杀将上来，众妖女忽地围杀过来。

义愤填膺的邱处机挥剑砍杀，他的剑术曾得到高人指点，挥剑如寒光闪烁的蛟龙翻滚，几个小妖岂是他的对手？只三五个回合，就将两个妖女刺倒在地，余下的三个妖女并没有逃走，而是一齐发出“叽叽”的怪异叫声。忽地又涌来七八个青面獠牙尖嘴的妖怪，全都端着狼牙棍，气势汹汹地向邱处机扑来。邱处机一个“跳步旋风刀”，将朝他打来的狼牙棍砍断两根，落在地上竟是狼尾巴草棍。从背后袭来的妖怪被邱处机“回身勒刺”一剑刺中胸膛，“叽呀”一声，一只硕鼠瘫倒在地，其余妖怪一看不好，呼啦一声便想逃命。邱处机哪里肯罢休，一纵身跃到前方，截住了妖怪的逃路。妖怪一看逃路被截，只好列阵冲击，企图夺路而逃。邱处机剑指群妖，喝道：“无礼妖孽，谁盗去了我的《太上老子道德经》，快快交来！”

一个妖女头一梗，尖嘴一咧，“哼”的一声：“你那经文被我大姐拿去了，想要？做梦去吧！”

邱处机怒目圆瞪，喝道：“你等鼠辈掠盗经文，欺人太甚，自取死路，看剑！”

“慢！明明是你侵占我们的地盘，却斩杀我辈弱者，是何道理？”一个妖女横刀逼问。

“岂有此理！昆嵛山是玉皇大帝和王母娘娘赐给我们的修炼道场，经文是太上老君梦中命我将其镌刻于月牙石，尔等鼠辈如此阻挠，也不怕玉帝问罪！”邱处机喝道，“我先替天行道，灭了你们这些妖孽！”

“你快回去继续做梦吧，休想要经书！”一个妖女喊道，“快走！打不过他，走为上策。”倏地几道幽光闪过，众小妖逃遁了。

邱处机提着宝剑四处寻找妖女的藏身之处，遇到一个砍柴的老农，便上前询问妖女的来历。老农惊恐地四下张望着说：“邱道长有所不知，圣经山上住着一群耗子精。他们仗着种群庞大，经常窜到村庄滋事，抢粮盗油，为非作歹，以骚扰村民取乐，害得我们有苦难言，无可奈何。邱道长，你可要为我们除了此害呀！”

“可恶的鼠妖，竟敢阻挠我行道，如不除之，圣经山安有宁日？”邱处机听了老农所言，义愤填膺，但是，一时难寻妖孽巢穴。正在犯愁，麻姑提刀赶来，说：“邱道长，将《太上老子道德经》镌刻在月牙石上是我多年的夙愿，这样可以让更多人读到《太上老子道德经》，对弘扬道教，功不可没。岂容几个小妖阻挠！”正说着，吕洞宾与铁拐李、何仙姑降落云头，来到他们跟前，吕洞宾说：“镌刻《太上老子道德经》于月牙石，乃是弘扬我道重大举措，几个区区鼠辈岂能阻拦？那是自取灭亡。”

麻姑和邱处机随吕洞宾、铁拐李、何仙姑来到圣经山上一个茶杯口大小的窟窿前。吕洞宾剑锋一指，喝道：“耗子精，快快将经书交出来，免你一死！”话音刚落，几道幽光“嗖”“嗖”从窟窿里蹿出，一群妖女列阵就要开打，一个妖女尖叫一声，喊道：“不好！快逃！邱处机找来了麻姑等一帮子道徒。”扭身钻进洞穴，“哗啦”一声，妖女全逃进窟窿。

吕洞宾挥剑在地上一划，一条青蛇甩着尾巴钻进窟窿，只听得窟窿内传出“叽叽叽”的惨叫声，一群妖女从另一个窟窿窜出，铁拐李手一甩，一只狸猫从宽大的袖口里蹿出，饿虎扑食般地张牙舞爪扑向妖女，妖女吓得原形毕露，一堆耗子哆嗦成一团。

邱处机喝道："妖孽，还不快快将黄绫交出来！"

一只前腿包扎着的耗子钻回窟窿，将黄绫叼出，邱处机接过黄绫，挥剑欲将耗子斩首，吕洞宾上前阻止，说："算了吧，留下它们每天晚上来打扫月牙石周围的垃圾。"手中宝剑一挥，一块圆形巨石立于窟窿旁。吕洞宾说："这群小妖如果敢再造孽，麻姑，你只要手一指，这块镇山石就会压在窟窿上，它们就永远出不来了。"转身对邱处机说，"你要全力将《太上老子道德经》镌刻好，这可是传世之宝。"说完，与铁拐李、何仙姑驾起祥云离去。

从此，镇山石永远耸立在圣经山。

# 三十二 龙头木鱼

自从月牙石摩崖阴刻上了《太上老子道德经》，前来拜读的人络绎不绝。一伙强盗在头领“好汉”的带领下见上圣经山的“天梯”人来人往，觉得在此挡道，倒是一个发财的好去处，于是呼啸而来，扼住“天梯”半腰，收起买路钱。

丘处机与“天梯”感情甚深，他熟悉这里的一草一石。初进昆嵛山入道时，他拿一枚绿锈斑斑的方孔铜钱，每天从“天梯”顶上随手往下一抛，然后闭着眼睛摸索着下得“天梯”，在草丛中摸找。来回登攀“天梯”多少次不知道，铜钱被摩挲得黄光铮亮，他以此锻炼腿力，培养耐心，磨砺意志，受益匪浅，如今，岂肯让强盗在此横行？

丘处机忍无可忍，欲持刀杀将过去，把强盗赶走，守护通往摩崖石刻《太上老子道德经》的天梯，正要去月牙石刻诵经的麻姑说："还是我去吧。月牙石镌刻的《太上老子道德经》上写得清清楚楚：'今舍其慈且勇，舍俭且广；舍后且先，死矣！夫慈，以战则胜，以守则固。'此话值得我们三思。我对那位自称好汉的强人略有耳闻。"

麻姑刚攀登到天梯半腰，从天梯两边草丛伸出两把朴刀，拦住去路，一个彪形大汉抱胸立在天梯中间，居高临下喊道："留下买路钱！"

麻姑并不慌张，和颜悦色问道："不知面前是哪路英雄？"

"俺是好汉也。"好汉见来者是女人，搬弄起半文不白的之乎者也，"你知道何为好汉乎？"

麻姑嫣然一笑，说："我听说你在宁海揭竿起事，除暴安良，劫富济贫，行侠仗义，不为官府重金收买所动，对封官许愿，嗤之以鼻，仍我行我素，颇得百姓好评，可有此事？"你想，世人哪个不喜欢听别人说他好？刚才还吹胡子瞪眼的好汉，听了几句美言，便大大咧咧地在台阶坐下，仰望着麻姑听好话。

麻姑看出好汉的面部变化，接着说："官府收买不成，就设计把你捉去，吊打三天三夜，逼你供出同伙，你咬紧牙关，只字未吐，可有此事？"好汉喜容于面，连连点头。麻姑看出好汉的心理变化，话锋一转，说："像你这般威武不能屈，富贵不能淫，贫贱不能移其志的英雄好汉，在此拦路强收买路钱，岂不败坏了一世英名？"麻姑瞅了一眼满面愧色的好汉，说，"俗话说：人走留名，鸟飞留声。前来诵经的人如此之多，足以见得人心向善，登上天梯读到的是为人的原则，看事的方法，做事的智慧，而你悖众意而行，他们为了诵经，使人生活得更精彩，不得不解囊破财，可是众人眼里怎么看你？心

天梯

里怎么想你？议论怎么评你？”

拦在天梯的两把朴刀不知道什么时候收回去了。

好汉额头沁出了汗，低下昂着的头，说：“敢问高人大名？”

“我便是在此修行的麻姑。”麻姑说。

好汉抬起头望着麻姑说：“原来是麻姑在此，俺有眼不识，真是愚钝，让你见笑了。怪不得你出言在理，到底是熟读《太上老子道德经》的人。”

麻姑见好汉回心转意，便将道教要点向好汉宣讲了一番。那深入浅出的话语把尚道修炼、劝人向善、臻化仙境的妙道真言讲得令好汉五体投地，当即要拜麻姑为师留在圣经山革心洗面出家为道。

麻姑扶起好汉，说：“好汉还是到东华宫拜全真教祖师王重阳为师更有前途，丘处机可为你带路引荐。”

从此，好汉便在东华宫悉心修炼。

圣经山由于有了摩崖石刻《太上老子道德经》，名声远播。一个名叫仇海的武僧带着七个徒弟慕名前来游览。圣经山紫气升腾，溪流潺潺，奇峰异石，古树参天，莺飞燕舞，百鸟鸣翠，山花怒放，争奇斗艳，如此奇观异景，让仇海赞不绝口，邱处机见仇海如此钟情圣经山，便说：“昆嵛山乃仙山之祖，美景数不胜数，大师如有雅兴，贫道愿带路一游。”

仇海听言大喜，连声答道：“善哉，善哉，如此罕见的美景，贫僧如能尽兴饱览，真是三生有幸，不枉此行。”

邱处机见仇海兴致勃勃，便为众僧做向导游览了东华宫、风凉洞、朝阳洞、东华洞、紫金峰、玉皇阁、混元殿、月牙石、泰礴顶等道家先祖留下的遗迹，并逐一解说。行至月牙石阴刻前，邱处机向正在默诵《太上老子道德经》的麻姑介绍仇海武僧，麻姑将丘处机叫到一旁，悄声提醒邱处机多留心，她察言观色仇海非善良之辈，眉间藏有祸心，邱处机点头心领。

在邱处机的引导下，众僧看得眼花缭乱，听得津津有味，仇海禁不住赞叹道："今日真是大饱眼福，都说少林寺天下名刹，怎及昆嵛山仙境！你们居此修炼，真是好造化也。"

"大师过奖了。"邱处机拱手谢过仇海的夸赞。

仇海合掌于胸前："阿弥陀佛，出家人不打诳语，如能在此兴禅礼佛，老衲也不枉此生也。"说完，斜目瞥视邱处机的面部反应。邱处机听言心里一惊，极力掩饰心里的不平静。他明白佛、道意念不同，境界趋异，虽然都讲究个"清""净"二字，以劝人向善为根本，但自古以来僧道两门，各有宗旨，师傅王重阳力主儒、释、道三教合一，然而，天各一方，宫寺有别，敬而远之是常理，相互倾轧也颇多，掣肘下绊子之事屡见不鲜。听仇海话中有话，似有占山礼佛之意，邱处机岂能不惊？但他年轻有道，心地洞明，处世稳重，为使仇海打消反客为主，赖着不走的妄欲邪念，勃然正色道："昆嵛山天赐道缘，无尘不染，岂可容邪念闪现！"

仇海单掌置胸前，哈哈一笑："贫僧一介武夫，言语无忌，请别介意，我等此次是云游圣地，别无他意。"

邱处机虽然对仇海"言语无忌"心有警惕，但仍敬为上宾，一日三餐亲躬作陪，仇海倒也实在，一住数日，全无去意。第七天时，仇海竟率僧徒静坐在混元殿前敲着龙头木鱼念起经来，邱处机见此心里极为不快，这分明是要占山礼佛了，不得不上前和颜道："大师不知何时下山？盘缠已经为大师准备好了。"

“阿弥陀佛！”仇海咕噜一声，仍闭目念经，对邱处机置之不理。邱处机见仇海如此无礼，义愤填膺，斥责道：“佛、道有别，各有天地，我等应遵守佛规道律，岂可无义！请大师明日率众下山。”

仇海闭目咏念“阿弥陀佛，阿弥陀佛……”的速度加快了，对丘处机所言视如耳旁风。第二日，仇海不但没有下山，反而进了混元殿，俨然在自己寺庙一样，敲击木鱼，端坐念经。

丘处机怒不可遏，上前斥责：“大师，为何不下山？为何擅闯我道家宫观？是何道理？”

仇海闭目未睁，慢条斯理地说：“圣经山乃仙境落凡，是上天所赐，当然也该有我们佛家一席之地，既为佛家之地，又何言擅闯？你屡次逼我等下山，有失道义。”其实，仇海一踏上圣经山就萌生赶走道家七真人、抢夺圣经山的恶念，只是不明道士们的底细，不敢轻易下手而已。今日见圣经山七真人云游在外，留守的丘处机又年轻道浅，便决定一举抢夺圣经山。一个小僧曾奉劝仇海：“师父，七真人非等闲之辈，听说丘处机虽年轻却神通广大，不好招惹，尚且有麻姑在此，务请师父三思而后行。”仇海一听，嗤之以鼻，大声吼道：“区区小道，何足挂齿！麻姑又是女流，我自幼习武，集南拳北腿于一身，何况我还有龙头木鱼宝物在手，定叫他们滚下圣经山！”

丘处机见仇海居心不良，强压胸中怒火，说：“大师，圣经山乃是上天赐我道家，是道家祖师为我们开创的修炼圣地，你们怎可反客为主？”

仇海蛮横地说：“小道，自古以来，天下名山尽归我佛家所有，这里本该是我佛门乐土，若被道家占有，贫僧无颜见佛祖。今日，你若能赢了我的拳头，我便下山，否则，就只有你下山了！”

丘处机和颜道：“大师此言差矣，动武反目，有违出家修行之人道义，还请大师三思。”

此时的仇海哪管什么道义，鼻子一嗤：“思什么思！以拳头论去留！知趣，你就乖乖下山去吧！”他以为邱处机怯于比武才出此言。

丘处机岂肯拱手相让道家先祖开创的道场，横下一条心与仇海比个高低。他们来到月牙石前，丘处机问：“怎个比法？”

仇海自恃气功高强，指着月牙石东北三丈处的一块巨石说：“咱们摧石破岩，免得刀枪见血，就比比内功吧！”说着将袖子一挽，展开五指，大喝一声，跑步朝巨石戳去，只见石渣飞溅，巨石上立刻出现了五个窟窿。

“让我来奉陪大师练练气功。”麻姑人未到声音先到，原来麻姑知道仇海要与邱处机比武争夺圣经山，怕有闪失，前来助阵。

“好男不与女斗，你就站在旁边等着下山吧。”仇海见麻姑到来，心里一震。他早就有耳闻麻姑得到高师指点，道法非同一般，但不得不打肿脸充胖子，说句硬话给自己壮壮胆，也拒绝了麻姑参与比武。

丘处机微微一笑，说：“小事一桩，不劳仙姑出手，我自当奉陪。”说话间，脚一蹴，站稳马步，伸开手掌，原地对巨石发力，巨石上随即现出深深的手掌印。仇海一见大吃一惊，知道丘处机内功高自己一筹，但仍不甘拜下风，又望着百步外的一棵碗口粗的柞树运气发功，只听到“咔嚓”一声，柞树拦腰折断，断茬如刀削的一般，仇海收功转身，得意地朝丘处机冷笑一声。

丘处机也对仇海还之冷笑，说："百步断树，佩服。"说着将手朝百步外的一块巨石一指，喝道："裂为五瓣！"他感觉到背后有一股强大的力量向他顶来，巨石便轰然开裂成五瓣。丘处机收回手，拱手向仇海施礼，说："雕虫小技，令大师见笑了。"

仇海哪里还笑得出来，眉头紧锁，脸涨得青一阵红一阵，双目愣愣，呆若木鸡。常言道：外行看热闹，内行看门道。自己百步断树，用的是气，而丘处机百步裂石，用的是意，虽然是意、气一字之差，但境界不同。以意裂石，一般人难以练成。他知道丘处机的功夫已经出神入化，自己望尘莫及，岂是他的对手？

恼羞成怒的仇海见势不妙，便想孤注一掷施出狠招，置麻姑与丘处机于死地。他从宽大的袖口里取出龙头木鱼，轻轻一敲，木鱼口里随即喷出一股火焰，烧向麻姑与丘处机，丘处机轻蔑地一笑，扬手冲着龙头木鱼一指，喝道："封！"即刻用意念封住了木鱼口，仇海只感到火焰憋在木鱼里直打转转，怎么也喷不出来，仇海惊得额头冒冷汗，连忙敲击木鱼，喊道："风！"从龙头木鱼的龙口里喷出一股阴风，能穿透人的五脏六腑，刮向麻姑与丘处机。麻姑微微一笑，念动道德真经，马上一团紫气护住麻姑和丘处机。阴风邪气碰到紫气后，立即化作熊熊火焰反扑回去，烧得仇海连蹦带跳"哇哇"乱叫，慌忙将龙头木鱼抛弃，未及落地，被丘处机接在手里，仇海一看龙头木鱼被丘处机接去，连忙用颤抖着的手指着龙头木鱼喊"大！"龙头木鱼迅速变大，压得丘处机拿不动了，只好放在地上。正当仇海刚要喊："小！"去拿龙头木鱼，麻姑已经拔下头上的玉簪指着龙头木鱼对仇海说：“我来帮你，大！”龙头木鱼继续长大，变成一块巨大的龙头木鱼石，仇海晃了晃龙头木鱼石。龙头木鱼石岿然不动，他回头看看几个徒弟，龟缩在一起，瑟瑟发抖，状若筛糠，无奈地说：“下山！”带着徒弟落荒逃走了，他不愿意看到自己更惨的结果。

仇海恶念没有得逞，倒给圣经山留下了龙头木鱼石一道风景。

# 三十三 东华仙洞

金大定年间，道教全真派七真人之一马丹阳在昆嵛山寻访麻姑。遍踏群峰，阅尽山色，见紫金峰峭拔耸立，山形如同帝王戴的紫金皇冠，三面傍峻岭，南临平阔广野，远眺可见南海浪涛帆影，马丹阳惊叹道："此乃洞天福地名胜处也。"兴致所至，挥毫在两块岩石上分别写下"洞天""福地"。他觉得紫金峰山势独特，奇松怪石遍布，天门、天梯、天沟、一线天、飞来石等处景观独具一格，巧趣天成，每一景都引出一段佳话，是道家修炼的难觅仙境，便与众弟子多方募捐，筹款将东华宫建设得雄伟壮观，气势恢宏，成为当时神州著名宫观之一。

金贞佑年间，山东兵乱，好端端的一处道家宫观竟在战乱中被毁得路破碑断，殿倒房塌，乱石瓦砾一片，其景惨不忍睹。七真人之一，全真教昆嵛山派王玉阳见师兄马丹阳苦心营建的东华宫被毁，痛心疾首，立志重新修建，遂命弟子四处奔波，广为筹措资金。元大德六年（公元 1302 年），云州道士李道元奉命前来主持修建一事。他一路苦行，到紫金峰一看，残迹破烂不堪，催人泪下。他走村串疃，遍游昆嵛山一带，一边宣传道家学说，一边为重建东华宫募捐，无奈这一带连年兵乱，加上旱涝交替，庄稼几乎颗粒不收，又不知道何方妖怪窜来，单盗山民家中的男童，扎脚心吸血，弄得面黄肌瘦后再放回，闹得昆嵛山一带村村惊恐，户户悲啼。山民遇到李道士，便争相上前哭诉天灾妖祸，乞求李道士捉拿妖怪，为民除害，重建东华宫，以保山民安居乐业。

在这兵乱、天灾、宫毁之际，妖怪又窜来祸害，李道元岂能袖手旁观？他日夜在紫金峰查寻妖怪踪迹，终于在天沟古穴中发现了作孽的狐狸精。狐狸精摇身一变，变成一个妖艳的美女，娇滴滴地魅惑李道元。李道元泰然自若，不被迷惑，腰别拂尘，手执宝剑，挥剑直刺狐狸精。狐狸精见伎俩不灵，原形毕露，以狰狞的面孔恐吓李道元。李道元一声冷笑，抡剑砍向狐狸精脑袋，狐狸精闪身躲过，拔出腰刀招架，一个“含转推刀”拨开李道元的宝剑，平步直刺李道元后心。李道元觉得背后一股凉风袭来，“回刀上拨”将狐狸精的腰刀拨开，顺势一个“黑虎掏心”刺向狐狸精。狐狸精见李道元剑剑置它于死地，浑身蓑毛挓挲，抡刀进击，反守为攻，刀劈剑挡，剑刺刀拨，铿锵声震彻山谷。狐狸精依仗千年修炼，步步紧逼，欲将李道元战败，逼其退却，李道元肩负为民除害的使命，岂能退却，虽然有些力不从心，也勇往直前。狐狸精突然感到李道元法力倍增，自己被一股无形力量束缚，施展不开刀路，连连败退，被逼至山脚下，当空一个响亮女声震撼了它：“妖孽休得逞狂！自古以来，魔高一尺，道高一丈。李道长擒拿你，负有天命，你休想逃脱，束手就擒吧！”一股强大的法力将它束住，终归邪不压正，修炼千年的狐狸精被李道元擒住。

被俘的狐狸精偷眼看站在李道元身旁的麻姑，后悔自己早已闻知一身正气的麻姑在昆嵛山修炼，她岂能坐视妖孽为非作歹不管？竟一时被惑，鬼迷心窍，踏进险地，落此下场。它轱辘辘地转着小眼睛，以狐狸的聪明搜索着逃生的计谋。

原来是麻姑暗中助李道元一臂之力。麻姑闻知李道元奉命来紫金峰重建东华宫，她知道这个浩大的工程没有当地民众的鼎力支持，是难以实现的，便将擒妖一功让与李道元。

李道元念狐狸精修炼千年之苦，不忍心置它于死地，欲将狐狸精压在紫金峰西的镇山石下。狐狸精苦苦哀求，诉说它在天福山老崮顶修炼之苦，本无心为害，只因谋取正果心切，听信了臊秃蛇的教唆，说是吸得九九八十一个男童的脚心血，便可补上五千年的修炼，得道列入仙班。现在为害昆嵛山的臊秃蛇已经被麻姑用昆嵛山石板夹成蛇皮袋子，悬挂在无染寺门前的古柏树上，震慑作恶的妖孽。狐狸精表示愿意接受劳苦惩罚后，返回天福山老崮顶，悉心修炼，决不为害于民。

麻姑说：“可以放它一条生路，给它自由，以观后效。”

李道元见麻姑说情，必定认为狐狸精会痛改前非，也就来个顺水人情，觉得连日来，自己白天忙于布道募捐，夜里劳苦于开凿“东华洞”，十几个晚上，才仅仅凿开了个洞口，何不叫这个狐狸精代劳，以腾出时间筹资修造“东华宫”，便说：“那好吧，就饶了你窐压之苦，你把‘东华洞’挖出来，不过，洞内不得有铁器之音，如有铁器响声，就即刻将你压入镇山石下，并且这‘东华洞’必须在六日内挖成，过了时间，你就自讨苦吃了。”

狐狸精连连应诺，拜谢李道元。

山民闻知李道长已经降服狐狸精，高兴地奔走相告，所到之处，赞声不绝，李道元惶惶答道：“贫道不敢贪天之功，此次降妖如果没有麻姑相助，单凭贫道之力实难成功。”他的坦诚更得到山民们的赞许。财主出钱，穷人出力，纷纷支持重建东华宫。

这“东华洞”内岩石坚硬，别说不用铁器凿，即使用铁錾子凿，也不是六日可完成的易事。狐狸精倒不在乎，不紧不慢地用爪子抓挖岩石，李道元笑笑，甩着拂尘扬长而去，心想你等着挨罚吧。

麻姑甩动拂尘，说：“此时，就看你的造化了，好自为之吧。为了让你长记性，不再祸害人，你要经历一番磨难。”扬手在空中画了一个大圈，一道金光闪过，罩住了半拉子工程的东华洞，将狐狸精圈于洞中。狐狸精连声拜谢麻姑救命之恩，见麻姑径自沿羊肠小道向深山走去，用爪子在空中画了三个弧，口中念念有词，爪子甲竟变得锃亮锋利，并且变化自如，大若乌盆，小如半个碗，挖起岩石来，如同刨土。狐狸精当夜便将石洞挖成了，并且洞壁圆滑，无錾子凿过的痕迹。六日后，李道元布道归来，见东华洞已经挖成，并且符合约定要求，甚喜，笑道：“真不愧于千年的老崮顶修炼。”手一扬，“去吧，下次可不要撞在我手里。”

狐狸精连忙拜谢，一路飞奔天福山老崮顶而去。

麻姑见过东华洞，点头赞许，说：“这将是千古道迹。”

“东华洞”至今犹在，洞口有錾子凿纹，那是李道元开凿时留下的，洞内却是大小不一的圆弧形留在洞壁，始于何故？昆嵛山里的村村疃疃的人们留下这样一个传说，算是对后辈人的解释。

# 三十四 麻姑献寿

斗转星移，不知道过去了多少年，也不知麻姑在昆嵛山送走了多少山民的爷爷的爷爷的爷爷。按天庭的记录，麻姑终于做够了“行善八百，积德三千”，等来了玉皇大帝的名列仙班诏书：“三月三日，到瑶池参加王母娘娘的寿宴，并听候封遣。”

麻姑想：初次升天参加王母娘娘的寿宴，岂能两手空空？况且自己是受王母娘娘点化才有今天。她不知道其他神仙都送什么寿礼，也不便打听，她知道自己现有的法宝，没有比王母娘娘赐给的玉簪更好的，王母娘娘都不稀罕。思来想去，觉得这么多年来自己只栽植桃树和酿酒，也只有桃子和酒可送。于是选择采摘当年何仙姑送来的桃树上结得黄里透红、抿嘴欲笑的仙桃和自己第一次酿制的、一直藏于藏酒洞的灵芝百草酒，与八仙相约一同前往瑶池赴宴。

八仙与往日相见一样，手中只拿各自随身的法器，别无他物，麻姑瞅瞅自己手托礼盘里的鲜桃和灵芝相伴的酒壶，觉得很是尴尬，生怕向来热笑冷嘲趋势附贵行为的八仙嘲弄自己，偷眼窥视，他们同往常一样地逍遥说笑，并没有另眼看自己，怦怦跳的心才略有平静。

初次登天庭，到处仙楼琼阁朦胧于云绕雾缠中，各路神仙接踵而至，熙熙攘攘，人妖鬼怪形态各异，在凡间互不相容，在天庭竟相视无惊，喧哗声此起彼伏。麻姑觉得这里远不及自己所在的青山绿水、花红树茂的昆嵛山安静舒逸，她更关注的是各路神仙带何物而来，举目四处瞟瞅，只见太上老君手持拂尘，老态龙钟地走在小仙闪让出的台阶上；南海观音菩萨手托圣水瓶，秀目慈颜地踩着祥云飘飘而来；如来佛祖甩着胖乎乎的大手掌，挺着圆圆的大肚子，好像在故意炫耀这与众不同的特殊形象，优哉游哉地走来；南极仙翁拄着蟠龙拐杖，一步一颠地走得慢条斯理，油光的额头向前高高鼓起，无尽的智慧大概就蕴藏在那里面，仙鹤和仙鹿紧随在左右；孙悟空、猪八戒、沙僧簇拥着唐僧赤手空拳地在众仙中挤出一条路，直奔凌霄宝殿，唐僧借此机会向玉皇大帝述职；那些各霸一方的小仙倒是揣着，抱着，拎着，背着，遮遮掩掩地走向殿前呈献给玉皇大帝和王母娘娘，让人猜想不透其中的秘密，相互挤眉弄眼，神神秘秘的。

庆寿宴会当然由来自终南山的增寿神南极仙翁主持，他喊破了嗓子要求按班就序，可各路神仙还在叽叽喳喳争吵着什么。托塔天王李靖、二郎神杨戬往宴席前一站，玉皇大帝重重地咳嗽了一声，众仙才安静下来。

情投意合的八仙自然凑在一起，独自坐在一张四方桌周围。这种四方桌后来就称作八仙桌，被广泛仿制，一直沿用至今，不过如今八仙桌的社会存有量少，就显得珍贵，成了价格高昂的收藏品。孙悟空、猪八戒、沙僧没有被安排到席位，只好站在唐僧的身后，这让他们三位很是不自在。孙悟空抓挠着耳朵，眨巴着眼睛，倒自我安慰：这总比当弼马温时被撇在宴席之外强。猪八戒贪婪地瞅着宴席上的山珍海味，美食佳肴，馋得嘴巴咂得叽叽响，口水直流。憨厚的沙僧肃然立在唐僧身后，岿然不动。孙悟空和猪八戒不受坐在席位上的拘束，摇头晃脑地四处观眼，叽叽喳喳地议论着，这让坐在上席的玉皇大帝和王母娘娘看在眼里很不舒服，但也不能把他们赶走，玉皇大帝和王母娘娘没有忘记孙悟空大闹天宫的往事，不想破坏了王母娘娘寿宴的欢乐气氛。

那些带来贺礼的小仙争先恐后地上前献礼，说些甜得让人发麻的恭维话。八仙们对此不屑一顾，蓝采和生性活泼诙谐，玩弄着手中的一副三尺长的大拍板，和着节拍用唱腔明知故问："他们为什么送礼呢？"

韩湘子用笛子敲了一下八仙桌，轻蔑地说："为了日后的升迁呗。"

"他们平时行为有瑕疵，为了讨好玉皇大帝免于追究呗。"心直口快的汉钟离鼻子一嗤说。

孙悟空见八仙围着桌子在议论什么，知道八仙对送礼反感，便以它特有的轻捷脚步，哑默悄声地来到汉钟离身后偷听，禁不住插话："俺老孙现在才明白，凡间所以传言：当官的不打送礼的。原来这风气是从玉皇大帝和王母娘娘兴起的。"

吕洞宾对孙悟空笑着说："你不会是因为没有派上席位发牢骚吧？"

麻姑献寿

孙悟空挠挠头，快速地眨巴着眼睛，鼻子一哼，瞪了吕洞宾一眼，回到唐僧身后。八仙望着气哼哼离去的孙悟空哈哈大笑。

麻姑最后一个手托礼盘，脚步轻盈却有些怯意地走向王母娘娘，当经过唐僧的桌前，猪八戒觉得香甜扑鼻，眼睛随着麻姑的动作而转，竟情不自禁跟在麻姑身后拙笨地学着麻姑的抬步摆手。众仙眼睛盯着麻姑托着的礼盘里的鲜桃，个大色艳，红红的桃嘴似含羞欲笑的姑娘闪脸彩屏，尤其是灵芝百草酒的香气弥漫瑶池，更让众仙神魂颠倒，没有谁注意猪八戒，要不然准会引起哄堂大笑。唐僧嫌猪八戒在大庭广众面前丢人现眼，叫沙僧把猪八戒拖了回去。

王母娘娘早就目迎麻姑到近前，急不可耐地捧起鲜桃，闻了闻，浓郁扑鼻的鲜桃味道诱得王母娘娘顾不得身份的庄重雅致，急忙咬了一口鲜桃，连连说道："好吃，好吃，好看就好吃，众仙尝尝。"说着吩咐仙女将桃子分给大仙，孙悟空当然不在分得之列，俯在唐僧耳边说："哼，小觑俺老孙了，等俺到昆嵛山让麻姑领着在桃园转转，现摘现吃，吃个够。还有那灵芝百草酒，麻姑绝对不止仅此一壶，有俺老孙喝的。"猪八戒看着大仙们在品尝鲜桃，馋得眼睛都不会转了。

王母娘娘突然将咬了一半的桃子呆擎在嘴前，一脸沉思地问麻姑："那个名字叫什么海汪的青年和那棵桃树现在怎么样?"

"禀报娘娘，倪海汪活到九十岁作古，埋在那棵桃树旁，没几天那棵桃树就枯死了。来年春天，枯死的桃树又发出了新芽，现在已经是第六茬了，结出的桃子还是那个样子，那个味道。山民们都知道那棵桃树的桃子好吃，但是不知道桃树的故事。用它的桃核育出的桃树结出的桃子跟普通的桃子没什么两样。现在是倪海汪的孙子的孙子在管理桃园，下次我来时捎那棵桃树结的桃子给娘娘尝尝。”麻姑说。

“别，别捎。”王母娘娘略有所思地说，“要是那个倪海汪还活着就好了。”

站在旁边的南极仙翁说：“那还了得，人间地面上人挤人，恐怕也站不了的。”

“也是这个理儿。”王母娘娘说。

玉皇大帝品着灵芝百草酒，咂巴着嘴，只觉得身子飘飘欲起，乐得眼睛笑成一条缝，对太上老君说：“你尝尝人家麻姑酿的什么酒？”他岂知酿酒的方法还是太上老君给的呢。玉皇大帝封麻姑为与南极仙翁平起平坐的增寿神，主管女人的寿命。

王母娘娘高兴地宣布：“今后昆嵛山的桃子就叫作仙桃。”她把“鲜”改成了“仙”，这不仅抬高了昆嵛山桃子的身价，也给昆嵛山的桃子定了位。从此，每年三月三日王母娘娘的寿辰，麻姑都升天给王母娘娘送去昆嵛山的仙桃和灵芝百草酒，为王母娘娘贺寿。这也被昆嵛山人模仿，用桃子贺寿在昆嵛山蔚然成风，女婿给岳父岳母祝寿，儿媳为公婆庆寿，都少不了带着桃子。冬季，没有鲜桃可送，聪明的昆嵛山女人用面团捏成惟妙惟肖的桃子，蒸熟代替，面做的桃子下面捏两片桃叶，栩栩如生，如果再着上鲜艳的颜色，就更逼真了。老年人总喜欢拿晚辈贺寿送的寿桃给邻居尝尝，借以夸赞自己的儿女聪明手巧，尊老孝顺。桃子成了贺寿的礼品，这风俗很快传遍了全国，传承至今，是面艺中的奇葩。每当女人手捏面桃的时候，总是绘声绘色地叙说麻姑献寿的故事。更有《麻姑献寿》图流传于世，这成为人们怀念心系劳苦百姓，处处为百姓做好事的麻姑的纪念形式。人们世世代代相传：昆嵛山人的寿命所以长，是因为有增寿神麻姑的庇护，女人的寿命更长，是增寿神麻姑对曾经朝夕相处的女人的眷顾。

# 三十五 赑屃被贬

东海龙王的第九个儿子降生了，高兴得他连忙腾云驾雾到玉皇大帝殿前报喜。玉皇大帝并不高兴，皱了皱眉头说：“你生这么多小龙，将来该由谁继承王位？这不是给朕出了个难题吗？你可听说过‘人多乱，龙多旱，媳妇多了，婆婆遭难’吗？不如赐它一死。”

东海龙王一听玉皇大帝要赐死自己的儿子，“扑通”跪在殿前痛哭流涕地哀求留下儿子一条小命，并哭诉了自己对这个第九子是如何如何的喜爱。玉皇大帝被东海龙王一把鼻涕一把泪地苦苦哀求哭软了心，收回了成命，说：“那就留下你第九子的性命吧，不过——它得有别于它的兄长们。”

“我替九子谢陛下不杀之恩。”东海龙王头磕得砰砰响，他想：何不就此求玉皇大帝给九子赐给名字，沾沾帝气。于是恳求："请陛下给九子赐个名字，以纪念陛下不杀之恩。"

玉皇大帝思衬了一会，说："你如此喜爱你的九子，视为宝贝，那就让它的名字多含几个贝字吧，叫赑屃。"

东海龙王谢过玉皇大帝，返回东海，心想：虽然虚惊一场，得了玉皇大帝赐给的名字，总算没有白跑一趟，进了水晶宫，就急于见九子，把名字告诉它，一看，龙床上没有了原先的小龙，一个丑如乌龟的小家伙坐在那里，昂着头，瞪着天真的眼睛望着自己。东海龙王这才明白了玉皇大帝说的"不过——它得有别于它的兄长们"的含意，不禁老泪纵横："这就是我的赑屃啊？为父有愧于你。早知如此，去天庭报的什么喜？"东海龙王怀着愧疚心理，对赑屃疼爱有加。

赑屃四只短腿爬行怎能跟兄长们龙腾大海相比，渐渐兄长们不跟它玩了，嫌它形态不雅，有损龙门。赑屃陷入孤僻，独自游来摆去，却练就了力大无比的本事，能托山搅海，这是兄长们莫及的，也是赑屃引以为豪的。

三月三日是王母娘娘的诞辰，在瑶池举行蟠桃会，各路神仙前来贺寿是天庭的惯例。听说父王要去参加蟠桃会，赑屃软磨硬泡着要跟父王同往，东海龙王可怜赑屃整天趴在海底，不如兄长们翻江倒海，无处不去逍遥，觉得应该带它去见见世面，便同意了赑屃的要求。

九天与五洋确有不可同日而语之别，赑屃看得眼花缭乱。水晶宫怎比得凌霄宝殿金碧辉煌？云飘雾绕更显得神秘。各路神仙熙熙攘攘，形态万般，穿戴各异，赑屃搞不明白他们为什么能在凌霄宝殿前走到一起。宴会上，麻姑手托礼盘擎着仙桃和灵芝百草酒，轻盈走来，向王母娘娘敬献，赑屃在海底从来没有见到如此婀娜多姿的美女，尤其是那走姿无与伦比，它看呆了。麻姑已经从身前飘然而过，它急忙快步爬到麻姑前面，仰着头，退着走，眼睛直盯盯地看着麻姑，这让麻姑感到很尴尬，不由得秀眉紧皱，脚下也乱了步。王母娘娘看在眼里，气在心里，吩咐杨二郎去把赑屃赶走。杨二郎想揪着赑屃那伸长的脖子将它提走，可是，力大无比的赑屃一个下坠，杨二郎没有提得起来。王母娘娘见此怒火冲天，要玉皇大帝严惩这个胆敢在蟠桃宴会众目之下调戏麻姑的狂徒。玉皇大帝勃然大怒，下旨处死赑屃，这可吓坏了东海龙王，忙求其他龙王及各路神仙一同向玉皇大帝求情，盛怒之下的玉皇大帝岂肯饶恕，况且王母娘娘在旁不依不饶，南海龙王提醒丢魂失魄的东海龙王："此事只有求麻姑才有希望。"东海龙王如梦初醒，忙不迭地跪行到麻姑面前，求麻姑说情。麻姑连忙扶起东海龙王，她想：赑屃虽然失礼，但其罪不至于死，况且自己有一年在昆嵛山区遭遇大旱时，也曾求过东海龙王降雨，东海龙王欣然相助。麻姑求王母娘娘请玉皇大帝开恩，免于赑屃死罪。玉皇大帝觉得众神仙的面子不易轻驳，麻姑不纠缠此事，王母娘娘也给麻姑面子替赑屃说情，何不来个顺水推舟，说："念众卿求情，免赑屃不死，贬到昆嵛山中的圣经山，画地为牢，在太上老君《太上老子道德经》摩崖石刻前，读经思过三千年。由麻姑看管，八仙巡视。"

俗话说：虎落平阳遭犬欺。赑屃被贬到圣经山化作形似乌龟的石头，其实这是它本来的形象，只是人们没有见过罢了。苍蝇蚊子闻着腥味来骚扰，蚂蚱也落在身上歇歇脚，被囚的赑屃无可奈何，浑身被骚扰得奇痒难忍，自己的拙笨短腿又无法撩起挠痒，周围杂草丛生，裹得赑屃苦闷难受。一日，几头没有被缰绳拴住的毛驴寻嫩草吃，吃到赑屃身边，这头在赑屃头上擦擦粘着草叶的毛茸茸的嘴，那头在赑屃身上蹭蹭痒，有的还在赑屃腿上磨磨蹄掌，骚扰得赑屃忍无可忍，咆哮出声："驴也太放肆了，竟敢骚扰本龙公子！"

吼声惊得驴蹦出老远，窥视着一动也不动的大石头，怯怯议论："龙是长长的身子，怎么会是圆圆的一块石头？"

"龙生在水里，怎么会在山上？"

驴们慢慢壮着胆子朝赑屃靠近，问："刚才是你说话？声音比我们的叫声还大。"

"除了我，这里还有谁？"赑屃没有好气地说。

"你既然是条龙，不在海里翻涛倒浪寻快活，蜷曲一团在这里做什么？"

"唉，说来话长，我是在天庭犯了戒，被贬在这里读经思过。"赑屃感到很委屈。

"贬在这里，你也是龙的后代，比我们强。"一头驴说。

另一头驴用蹄子踢了踢地，说："在人们眼里龙和我们一样，都是盘中餐。你没听他们说天上的龙肉，地上的驴肉？"

赑屃不爱听这些无聊的议论，不耐烦地说："好了，好了，你们该干什么去干什么吧，我要安静一下。"

一头驴竖起耳朵，惊慌地说："不好了，有人提着缰绳来了。"驴们一哄而散，逃进树林。

麻姑经常抽空来看望赑屃，赑屃却以为麻姑是来监视自己，没好气地说："孤零零地蹲在这里，受尽苍蝇蚊子的骚扰，浑身痒得难受，你又来烦我！"

听到赑屃的委屈，麻姑本想替赑屃挠挠痒，细想不妥。这时候，麻姑看见一位老汉腰扭成驼篓圈形，很明显是腰筋劳损，在艰难地搂草，嘴里嘟囔着："老伴呀，要不是你的腿寒了，需要热炕，我的腰扭成这样，能上山搂草吗？”

麻姑对赑屃说：“有了。”轻声嘱咐赑屃如此这般。

老汉顺着山坡搂草搂到赑屃跟前，发现这个大石头上积了一层厚厚的草叶，就用抓爪往下搂，抓爪挠得赑屃的背感到很舒服。老汉隐隐约约听到：“挠挠赑屃的背，干活儿不累。”他以为是风吹树叶发出的哨声，年迈耳背出现幻觉了，不过觉得先前擎抓爪酸痛的手臂感觉轻松多了。老汉看到将草叶搂下的大石头前边伸出的部分有点儿像龟头，不禁伸手摸了摸。又一个女声响起：“摸摸赑屃的头，再难的事儿也不犯愁。”老汉四下瞅了瞅，没有谁在说话，可是他觉得这次听得很清楚，也感觉到因老伴卧病在炕，愁得眉头聚得发紧的脸舒展开来，他顺手拍了拍大石头胖乎乎的尾部。一个声音清脆地响在耳边：“拍拍赑屃的腚，能治百病。”他听得真真切切，下意识地扭动了一下板硬疼痛的腰，哦，腰灵活了，没有疼痛的感觉了。他惊喜万分，赶紧背起已经装满的草包，一溜小跑回家，将老伴背来，让老伴挠挠大石头的背，摸摸大石头的头，拍拍大石头的腚，嘿，老伴伸了伸老寒腿，能站立起来走路了。老两口高兴得这个摸摸大石头的头，那个挠挠大石头的背，舒服得赑屃不禁发出了声：“好舒服啊。”

老两口惊得一愣，赑屃说：“老爷爷，老奶奶，不必惊慌，我本是东海龙王的第九个儿子，名叫赑屃，被贬在圣经山读经思过。在这人迹罕至的深山里，无人理会我，难忍寂寞，还遭到苍蝇蚊子的骚扰，闹得我浑身瘙痒难忍，二老替我挠挠拍拍，我舒服多了。方才是麻姑把你们引来，并教给我施法治病之术，能为人们做点事，人们才会经常到我身边来，我就不寂寞了，我们都应该感谢麻姑。我有的是力气，百年后，我可以为你驮碑。”

老汉连连摆手：“不可，不可。你是龙子。”

“您老不必推辞，这只是小事一桩。”赑屃说。

老汉这才明白为什么抓爪前总是有草，自己一直搂到赑屃跟前，用抓爪搂赑屃的背，所听到的话是麻姑在告诉自己。老汉陪着曾是背来的老伴急忙急促回到村子，逢人就告诉麻姑说赑屃会为人消灾治病，一传十，十传百，消息很快传遍了昆嵛山区。第二天，人们就背着病人，抱着病孩，前来挠挠赑屃的背，摸摸赑屃的头，拍拍赑屃的腚，赑屃跟前人来人往地热闹起来，他再也不寂寞了。

# 三十六 道祖露泉

太阳落下昆嵛山，余晖渐渐消失，夜色慢慢笼罩昆嵛山。来求赑屃治病的人陆续离去，赑屃还沉浸在被人们挠挠、摸摸、拍拍的舒服惬意中，突然，觉得脑壳被谁轻轻弹了一下，一看，是麻姑来到跟前。正当他刚要开口道谢麻姑给自己出了个解决寂寞和痒痒的好主意，麻姑说："你呀，舒服得忘乎所以，今年春天，久旱无雨，山民纷纷到龙王庙烧香请愿，也没有求得一个雨星，地干得裂口冒烟，眼看就要误了农时，你父王怎么可以这样狠心呢？"

赑屃说："天不下雨，可能是因为父王到南、北、西三海去看望我叔叔，二月初二就出了龙宫，要等九九八十一天才回东海，走时仓促，没有把下雨的事交代清楚……"

"民以食为天，再不下雨误了农时可就没有饭吃了。"麻姑说。

“麻姑，你别急，我想想办法请父王降旨下雨。”赑屃安慰麻姑。

东海龙王在北海，晚上做了一个梦，梦见赑屃跪在膝前，哭丧着脸说：“昆嵛山山民热情待我，又来陪伴我，又给我挠痒痒，可是春旱不下雨，误了农时，他们没饭吃，就没有心思来理会我了。”

东海龙王摩挲着头角恍然大悟：“我怎么把这事给忘了呢?”连夜降旨给龙宫的二太子到昆嵛山降雨。

二太子在昆嵛山下了一夜雨，天快亮时，赑屃望着还在忙着降雨的二太子说：“二哥，雨够了，下来歇歇吧。”

“既然雨够了，那我就打道回宫了。”二太子在空中说。

赑屃说：“二哥，我们好久没有见面了，我好想你呀，下来叙叙旧吧。”

二太子觉得也是，便披云带雾降落在圣经山上，同赑屃聊起小时候那些事儿，并把这些年来龙宫的变化一一说给赑屃听。二太子看看时候不早了，拍着赑屃说：“弟弟，我该回宫了，你还有什么事需要我帮忙的?”

赑屃说：“小弟被贬在昆嵛山，身为龙种，忍得住饥，耐不了渴，麻烦二哥在我的东侧留下一池泉水，一来解决了我的饮水，二来也为来看望我的人解渴。”

二太子说：“小事一桩，哥哥这就给弟弟去办。”

下了一夜的雨，为春播造好了墒，山民们抓住墒情，天一亮就扛犁拿种涌到地里忙着播种玉米。

于家埠村外号叫“瞎话篓子”的于武，憨厚正直，有个毛病是总爱打着哈哈说瞎话，搞点恶作剧，不过这些瞎话和恶作剧常常给人们带来一些乐趣，大伙还是很喜欢他的。他家里没有玉米种，看着这难得的好墒情，急得直打转转，只好牵着小毛驴到他姑家去借玉米种。走在半路上，正在播种玉米的人说：“于武，说个瞎话听听，解解乏。”

于武急忙忙地往前走着，说：“这么忙，我哪有工夫说瞎话？”

“那你牵着毛驴溜达啥？”有人问。

于武边走边说：“俺爹叫俺去把俺姑接回来，到圣经山看龙下雨。”

“真的？”人们惊讶了。

“这还有假？昨天夜里有一条来下雨的龙降落在圣经山上，听说是赑屃的二哥。不说了，回来晚了，就看不到龙了。”于武说着急匆匆地走了。

人们信以为真，纷纷扔下庄稼家什，相互吆喝着涌向圣经山看龙去了。

于武掩口窃笑，牵着毛驴去他姑家了。

于武把玉米种借回来，忙着播种，一上午就把二亩三分地种完了，见人们一上午也没有回来，觉得很是后悔，因为自己说瞎话耽误了大家一上午的功夫，懊悔莫及，心想：大伙回来肯定不会轻饶了自己。

正在拍着脑袋悔恨自己说瞎话的于武，见大伙陆续回来了，人们看到耷拉着脑袋呆立在地头的于武，笑嘻嘻地说：“于武呀，你说了一辈子的瞎话，今天可说了一句真话，我们真的看见龙了。”

于武傻笑着说：“你们怎么也跟我学会了说瞎话？圣经山哪有什么龙，是我瞎说的。”

人们绘声绘色地告诉于武他们见到龙的情景，问于武：“你怎么不去呢？太可惜了。”

于武说的瞎话竟然成真的了，他做梦也没有想到。过去说瞎话骗了别人，这次却骗了自己，没有看到龙，他抱憾终生，从此以后，他再也不说瞎话了。

原来，二太子正在赑屃东侧选择地方做泉池，呼啦啦来了一帮山民围观它，对它惊呼着指指点点，二太子连忙对赑屃说：“弟弟，多保重，我走了。”随即驾云腾空而起，并往赑屃身东喷了一口水，留下了一湾泉水。这湾泉水甘冽清澈，前来向赑屃求助的山民们饮后赞不绝口。后来，道教全真派祖师王重阳来圣经山布道，饮用此水，给这湾泉水命名为“道祖露”，并将三个苍劲的大字刻在泉旁的山崖上。

赑屃为了感谢昆嵛山人前来陪伴自己，为自己挠痒痒，托麻姑捎信给父王，以后再不要干旱了昆嵛山，一定要风调雨顺保证昆嵛山区五谷丰登。

三千年后，赑屃回水晶宫去了，它的躯体还留在圣经山上《太上老子道德经》摩崖石刻的正南百米处，供人们挠挠、摸摸、拍拍，为人们消灾祛病。人们相传“挺灵的”，纷纷从艰苦的日子里积攒钱，集资修建了麻姑观和龙王庙来纪念他们，成为今日昆嵛山的一道景观。

# 三十七　九龙连池

自从赑屃被贬在昆嵛山，四海龙子们觉到了少了一个爬行弟兄的冷清。赑屃在的时候，它们懒得与行动迟缓的赑屃一起玩，见不到赑屃，它们又觉得少了一分热闹。龙子们情绪激愤，怨恨玉皇大帝对赑屃处罚太狠，常常聚在一起肆虐，发泄私愤，闹得四海翻腾，船翻人亡，雾霾云乱，诸神不得安宁。状告到玉皇大帝那里，玉皇大帝震怒，下旨将九位领头闹事的龙子锁于昆嵛山北麓的苍山之中，而赑屃却贬在昆嵛山南麓，相隔遥遥，并将九位龙子相互隔开，不能聚首，免得滋事。这里群山环绕，前不靠村后不靠店，最近的县城牟平也在四十里之外。天庭责成看管赑屃的麻姑负责管制，八仙负责巡视。

九位龙子愤愤不平，又怎甘被囚深山？他们只能相望，不能相聚，愤愤地甩尾巴晃龙角，敲石触岩，闹腾得苍山几乎崩裂，噼里啪啦声扰得四方不得安宁，然而百般挣扎，也无法挣脱神力链锁的束缚，倒在囚身的悬崖石壁上，踢打出九个梯列的不规则圆形大坑。

玉皇大帝知道后，下旨锯掉九位龙子头上的龙角，以示警告，如果再不老实，就要割头示众。麻姑闻知后，火速赶到凌霄殿向玉皇大帝求情，见到四海龙王先来一步，在殿前依次跪成一行，苦苦哀求玉皇大帝开恩，哭得一把鼻涕一把泪，将皱皱褶褶的老龙脸抹得一塌糊涂。

麻姑跪向前禀奏玉皇大帝："九位龙子远离大海，被囚深山，干渴难忍，难免暴躁，也怪我忙于仙事，疏于管束，论罪，我难脱干系，愿受大帝惩处，恳求大帝不要割去它们头上的龙角，没了龙角，它们就不是龙了，与蛇何异？也请看在四海龙王一向兢兢业业为玉帝尽职的份上，网开一面，我回昆嵛山后，一定严加管束，保证不再发生让玉帝不高兴的事。"

玉皇大帝看到四海老龙王苦苦哀求的样子，本来已经动了怜悯之心，麻姑的一番启奏，给了玉皇大帝一个收回成命的台阶，便给麻姑一个顺水人情，说："看在麻姑一向勤于职守的份上，就饶了他们吧，都怪你们教子不严，早知现在，何必当初！托塔李天王李靖听旨，命你前去昆嵛山严厉训斥放荡不羁的小龙子，如果有不听劝导，肆意胡闹者，收押塔中。"

托塔李天王刚要上前接旨，麻姑抢先一步挡在托塔李天王前面："启奏大帝，区区小事，就不麻烦李天王天上人间奔波劳顿了，我回去后，一定严厉训斥它们。"

"准奏。"玉皇大帝相信麻姑办事严于职守。其实，麻姑之所以阻止托塔李天王前往，是因为她知道因哪吒闹海一事，四海龙王联手向李靖发难，逼得哪吒剔骨剥肉，只剩下出窍的灵魂，成了后来的藕娃娃。痛心疾首的李靖，与四海龙王有很深的过节。她为避免生怕节外生枝，扩大事态，才揽下差事，息事宁人。

四海龙王心知肚明麻姑的良苦用心，打心眼里感激麻姑。

“启奏玉帝，我等不才想随同麻姑前往昆嵛山探望不肖之子，以便严加管教。”四海龙王齐声请求玉皇大帝。

玉皇大帝袖子一甩：“去吧。”

四海龙王驾起祥云紧随麻姑，齐头并进，前来探视被囚苍山的龙子。见本来离不开水的龙子被旱在山中，铁链缚身，苦不堪言，四海龙王便合力施法在苍山高处掘得泉水，流连九池，如皎洁的珍珠由高处逐个抛撒向被龙子刨扒的九个石坑。其水甘甜清冽，终年长流不息，人们称之为“九龙池”。金朝太守李仁仲挥毫在九龙池旁峭壁上题写“九龙池”。自此，春天，细流潺潺，碧波漪涟，回清倒映，如甘露飘洒；夏日，飞瀑奔湍，激浪悬流，飞流直下，如撒珠喷雪；秋天，碧波荡漾，鳞光闪闪，影影绰绰，如仙境灵动；冬天，冰笋倒挂，含珠吐玉，镜映日辉，如神光四射。九龙池奇景壮观，使得本来偏僻得人迹罕至的荒山，水声如天籁奏鸣，游人如潮，解除了龙子们的寂寞难熬。尤其是夏景被人们誉为“龙池喷雪”，被列为牟平十大景观之一。自然前来游览的人络绎不绝，喜欢热闹的龙子们当然开心了。

四位龙王告诫龙子：安分守法，吸取教训，不得逞血气方刚之勇，肆无忌惮地胡闹，惹怒众生，怨声传到玉皇大帝，恐罪上加罪，招来杀身之祸；护好九池清泉，既可解渴洗浴，又可惠及众生，积德赎罪，争取早日摆脱囚禁，重归大海。

东海龙王又说：“我在九池之北掘得温泉一处，为周围众

九龙池

人洗浴提供方便，汤水温度宜人，并可以治疮疖，祛皮癣，疗关节，洗衣物。沐浴此汤，能使醉者清醒，愁者转乐，乏者轻松，体弱增强，病者痊愈，延年益寿。一来他们有了更好的去处，就不会来打扰你们，弄脏池水，二来，给周围人们以好处，换得他们为你们说好话。”并挥舞龙爪在温泉汤旁刻上：“此胜华清在人间，闲人浴罢多美言。”只可惜年代久远，风吹日晒，珍贵的龙爪镌刻没有保留到今天。

温泉汤常年沸腾喷涌，如蛟龙吐珠，人们称之为“龙泉汤”。

明弘治年间，宋氏看好温泉汤风水，迁在龙泉汤旁建村，取名宋家庄，龙泉汤人气渐旺。清康熙年间，著名诗人王苹慕名来游，题诗一首：“石气松荫雨后凉，飞鸣流水几垂杨。行人浴罢闲相语，可似华清第二汤。”将龙泉汤与天下第一汤华清汤相提并论，于是有了龙泉汤是“华清第二汤”之说。

吃尽被囚高山之苦的龙子，不得不诺诺应允四海龙王的叮嘱。北海龙王的龙子对东海龙王说：“伯父，多谢你为我们想得周到，赑屃龙弟被贬昆嵛山南麓高坡，一定比我等艰难，请多关照。”

东海龙王老泪纵横，说：“我已拜托麻姑给予关照，随后我们就去看望赑屃。”

南海龙子眨着困惑的眼睛说：“赑屃龙弟因麻姑获罪，麻姑能关照它吗？”斜眼瞟着近在池旁的麻姑。

东海龙王说：“麻姑慈悲为怀，非等闲之辈，她不但想方设法让众人常到赑屃跟前，为赑屃挠痒闲聊，解除寂寞，还督促赑屃多做善事，早日解除贬压之苦，返回东海。”

站在池边的麻姑很少插话，把谈话时间让给龙王们。她理解此时龙王们的心情。

“孩儿们，好自为之吧。不要再惹麻烦了，让我们担心。我们这就去昆嵛山南麓看望赑屃。有麻姑在此，我们就放心了。”西海龙王哽咽着说，四位龙王一步三回首地驾云离开了九龙池。

麻姑并没有歧视惹是生非的九位龙子，每次到来总是好言劝慰，诱导它们开启心智，为周围百姓做好事，并发动百姓在九龙池北修建龙王庙和戏楼各一座，为旱天祈雨和祭祀之用。有了香火，九龙池就更热闹了，尤其是形成了山会，涌来人山人海。九龙池成为人们向往的永远景观。金代太守李仁仲游九龙池挥笔留下：“游宦驱驰厌呕心，兴然乘暇访虚真。径行敢禅祈山鬼，河道何辞谒水魂。碧沼有为兴雨雾，青山无许见烟尘。风云肯假幽人力，更放清流济远民。”

昆嵛山北麓，冬成湾里一条白蛟偷吃了湾边的镇湾之宝千年灵芝而成精，虽然法薄道浅，野心却蛮大，想独霸冬成湾一带称王。在这一带潜修的小妖，凡是不听其吆喝的，皆被其蛇头枪挑死吸血吃肉。它看好九龙池的清澈，喜欢龙泉汤的温暖，于是将冬成湾底的一个魔箱带出水面，施展魔法，将九龙池、龙泉汤及周边的水尽收入魔箱，仅供己用，致使草枯地裂，旱得山民叫苦连天。白蛟一时性起，又敞开魔箱，将大水放出，滔滔大水淹没庄稼，卷走牲畜，祸害得人们苦不堪言。

在昆嵛山修炼的麻姑得知白蛟兴风作浪，肆虐为害，怒不可遏，提剑到冬成湾寻白蛟决战。正得意忘形的白蛟岂把麻姑放在眼里，自恃有千年灵芝垫足底气，便有了肆无忌惮的霸气，气冲冲地跃出水面，晃头甩尾，龇咧嘴地朝麻姑示威。

麻姑轻蔑地扫视了一眼白蛟，说：“狂妄妖孽！无视仙规，不顾后果，为害于人，枉在昆嵛山修行！我劝你改邪归正，不要一意孤行，自取绝路。”

白蛟傲慢地头一扬，吼道：“此湾任我游，此山任我行，在这里轮不到你说三道四，知趣就快快离去，省得我动手，也免得我的冬成湾被你血染。”

“听得我劝，没有后患，望你三思。”麻姑说。

“不必唠叨！赶快离开！少烦我！”白蛟有些不耐烦了。

“想不到你竟如此不可理喻！胡作非为，该当何罪，你应该清楚！”麻姑还是想对白蛟晓之以理。

“不走？看刀！”白蛟举刀“噗噗噗”蹚着水面朝麻姑砍来。麻姑并未躲闪，横剑一拦，“当啷”一声，双刃相砍，火星四溅。白蛟用力过猛，麻姑倒退了一步。白蛟自以为得势，趋前跳步直刺麻姑左心。麻姑闪身躲过，白蛟一刀刺空，差点儿扑倒在湾畔，就势拄地撩起尾巴扫向尚未站稳的麻姑。麻姑迅速卧倒贴地，一阵凉风“呼啸”掠过。白蛟又扫了个空，跃身腾空而起，挥刀自上方朝麻姑砍来。麻姑立地生根，横刀力拨，震得白蛟弹回云间。麻姑穿上汉钟离给的梧桐宝鞋蹚于冬成湾水面，如行平地。白蛟本想以自己水上之勇战胜麻姑，没有想到麻姑有如此本领，但见麻姑的宝鞋光芒四射，刺得睁不开眼，顿生悸畏，乱了套数。

白蛟见麻姑占据冬成湾，自己却悬于空中，恼羞成怒，刀舞得呼啸生风扑向麻姑，未想到麻姑已跃身其后，踏着云头朝它杀来，白蛟急忙翻腾接刀。刀剑在空中杀来砍去，搅得云裂霞乱，天昏地暗。白蛟见到自己难以取胜，翻腾到冬成湾，挥刀击水，顷刻，波涛压向麻姑。麻姑挥剑拨起飞沙走石，将汹涌浪涛压制在冬成湾。白蛟急了，横在浪峰搏击飞沙走石。

麻姑觉得如此斗法之战，波及众生，有些扰民，便挺剑杀向白蛟。白蛟领教了水石之战，知道自己取胜乏术，便想凭借千年灵芝之功力，以生性之狠毒，借庞躯之勇，战胜麻姑。刀剑又砍杀得寒光四迸，冬成湾被刀光剑影笼罩着，“砰咔”的刀剑之声将周围村疃的人们招引到冬成湾畔观战，人们呐喊着为麻姑助威：“麻姑必胜！”“杀死妖精！”对白蛟跺脚、吐吐沫、咒骂、抛石头、扔土块扰乱它。本来已经渐渐力不从心的白蛟，在人们的怒骂声中和石头抛打下，心慌意乱，对麻姑的攻击只有招架之功，没有还手之力。气恼的它闪过麻姑一剑，回刀劈向正在朝它扔石头的一个山民，将躲闪不及的山民斜肩劈成两半，顿时鲜血染红冬成湾畔，人们惊呼着朝后躲闪，一股脑儿将手中的石头满头盖脸地砸向白蛟。血溅冬成湾畔惹怒了麻姑，她不容得白蛟还手，剑剑直逼白蛟要害。白蛟眼看死于麻姑剑下，一头扎入冬成湾。人们正在怀疑它潜入湾底匿藏，忽然一股水柱蹿起，白蛟挟魔箱腾空而起，奔昆嵛山北的石门山谷而逃。原来，白蛟以为麻姑趟着水面如行平地，入水追杀岂在话下，它不甘心沉底待毙，所以拿起魔箱欲逃。逃过“南天门”山峰，发现麻姑急追不舍，狡猾的白蛟急转弯向东越过三道线山脉，向搁板峰山谷逃窜，麻姑拔下王母娘娘赐给的玉簪指向奔逃的白蛟，喝道：“着！”白蛟立刻跌入谷底，变成起伏如蛟蛇的石岗，将所挟魔箱抛在头前，变成一块状如水箱的巨石，麻姑用玉簪一戳刺破巨石，一股清泉汩汩涌出，击石有声，清澈晶莹，四季冰凉，长流不息。泉水清凉爽口，沁人心脾，用来酿酒沏茶，别具风味，因为水出箱状巨石，人们称之为小箱泉，又叫它“冷泉”，与九龙池北的“温泉”对应。昆嵛山人赞冷泉是长寿泉，盛传“冷泉喝一口，活到九十九”。

# 三十八　雷公行道

麻姑秀眉拧成疙瘩，面带怒色，匆匆朝宁海方向奔去，正遇上去终南山向南极仙翁传达玉皇大帝旨意返回的雷公。他是绕道来昆嵛山向麻姑讨要仙桃吃的，不巧在半路上遇上了麻姑，见麻姑如此怒颜，不禁一愣，问道："何人惹仙姑气成这样？待俺去用雷劈了他！"

麻姑转怒为笑，抱拳行礼，说："哪阵风把雷公迎到昆嵛山？不知有何贵干？"

"俺是去终南山传达完玉皇大帝旨意归来，特意绕道来看望仙姑的。"雷公抱拳还礼。

"不会是看着仙桃来的吧？"麻姑说，二人相对而笑。

"哦，仙姑今日何故生气？"雷公又问道。

"昨日，不知从何方窜到宁海一个蛇精，专掠童男姹女，搅闹得宁海地界人心惶惶，我正欲前往降妖。”麻姑说。

“区区小妖何劳仙姑亲往？待我去收拾了它！”雷公浓眉一扬，抡了抡手中的铁锤和钻子。

“妖孽窜到小仙地界为害，我岂能稳坐钓鱼舟，倒劳路过的雷公操劳，传出去，我有何颜面待在仙界？”麻姑说。

“仙姑如此忠于职守，令人佩服，我同仙姑前往，以助神威。”

“耽搁雷公大事，我于心何忍？”麻姑说。

“无妨，我事情已经办完。”雷公执意同往。

刚进入宁海地界，雷公侧耳倾听，一愣，手持钻子遥指山壇一股阴风，说：“仙姑，你看！”麻姑举目望去，隐隐约约听到风卷女婴哭声。

麻姑愤然说道：“是蛇精在掠抢女婴！快！”

二人疾步追赶过去，雷公一手举锤，一手握钻子，摆出随时相击的架势。麻姑摆手阻止，说：“还是我来吧，免得伤着小孩。”说着，厉声喝道：“妖孽哪里走？”剑指阴风追来。

阴风就地打了个旋，一杆蛇头枪戳出风圈。蛇精丢下女童，瞪着射着蓝光的眼睛，张开瘆人的血盆大口，吐着翻转带叉的信子，气势汹汹地扑麻姑而来，吼道：“何人敢坏我好事？找死！”

“仙姑在此，妖孽休得逞狂！”雷公冲着蛇精喝道。

“尔等休管闲事！快快让开！”蛇精晃动着蛇头枪示威。

“你不悉心修炼，反而为害人间，天法岂容？”麻姑剑指蛇精怒道。

“你们在仙班逍遥，好自在，怎知我等急不可耐的心情？待我凑足九百九十九个童男姹女，熬膏服用，便可得道成仙，与尔等彼此彼此。今日，尔等何苦来寻无趣？坏我好事。”蛇精装出一副可怜相说，“难道同在仙境快活不好吗？”

“你拿九百九十九条年幼的生命换取自己成仙，难道不觉得太残忍了吗？你以为天理难容的行径难道能得逞吗？到头来你得到的是应得的惩罚。”麻姑义正词严地呵斥。

“尔等怎知我苦熬时日修炼之苦？只要能进入仙界，我不管那么多！谁敢阻拦，有花枪伺候！”蛇精摇头晃脑，凶相毕露。

“你这不可理喻的妖孽！休得枉想成仙祸害人间！”麻姑气得手中的宝剑发颤，喝道，“妖孽！你赶快把掠去的童男姹女放出，不然，你今天就下地狱去受审吧！阎罗殿里的秦广王会把你所犯下的罪孽跟你算清楚的，你就等着进油锅石磨吧！让你尝尝秦广王的审讯手段。”

“先问问我手中的花枪答不答应！”蛇精挺枪直刺麻姑前胸。麻姑闪身躲过，挥剑砍在蛇头枪柄上，震得蛇精颤抖着倒退好几步。蛇精抖了抖蛇头枪，又猛刺过来。麻姑横剑一拨，蛇精打了个趔趄，差点儿跌倒。两招下来，它便知道自己不是麻姑的对手，还有个凶神恶煞般的雷公虎视眈眈地瞪着自己，知道厄运难逃，但不甘心束手待毙，硬着头皮做垂死挣扎，几招下来，便乱了枪法，只有挨打的份。它想溜之大吉，寻机东山再起，刚欲转身抱起小孩逃窜，小孩已经被雷公抢先一步抱起。它慌乱地招架着麻姑寒光弧闪的剑影，无法脱身。

雷公欲雷击蛇精，可是枪剑拼杀在一起，怕误伤了麻姑，又怕惊吓了怀中的小孩，喊道：“仙姑，何必与这个妖孽纠缠，一剑斩为两截送去见阎王算了！”麻姑刚欲回应雷公，蛇精乘隙虚晃一枪，跳出圈外，就近一头扎进一棵老槐树窟窿里。麻姑持剑追到树前，围着老槐树转了一圈，见树老心空，树洞黑咕窿咚，深漏漏的，不忍心剑砍经过千年沧桑岁月的老槐，望着黑暗的树窟窿，眉头皱了又皱。雷公走上前将小孩交与麻姑，示意麻姑离开，对着老槐树作揖，说："能以老朽之躯囚禁妖孽，也是在替天行道，俺会奏明玉皇大帝的。"雷公挥起铁锤敲击钻子，"咔嚓"一声巨雷将老槐树劈为两半，一条被雷击烧焦的蟒蛇滚落出来。

麻姑和雷公寻到关押小孩的山洞，救出童男姹女，逐个山村召集山民认领。被掠去孩子的山民感动得痛哭流涕，纷纷表示要集资为麻姑和雷公建庙祭祀。

"麻姑观就在昆嵛山，不必再让众人破费，倒可以建一座雷神庙，震摄妖魔、恶人。"麻姑说。雷公听说为自己建庙，乐得眉开眼笑，手舞足蹈，觉得自己也可以享受人间香火了。

麻姑看着离别父母多日的孩子扑在母亲怀里，母亲流着泪，颤着被掠走孩儿撕心裂肺痛哭而嘶哑的哭声，频频亲吻孩子满是脏兮兮灰垢的小脸那份人间真情，感动得热血沸腾，连青面雷公也被这场景激动得热泪盈眶。

正在这时，声嘶音破的恶骂声从一个破落的院内传出："老不死的！光能吃，不能干！就是欠揍！赶快去死吧！"

这骂声与认领小孩的场景太不协调了，麻姑秀眉紧锁问道："这是谁家这样教训孩子？"

一个正在给刚领到的小女儿擦眼泪的村妇，抬头望了望那户人家，说："那不是在教训小孩，是在骂他上了年纪的老母亲。"

"打骂他年老多病的老妈，是这个缺德儿子的家常便饭。这孩子动不动就咒骂他妈死，骂得太难听了。"一个花白胡子的老汉摇头叹气地说，“他叫白刚，从来不在意街谈巷议的批评，把邻居的规劝当作了耳旁风。谁劝他，他就骂谁。”

“这个老嫂子的命好苦啊。”一位大娘抹着眼泪说，“这个不孝儿子的心比毒蛇的心肠都狠毒！他妈一把屎一把尿地用奶水把他拉扯大，到头来，竟被儿子打骂。真是丧尽天良!”

麻姑实在听不下去那声嘶力竭的咒骂，说：“我去劝劝。”

“还是我去吧。”被母子亲情感动的雷公，听了人们七嘴八舌的议论，气得脸色铁青，抢在麻姑前面，也不敲门，径直走进院子时，已经变成一位握锤拿钻子的凿磨老人，口里喊着：“凿磨喽！凿磨喽！”

白刚恶狠狠地瞪了闯进门来的雷公一眼，骂道：“哪来的叫花子，喊什么喊！给你个老婆子领走吧！打发打发你这个要饭的。”

白刚的母亲蜷曲在磨道里，补丁加补丁的衣裳被撕打得乱七八糟，瘪瘦的老脸被打得青一块紫一块，蓬乱的苍白头发被泪水粘在脸上。雷公见此悲惨景象，心痛得浑身一颤，说：“小伙子，你怎么可以打你妈呢？”

“你管得着吗？要饭的，要到一个老婆子，算你捡了一个便宜。”白刚一脸横丝地白了雷公一眼。

“我不是讨饭的，是凿磨的，专凿不平之磨。”雷公强压心头之火说，“你怎么可以把自己的母亲随便送人？”

白刚的母亲泪眼唰唰，可怜巴巴地呻吟：“儿呀——”

“嚷什么嚷！”白刚上去就左右开弓打了他妈两个嘴巴子，他妈晃着蓬乱的花白头发，无力地倒在地上。白刚瞥见雷公进门敞开的门口拥着许多邻居在看着他，恼羞成怒，翻着眼珠子，顺手抄起推磨棍，就要打他妈，雷公忍无可忍，将手中的铁锤砸在钻子上，“咔嚓”一声雷响，白刚应声倒地，擎着推磨棍的胳膊被雷劈了下来，脸被雷击得面目全非，狰狞恐怖。

“这个畜生早该遭雷劈了！”

“报应！这就是不孝的报应！”

“打他妈，天理难容！”

人们愤愤议论着。

这个故事很快在四乡八疃传开了，至今被人们用来警告那些对父母不孝的人：打骂父母必遭天打五雷轰！

人们在故事的发生地宁海城南郊建起了一座雷神庙，供奉着雷公塑像。雷公赤臂袒胸，浑身泛蓝，鸡嘴鸟脸，脚似鸡爪，左手握着一支钻子，右手擎着一把铁锤，威武岸然，神威赫赫，让那些不肖子孙见而生畏。雷神庙里还塑有肩上搭个布袋的风婆，白发苍苍，善鼻子善眼，左手托着布袋，右手紧握布袋口。雨神塑像白脸长须，和蔼可亲。风雨二神在雷神庙应酬着人们对风调雨顺的祈祷。闪神塑像位于雷神塑像右侧，两手各拿一扇钹，传说两钹一碰，就闪光道道，配合雷公震慑那些不孝的子孙。

几经沧桑岁月的雷神庙尚在牟平城南。

# 三十九 关公显灵

麻姑与雷公自宁海返回，刚进入昆嵛山，听到“还我头来！还我头来！……”的呼喊声震彻昆嵛山，麻姑问道：“何人在呼喊?”

雷公打着眼罩望去，说：“无头的关羽骑着赤兔马在狂奔，这厮竟敢到仙姑地界来嘶号胡闹，待我去劈了他!”

“雷公不必动怒，那关羽也是一世英雄。呼声凄惨，令人心痛。”麻姑挡住了欲奔呼喊声而去的雷公。

原来，关羽败走麦城遇难后，头被东吴大将砍下，东吴惧怕蜀国报复，将头送入曹营，意欲嫁祸给魏国，曹操见关羽虽死还怒目圆瞪，想起他生前的威武，吓得当场得了头风病。

无头的关羽骑着赤兔马在冥冥间奔跑呼喊。

麻姑佩服关羽一生义重如山，忠心侠胆，威震天下。如今丢了头，怨气不散，实在可怜，便循声追去，拦住赤兔马，说道：“关将军过五关斩六将，古城单刀斩蔡阳，颜良、文丑皆被将军砍于马下，更不知道有多少刀下败将？他们的头可曾还乎？”

关羽听罢麻姑一席话，默默不语。

“将军何不就此放下屠刀，在昆嵛山悉心静读《太上老子道德经》，修成正果，名列仙班，再展神威。”麻姑劝导。

雷公说：“关将军就听了仙姑所劝吧。”

关羽说：“只要还我头来，我仍顶天立地，做个神仙倒也逍遥。”

“不难。”麻姑说，“我去去就来。”

眨眼间，麻姑将关羽的头安在项上。关羽晃了晃脑袋，依然是红面美须翁，不失当年英雄气概。

雷公好生羡慕，凑上前去，抖擞精神，扬锤亮钻，摆出姿势，望着麻姑，意思是说：仙姑评评，谁更英雄？

麻姑说：“好了，都非等闲之辈，接下来，可不要铁锤对着青龙偃月刀比高低。”

雷公与关羽相对哈哈大笑。

关羽立刀向麻姑拜谢。麻姑说：“在昆嵛山建一座关公庙，你就悉心研读《太上老子道德经》吧，争取早日修成正果，列入仙班。昆嵛山有关将军坐镇，必大振山威。”

雷公说：“今后，遇到不平之事，告诉我一声，我替你铁锤钻子伺候。”

关羽胡子一捋，说道：“何必麻烦雷公，难道我这青龙偃月刀只是个摆设？”

“难道你忘了刚才承诺的？”雷公说，“我惩处了那么多妖魔鬼怪、无赖恶霸，从无血光。”

麻姑说：“关将军脱离刀光剑影，在此悉心学习《太上老子道德经》，练就道法，功到自然成，想让他怎样就怎样，何必用刀？”

“多谢仙姑点化。有劳仙姑在敝庙给雷公设一座位，也好有个陪我说话的。”关羽恳求麻姑。

“可以，雷公办差路过昆嵛山，便有了去处。”麻姑说。

“求之不得。昆嵛山可是我常来常往的地方。”雷公说。

自此，昆嵛山有了关公庙。

玉皇大帝得知关羽落脚昆嵛山，念他一生忠义，耿直清廉，曹操对他上马金下马银，他也不为所动，便封关羽为“武财神”，专管人间财路。穷人希望富，富人不知足，世人皆想发财，关公庙自然烟火甚盛，人们干脆改称关公庙为财神庙。进得庙里，抬头便见醒目的横幅：“君子爱财取之有道”。人们传说是关公在告诫人们。

宋家庄有一个浪荡青年宋相才，好吃懒做，从邻居家偷来三炷香，到财神庙进香，求关公给指条发财路。说来也怪，他连续两晚上梦见关公告诉他财神庙前的草夼里有东晋时期财主埋下的元宝。他乐得屁股一颠一颠地扛着铁锨前来深挖翻找，到财神庙进香的人见了问道：“宋相才，你在挖什么呀？”

他只是傻笑，不做回答，怎肯把美梦告诉别人呢？

一天，两天，三天……他把草夼翻了个底朝天，也没有挖出元宝，面对着被挖得松暄的草夼，他灰心地瘫坐下来。

过往的进香人走在夼边，交头接耳地议论：“这个横草不拿竖草不拾的懒虫也肯开荒种地了？”

宋相才望着面前翻过的草夼，心想：对呀，把它种上庄稼，要不，不是白出力了吗？于是，他种上了苞米。秋后，几乎每棵苞米都挑着两个大穗子，他留足口粮，把余下的卖了，捧着白花花的元宝，这才醒悟关公武财神没有骗自己。从此，他在这块地里劳作，年年都可以捧得一个元宝。

桃花岘村的黄天义赶晒字集卖杠子头戗面火食归来，天色已黑，急匆匆赶路的脚碰到一个小布包，发出沉重的“哗啦啦”声响。他捡起来一看，是一包铜钱，高兴得胡子都挓挲开了，看看夜色茫茫，周围无人，迅速放进钱褡子里，兴冲冲地赶回家。一进门，就神秘地对老伴说：“发财了，我在路上捡到一包钱。”

老伴接过沉甸甸的铜钱，掂在手中，说：“你高兴，可是，你想过没有丢钱人此时的心情？别人的肉怎能长在咱身上？还是善为吧，找到失主，还给人家。《太上老子道德经》说得好：善，人之宝也。”

“说得在理，明天我就去寻找失主。”黄天义从老伴手中接过铜钱，放在炕头。第二天，天刚亮，他就去摸摸铜钱，铜钱不见了，黄天义问老伴：“你把铜钱拿去了？”

“没有啊。”老伴说。

“只有两个人在家，你不拿，怎么会没有了呢？”黄天义大为疑惑，说，“一定是你拿的。”

“我是麻姑的俗家弟子，怎么会干那种缺德事儿？”老伴说，“我不与你争辩，免得打嘴仗。”

那个丢钱的人是财主黄天霸的长工刘三，回到黄天霸门口才发现钱丢了，急忙回头沿路寻找，找了三趟也没有找到。他知道黄天霸不会善罢甘休，望着财神庙的方向痛苦地喊道：“关帝爷呀，你是管财路的武财神，人家在发财，我却在破财，而且破的不是我的钱，是要命的钱啊！”他解下裤腰带甩在路边的一棵歪脖树上，想上吊，可是，脚刚一离地，裤腰带断了，他跌了下来，屁股被重重地硌了一下。刘三一边摩挲硌痛了的屁股，一边沮丧地嘟囔：“唉，人到倒霉了，咸盐也生蛆，喝凉水也硌牙。”他刚要摸那块硌屁股的石头扔出去，却摸到一个布包，拿到眼前就着朦胧月光一看，正是自己丢的那包铜钱，顿时喜出望外，“扑通”跪在地上，朝着财神庙的方向三叩头，说：“多谢关帝爷帮我把钱包找了回来，我情急之中，出口不逊，请关帝爷宽恕。您给我找回的不仅是钱，还有我的命啊！”

刘三逢人便叙说他丢钱的经过，对武财神关羽感激得五体投地。话传到黄天义夫妇耳朵，二人庆幸没有匿留铜钱，要不，准遭到报应。说来也怪，自此，黄天义赶集卖戗面火食，生意红火得很，每集都被抢购一空，回家把钱褡子里的铜钱哗啦啦地倒在炕上，老两口乐呵呵地忙着数钱，老伴对黄天义说：“这才是咱的钱啊。”

昆嵛山北麓有一伙强盗，专干打家劫舍、拦路收钱的勾当。自从有了财神庙，他们屡屡失手。他们夜间出动，见到的是狼眼的幽光，听到的是虎啸山谷，未及到达抢劫庭院，就远远望见庭院上空灯笼高悬，知道是关公断了他们的财路，可又怎能奈何闻名于世的武财神？只好散伙归乡。

大凡做买卖的人都把关公塑像请回自家厅堂，意欲让武财神只护自家财路，然而，就关公秉性岂能如此？再说，武财神也忙不过来，熟读兵策的武财神，自然是稳坐庙堂，顾全大局了。

# 四十 沧海桑田

又一年的蟠桃会散席后，麻姑前脚到了昆嵛山，后边就跟来了南极仙翁。他觉得蟠桃会上麻姑很是风光，同是分管人寿的神仙，有必要前来见识见识，开阔眼界。南极仙翁从一路上白鹿对昆嵛山目不暇接的表情，看得出白鹿迷恋昆嵛山景色，到了麻姑观，便对白鹿说："我在这里与麻姑论道，你随便去逛逛吧。"

白鹿得令奋蹄离去。

麻姑欲去摘桃子招待南极仙翁。南极仙翁说："不必多礼，我与你一同去桃园看看吧。"说着，便手拄蟠龙拐杖随麻姑前往桃园。远远地，他们就听到咂巴着嘴吃桃子的声音，循声望去，只见孙悟空坐在桃树杈上，倚着树干，两只手各拿着一个大桃子，正大口大口地咀嚼着。

南极仙翁将蟠龙拐杖点得地“咚咚”响，喝道：“你这个泼猴！如此不懂礼貌，竟窜进桃园偷吃麻姑的仙桃。”

孙悟空晃动着手里的桃子，咧嘴憨笑，说：“老头儿说话这么难听，俺老孙到麻姑观见到你与麻姑正在论道，俺这个佛家弟子怎好打扰，便独自来到这里，省得麻烦麻姑盛情招待。这怎么算是偷？麻姑，你说说，俺老孙吃你的东西，能说是偷吗？”

“吃吧，吃吧。”麻姑答非所问地笑着说。与南极仙翁继续漫步在桃园，他们看的是仙桃，议的是寿。

麻姑将桃园中最大的一个仙桃摘与南极仙翁，南极仙翁笑盈盈地一手托仙桃，一手拄蟠龙拐杖，高兴地笑得满脸纵横皱纹泛着童光。他把这一慈祥形象永远留给了人间。

增寿神南极仙翁如此看重桃子，桃子便成为人们探亲访友，看望病人的吉祥物，赠送桃子，带着美好的祝愿，成为世代相传的习俗。

白鹿撒欢地在昆嵛山奔跑，初次来昆嵛山，它觉得一切都新鲜，不觉跑过了界石，来到汪疃地面，被人们发现了。人们第一次见到白色漂亮的鹿，山呼海应地追逐围堵，奋力捕捉，跑累了的白鹿想停下喘息一下，竟被围拢来的人们捉住了。

县官听说捉住了白鹿，赶到现场，说：“世上的一切都是皇上的。”强行从正在围观的人们手里夺走了白鹿，连夜亲自押解着送往京城，献给皇上。

白鹿本来欲回到南极仙翁身边，不与他们玩了，可是听说要献给皇上，心想：也罢，那就去看看指鹿为马的金銮殿是啥样，也看看皇上是何嘴脸。

皇上与众大臣闹哄哄地围着白鹿指指点点。皇上如获至宝，岂肯与大臣分享，宣布退朝，只留一名近卫给他牵着白鹿。皇上召回宰相，下旨："你马上在御花园做一个铁笼子把白鹿囚起来。"并抚摸着鹿角说，"多好的鹿茸啊，赶快把它割下来，给朕泡酒喝。"

白鹿听到后，觉得好笑，照着皇上的膝盖踢了一脚，腾空而去，皇上"扑通"一声跪在地上，做了一个跪送白鹿的姿势，皇上恼羞成怒，说："大胆白鹿，竟敢踢伤朕！"遂下旨全国通缉，并将那个献鹿后等待封赏的县官打入天牢。

宰相说："皇上，不妥，白鹿乃神物，捉不到，要让天下人知道皇上得不到白鹿，却被白鹿踢伤，有辱皇上尊严。不如说是皇上到山林去给白鹿放生了，悄悄在后宫养伤。"

皇上想：也只好如此了。

汪疃地界的人们知道白鹿乃神鹿后，纷纷在发现白鹿的地方建房居住，想沾沾神气，于是，那一带出现了白鹿屯、白鹿店子、前白鹿村、后白鹿村等以白鹿命名的村庄。

麻姑送走南极仙翁和孙悟空后，端坐于圣经山月牙石前刚要诵经，见一团彩云自东南回龙山方向涌来，眨眼之间，降至月牙石前，一位头长龙角的黑面青年站在面前，双方不约而同地呼出了对方的名字：

"麻姑。"

"李龙王。"

"哪阵风将李龙王刮来昆嵛山？"麻姑惊呼道，她第一眼就从未曾谋面的李龙王的装束认出了李龙王。

"昨天是三月初二，是家母的诞辰，师父张天师恩准俺到柘阳山给家母扫墓，返回途中经过圣经山，岂能不拜读我教圣经《太上老子道德经》？"李龙王说，"想不到，在此不期遇见仰慕已久的仙姑。”李龙王抱拳施礼。

“彼此，彼此。”麻姑连忙还礼，说，“我客居李龙王家乡修炼，早想到府上拜访，可是，你督察江河湖泊，忙于职务所在，居无定所。”

“看来，仙姑对俺略知一二。”李龙王说。

“岂止是略知一二？我知道你祖上是柘阳山前的山前村李氏家族，母亲是柘阳山后的山后郭家村郭姓，父母逃荒到昆山东麓的山东村，六月初八，是你的生日。你少年时即随乡亲闯关东，你重感情，家乡观念极强，在关外竭力护佑乡亲，尤其是战败祸害乡亲的白蛟，乡亲们为了感谢你，将你战白蛟的那条江叫作黑龙江。你拜张天师为师，一心向道，功德卓越。你与在京城做官的老乡，工部尚书从兰交往甚密，经常在一起忆说家乡，并为其出访罩云伞。你的故事家喻户晓，人们对你感恩戴德，每年六月初八，人们蒸饽饽为你祝寿，寿桃是必不可缺少的供品，这一天，你总是洒甘露润家乡，以谢家乡人对你的祝福。”

“仙姑过奖了，俺对家乡做的远不及乡亲对俺做的，更不及仙姑所做的善事。”李龙王说，“仙姑真是‘不出户，知天下；不窥牖，见天道。’”李龙王以《太上老子道德经》夸赞麻姑神通广大。

“李龙王出口便是《太上老子道德经》，令人佩服。我们就不要在《太上老子道德经》前相互吹捧了，让太上老君笑话。”麻姑说。二人相视而笑，齐声诵咏《太上老子道德经》。

麻姑留李龙王在昆嵛山小住几日，以商榷道教，李龙王婉言谢绝麻姑的挽留：“俺肩负督察江河湖泊重任，不敢怠慢，理应勤政尽职。尽管成仙成妖是水族自己的造化，但勤于督察，或许能多一些仙，少一些妖，使社稷安宁。昆嵛山是道家圣地，我们是同道人，俺会常来的。”说完，与麻姑道别，匆匆驾云离去。

送走李龙王，麻姑前去造访仙人王方平，探讨为道之道，意在取人之长补己之短。王方平没有到过昆嵛山，言谈中，感到麻姑有如此精湛的道教学说，一定与昆嵛山的仙灵分不开。蓬莱仅是昆嵛山的余脉，就修炼出了八仙，那昆嵛山岂能得了？问麻姑：“昆嵛山如何？”

“如今蓬莱一带的东海海面比原先浅下约有一半。早年，昆嵛山的顶峰泰礴顶曾经是东海里的孤岛，紫金峰、大崮子山、狼窝顶、菠萝崮等山头也只是上潮时沉入海水里，退潮时露出海面，蓬莱是昆嵛山在水下相连的余脉露在海面。如今陆地相通了，百里昆嵛山已经可以植桑养蚕。若干年后，整个东海将变成陆地，当暴风刮起，这里不再是涛蹿浪滚，而是尘土飞扬。每次沧海变桑田，要经过八万八千八百八十八年，这样的情景，我已经在昆嵛山见过三次了，每次巨变，都给昆嵛山带来新气象。海留给了山它曾经的拥有，山将自己的容貌沉入海底蕴藏。东华帝君王玄甫、正阳祖师钟离权、纯阳子吕洞宾、海蟾子刘海蟾、重阳子王重阳等五位仙人对发现昆嵛山、开拓昆嵛山为道家修炼圣地，功绩卓越，他们的石像被供奉在东华洞。尤其是王重阳在昆嵛山创立了道教全真派，从昆嵛山走出了丘处机、马丹阳、孙不二、谭处端、郝大通、王玉阳、刘处玄等七真人，足迹遍布华夏，传播道教全真派学说，弟子遍天下，成为道家的力派。昆嵛山仙气升腾，民风鸿朴，山民以崇尚《太上老子道德经》为信仰，并摩崖阴刻于月牙石之上，昭示山民，昆嵛山不愧于是仙山之祖。”在座的仙人惊叹不已，他们不仅惊叹昆嵛山沧桑巨变、万古一见的奇观，仰慕昆嵛山的仙迹，更惊叹貌似十八九岁的姑娘，却经历了三次沧海变桑田。麻姑真可谓长寿女神。

仙人问麻姑现在是否常去昆嵛山看看，麻姑说："不是常去看看，昆嵛山就是我的所在之处。"

王方平的徒弟蔡经并没有听麻姑在说什么，只是当作了东风过耳，眼睛只瞟着麻姑。麻姑秀发散垂至腰间，身上穿着华丽锦衫，虽然没有绮图异案，却是文章光彩耀眼，令他惊奇不已。他贪婪地端详着麻姑纤长如鸟爪的手指，心想：如果后背痒痒，让麻姑用手挠挠，一定很舒服。心思显于面色，蔡经的歪念头早被王方平洞察，他非常气愤，怒斥蔡经："你胆大妄为，竟敢想入非非，麻姑名列仙班，是主管寿命的神仙，你怎么敢让麻姑替你挠背搔痒。"对蔡经一顿鞭笞，让他长长记性。真可谓：皮绽止痒。多亏麻姑与众仙人说情，王方平才住手，不然的话，蔡经恐怕不只是皮肉之苦。

麻姑不忍看到蔡经那疼痛的难受相，欲施法免除他的痛苦，王方平伸手阻止，说："让他知道痛，才能记住教训。"

为了缓和一下气氛，麻姑从丝囊里取出外壳煞白斑驳，一看就令人想到它历经岁月沧桑，壳内波纹清晰光滑，闪烁着耀眼的紫蓝光，形状独特，海里已经绝迹的贝壳分给众仙人。

蔡经一脸羞涩地接过贝壳，谢过麻姑，将贝壳掂量在手。

一个白须童颜的仙人战战兢兢地捧着贝壳，左看右看，爱不释手，说："麻姑真不愧是道法深湛，如此宝壳唾手可得，不知它的咒语是……"

众仙人眼巴巴地望着麻姑。

麻姑笑了，说："这些远古的贝壳是我平日里在昆嵛山捡到的，因为喜爱，才收藏起来，并非是有咒语的法器。”

王方平说：“法器岂可滥发，那样的话，世界岂不乱了套？”

一个三短五小的仙人说：“听说昆嵛山的桃子很好吃，不知麻姑下次来时是否可以捎几个来让我们也尝尝。”

麻姑笑盈盈地说：“好说，举手之劳。”说着扬手之间托起一盘茸毛未脱，桃嘴鲜红，体形硕大，粉红透嫩的鲜桃呈现在众仙人面前，不多不少正好每人一个。

一个仙人吃得口水和桃汁滴在一起，咂摸着滋味问麻姑：“这桃子是什么时候成熟的？你伸手便来。”

“鲜桃嘛，当然是刚刚成熟。”麻姑说，“俗话说隔夜不贩桃，我可以将桃子搬运来，但无法改变上天给予桃子的生命规律。如果桃子可以长期存放，那就没有鲜桃之说了。”

白须童颜的仙人吃完桃子后，咂巴着有些干瘪的嘴唇，贪婪的目光投向麻姑手中的空盘。麻姑看着他那样子发笑。

王方平淡淡笑着说：“看什么？美物不可多用。”

麻姑说：“昆嵛山历经沧桑，不仅仅有桃子，那里有很多远古的遗迹。”

那些仙人是否相信麻姑所言，我们不得而知，但是昆嵛山人是深信不疑，因为他们见到了佐证：在上山采药时，常常遇见散落在山石之间的斑驳贝壳；在圣经山东麓，山民曾见过千年不腐的独木舢板。麻姑说：那舢板常年浸泡在海水中，渔民驾驶着它出海打鱼网虾，后来搁浅在这里。在山巅之上，一个锈迹斑斑的铁锚还安睡在那里。铁锚本来是在大海里拴船的，怎么落在山巅之上？唯一的解释就是麻姑所言：沧海变桑田。如今的山巅曾经是海底。黄三魁的孙子的孙子黄天志曾经扛着一个三丈多长的鱼肋骨（鱼刺）送给麻姑，说是挖药材时在山沟里发现的，一截插在土里，一截露在地上，那斑驳脱落的表面向世人诉说着它的沧桑经历；石匠刘老叔的儿子的儿子的儿子刘培武，传承祖辈的手艺，以干石匠活为生，他在雕琢石狮子时，凿出一对蛤皮子琥珀，形状奇异，色彩灿烂。今人在贝类中从未见过这种蛤，可能已经绝迹了。石匠刘老叔的晚辈视这对琥珀为宝，爱不释手。他女儿出嫁时，祖祖辈辈干石匠的他无以相送，用这对琥珀雕刻成一对戒指，给女儿做嫁妆，婆家人觉得寒酸，有些低看。后来，女儿家不幸遭遇天火，家产荡然无存，他女儿毅然摘下手上的一只戒指送到县城的古玩店，所得银两置办的家产远远超过原有的家产，婆家人不得不对石匠的女儿刮目相看，身价倍增。至于岩石中各种海洋动物的化石比比皆是，不由人不相信沧海变桑田之说。

昆嵛山呈现着山与海的异彩，到昆嵛山旅游的人会徜徉在山与海之间，山与海，都会把自己显现在你面前，一个是现在，一个是曾经。

麻姑现在是在天庭就职，还是云游四方，众说纷纭，各执一词。当年王母娘娘赐给麻姑修炼的道场，麻姑在这里曾经三次见过沧海变桑田的昆嵛山尚在。人们说昆嵛山是麻姑留下的念想，麻姑住过的茅草屋所在的山峰，人们现在称作姑余山，意思是说麻姑虽然升天做神仙去了，但留下了曾经修炼的山。姑余山是昆嵛山脉中的一座山峰，但昆嵛山却是当地人说姑余山的方言谐音。桐城人方根本游览姑余山留下了《暮春游姑余山》：“不识此山路，凌空直到天。高林崖半立，峭壁雨中悬。数歇破苔藓，几回穿经烟。钟声上方动，遥叩白云边。”可见麻姑选择的姑余山，别具仙境。在姑余山上，据说是麻姑用过的锅碗瓢盆，已经成为古迹被收藏陈列。麻姑的石垒梳妆台尚在，后人在原址上建起了麻姑梳妆阁，是进入昆嵛山旅游的人必前往瞻仰的地方。人们为了纪念这位处处为穷人办好事，除暴安良，以传播《太上老子道德经》教化山民慈心向善，勤劳一生，点化山民敬崇大自然，为生存索取而用双手和智慧改造大自然，教授人们择佳地和谐共存的养生之道的麻姑，在姑余山修建了麻姑殿。而源自麻姑所言的“沧海桑田”“东海扬尘”已成为文人笔下的经典成语。

麻姑殿

# 后记

一九七七年，兴建昆嵛山水库，大坝设计为浆砌条石双曲拱坝，当时征调了大批石匠。我去慰问石匠队，住在三瓣石村。这是我第一次走进昆嵛山这个神秘的世界，一切都感到很新鲜。驻地三瓣石村只有三十来户人家，连周围的七个山庵算在一起才四十二户。

这里为什么有零落的山庵？山坡上星罗棋布的球形巨石是怎样形成的？尤其是那个一笑三瓣的巨石更让我感到很神秘。白天，我在工地上同石匠同劳动，晚饭后，同石匠一起坐在房东门前的石条上，听房东大娘讲三瓣石的传说，讲昆嵛山的神话故事，讲仙女麻姑的足迹。这里空旷的夜，泉水叮咚，山林哗啦，弯月漫游云间，山猫叫哥，不知名的兽啸，夜莺声声鸣在树梢，人不由得不浮想联翩。

房东大娘不懂“请听下回分解”的艺术魅力，总想把故事讲完，常常讲到下半夜。因为没有听完房东大娘讲完昆嵛山的传说，所以我就在三瓣石村多待了几天。其实，昆嵛山的传说是永远也讲不完的。

二十世纪八十年代初，应文友王凤仙之邀，我与诗人张象吉到昆嵛山采风。王凤仙是桃花岘村的民兵连长，家住村外山脚下，他领我们逛了这里的山，这里的泉，这里的洞，给我们讲桃花仙女的传说，讲晒字村名的来历。这里一个石崩，一棵古树，都有一个美丽的故事。王凤仙不愧于是昆嵛山人，对昆嵛山知道的很多。

一九九一年五月，首届“国际昆嵛山研讨会”召开，我陪同《威海日报》记者刘云波、于涉随会采访，聆听了专家、学者的发言。文化局的从树乐作《昆嵛山是道教全真派的发祥地》的专题演讲，众多当代名人、国际友人、道教领袖为会议题词祝贺，这些题词都镌刻于昆嵛山石，永留后世。会议公认昆嵛山是中国道教全真派发祥地，成立了“昆嵛山道教文化研讨会”，确定每年五月二十日至二十二日为“文登国际昆嵛山会日”。这次会议使我进一步认识了昆嵛山。

一九九二年，为了写专题报道，我在圣经山前的葛家镇住了半个月，听到了许多关于麻姑与圣经山的传说。镇政府的隋进凯同志在工作之隙，热情地领我逛遍了圣经山的每一个景点，逐一解说，摄下了许多珍贵的照片。

进入二十一世纪，昆嵛山樱桃节兴起，成为我每年必到昆嵛山的契机。昆嵛山的樱桃甜美，昆嵛山的故事更甜美。在樱桃园里，一边自摘自吃樱桃，一边相互叙说自己知道的关于昆嵛山的故事，别有一番情趣。交谈中，最多的是关于麻姑的传说。麻姑是最早出现在昆嵛山传说中的仙女。

二〇〇九年，我第二次拜谒北京市白云观。白云观曾是从昆嵛山走出的“北七真人”之一邱处机的道场，藏有大量邱处机论著，书中自然少不了昆嵛山。

二〇一四年，文登区宣传部、文广电新局组织撰写《昆嵛山的传说》，我分担的是关于麻姑的传说。在深入昆嵛山的采访中，人们捧出了心目中的麻姑形象，让我激动万分，沉淀脑海深处的记忆，又涌现在眼前。

麻姑是神话中的仙女，是昆嵛山人心目中“长寿、健美、聪明、纯洁、质朴、正直”的象征。麻姑的神话故事与昆嵛山紧密相连，昆嵛山的神秘造就了麻姑的丰满传奇形象。麻姑是道家形象的代表，随着道教的传播，麻姑信仰成为中华民族信仰的一部分，并载入国家祀典。宋徽宗敕封麻姑为“虚妙真人”，并立碑于昆嵛山中，供世人瞻仰。昆嵛山周围各州县史志皆有关于麻姑的记载，麻姑故事流传之广，影响之深，在唐宋时已趋至盛，是道教宣传的主要载体。

纵观历史，昆嵛山道教盛于晚唐，而麻姑的传说，应该早于晚唐。尽管麻姑冢、麻姑梳妆阁、麻姑观皆起于晚唐，但麻姑在人们心目中的形象，非一日形成，那是几代人将生产与生活的期盼寄托于麻姑，形成了这样一个理想的形象。

沧桑历史将道教学说成为昆嵛山人的精神信仰，他们把难以解释的自然现象和自己的期盼寄托于道教学说，演绎出了许多美丽的神话故事，成为昆嵛山人的精神寄托。多少年来，这些口头文学流传于街头巷尾，田间地头，茶余饭后，是昆嵛山人的精神食粮。社会的变革，也在改变着昆嵛山的人与自然，倘若这些美丽的传说在社会变革中流失，那将是无可弥补的历史损失，这便是我写这本小说的缘由。小说不是现实，但却是生活的积淀。《麻姑》这部小说我酝酿多年，搁笔时才发现是历史与现实碰撞的火花。

我希望这些故事永远流传，麻姑永远闪现在人们面前。

图书在版编目（CIP）数据

麻姑 / 于书淦 著. — 济南 : 山东文艺出版社
2015.9
ISBN 978-7-5329-5066-9
Ⅰ. ①麻… Ⅱ. ①于… Ⅲ. ①长篇小说 - 中国 - 当代
Ⅳ. ①I247.5
中国版本图书馆 CIP 数据核字(2015)第 162043 号

麻姑

于书淦 著

主管部门 山东出版传媒股份有限公司
出版发行 山东文艺出版社
社　　址 山东省济南市英雄山路 189 号
邮　　编 250002
网　　址 www.sdwypress.com

读者服务 0531-82098776（总编室）
　　　　 0531-82098775（市场营销部）
电子邮箱 sdwy@sdpress.com.cn

印　　刷 三河市嵩川印刷有限公司
开　　本 880 毫米 × 1230 毫米　1/32
印　　张 8.75　插页 /2
字　　数 168 千字
版　　次 2015 年 9 月第 1 版
印　　次 2021 年 8 月第 2 次印刷
书　　号 ISBN 978-7-5329-5066-9
定　　价 49.80 元